妳說妳要走
讓我想盡了留下妳的理由
我知道妳的允諾不會隨風過
但我又如何 知道未來怎麼走

白鹿之愛

巴代——著

目錄

自序

我們談戀愛吧

我想談戀愛！

喔，別誤會這是一個已婚的中年歐吉桑起秋發浪的不正經。我說的是，我想談一談關於「戀愛」這一件事，一件關於卑南族女性在較早以前的感情態度，或者看待男女之間那種難以常理定則的愛情的想法。

卑南族家庭由女性主導的時代，開始崩解於國民政府遷台以後採取父權主義的户籍政策。在這之前，男人婚入女方家，從事狩獵農務幫忙養家生育後代，卻沒有財產處分權，連婚姻關係的維持也掌握在女方的喜惡與滿不滿意自己日常付出的評價。男人只是社會的公器，爲社會建立安全、安定的基柱與提供牢靠的生產力。

喔，別誤會卑南族女性對兩性關係的優先權，而錯想成是與貞節有關的評斷。在那個時代，女人的貞節與識大體地爲男人保留應有的尊重，極可能是穩穩的牢固家庭社會的核心，讓男人在部落紛爭的時代，永遠理直氣壯、奮不顧身。這樣的婚姻關係，人類學門向以「從妻居」的簡單名之，但浪漫如我，卻從未在已有的研究報告中看到關於女人婚前的情感流韻，從未有文學作品描寫社會規範以外的卑南族男女之間自然發生的好感或愛慕。所以，我想談戀愛，試著去談一談卑南族古人們那些可能的愛戀甜蜜或酸澀。於是，我認眞的去找部落七、八十歲的老人「談」戀愛，從生理期來時如何以碎布處理、再清理、反覆使用開始談起，談他們年輕時代的羞怯與壓抑，愛慕或欣喜，並開始想像三百年前我的祖先那一代的古人也有相同的戀愛感受，而那個情愫成了這部小說的核心。

談了十五萬字，有什麼具體的發現嗎？你問我！

有！也沒有！（我必須說得模稜兩可）

結論一：有。——那眞是個奇特又匪夷所思的年代，既壓抑又狂放。

結論二：沒有。——回歸到愛情的本質，那種因喜歡產生的愛慕、迷戀、相思、期待、承諾、失望、幸福與絕望情愫，經由個體的感觸，進而衍展至兩個個體的相互交感，在走過十幾萬字的鋪陳演繹之後，發現似乎與現代人的感情表現無根本的差異。

但是，我說的沒有，也有可能包括了兩個可能。一是，愛情本就是如此，不論什麼社會制度爲何，不論哪個年代，不論什麼集體的意識，自始至終，愛情永遠是心靈深處一股能量，隨時因爲好感、愛慕而爆發，形成毀滅或者成就這個世界的力量或催化劑，所以，我的發現其實早就存在的基本常識，不值一哂。二是，我這個自以爲浪漫的木頭人，以爲深刻的體悟了愛情的眞諦，所以敢妄言那些發生在一六四二年間的愛情故事，卻忽視了自己經驗的不足、觀察未見深刻的可能。基於保護自己的理由（怕身邊人誤解我有什麼豐富與深刻的情史而圍勦），我必須說沒有什麼新的發現。

不管是什麼，我比較興趣的是，我已然談了一場戀愛，領著您走過卑南族人的感情世界之後，您是否會有不同的發現？或者，您也會動念去談感情這一件事情。如果是這樣，何不，您也談一場關於您族群的戀愛記憶與感情態度，而多年過後，我們相互擊掌互慰這些年我們「談」了戀愛，留下了一些特別的集體記憶：關於愛情。但，這個之前，還得請您先同我談談書裡的感情吧。

這本書寫完了，不免俗的要藉著書頁一角，謝謝太座大人容許我自己胡亂談戀愛，並在我說的離題時笑得很優雅技巧，不讓我難堪；也謝謝財團法人國家文化藝術基金會的創作補助，讓生活少了一點壓力，添注持續創作的材薪動力。辛苦寫跋的林韻梅老師，以及印刻的夥伴（這樣，也許他們會更愛出版我的書），請受我一鞠躬。

當然，更謝謝現在翻閱這本書的您。

二〇一二年二月二十九日於高雄岡山

在三百七十五年之後的二〇一一年七月，這裡已經是寬敞的二十六號省道丁字叉路口，向南延伸開闢平坦的四線道，準備載運核廢料，並連接阿朗壹古道，直抵布搭灣[1]。但一六三六年七月初的當年，一個遷移的氏族才經歷過驚心動魄的追逐戰，由此向南前行在山邊、海岸的小徑，展開三百年的「斯卡羅族」霸業。而其中一批任務結束，於七月中旬準備北返大巴六九部落，在此停駐短暫休憩，又揭開另一個故事的序幕……。

1 pudawan，今旭海。

序章 遇伏

火光下，馬力範注意到射進他左腿的是一支長矛，位置就在包紮著的傷口上方一點點，但血已經流到了腳踝，心想可能傷及了血管，他拔了出來，果然鮮血立刻噴濺，他趕緊取下背簍的背帶捆紮止血。想起力達，卻發覺力達正痛苦地想翻轉過身。

一六三六年七月下旬。

「你說你要走，讓我想盡留下你的理由……」

一個看起來未滿二十，右臉頰有一道傷口將癒合的壯碩青年，似哼似唱地喃喃，點點頭又搖搖頭，停了停，又開口哼唱：

「你說你要走……我知道你的允諾不會隨風過……」

「少馬，你唱什麼東西啊，是唱歌還是嘀咕啊？」一個右手臂及左小腿各包紮了一塊，明顯帶著傷勢的同齡青年，朝著唱歌的名叫少馬的青年問。

「唱歌啊！我忽然想起早上一大清早離開布搭灣時，聽到的歌啊！還眞好聽啊！我想練一練，帶回部落唱。」

「帶回部落唱？你還眞有心啊！怎麼？你有心上人啦？」

「難道沒有你喜歡的啊？力達！」

「喜歡的當然有，但女孩子沒表示，誰敢說出口啊！你敢啊？少馬。」

「有喜歡的，回去就大聲說，不要像某人假正經，憋在心裡不吭氣，我看哪，喜歡的人遲早讓別人給要走的！」旁邊一個粗冽刺耳的婦人聲響起，她的話引起其他幾個坐在旁的婦人輕輕地笑了起來，同時，目光又都自然地投向一個時而站立、時而走動的精壯漢子。

這一群看起來像是經過一番戰鬥的遠行人，正是遠自大巴六九部落南下，隨卡日卡蘭布利丹氏族抵達豔嶠[2]，而現在正在北返的一群人。今晨自布搭灣出發北返，傍晚約五點左右抵達台東阿朗壹溪[3]南岸，在幾棵大葉欖仁樹下卸下各自的背簍，嚼著檳榔休息。

一行人三男三女，除了兩個帶著傷的青年，還有一位不到三十多歲的精壯漢子，左小腿與左大臂各包紮著傷口，神情愉悅地四處瞻望，似乎在丈量什麼。另外，還有三個揹著巫師袋的婦人，其中兩位此時正似笑非笑地望著那精壯漢子。

「馬力範啊！你記得那歌聲吧？」聲音粗冽刺耳的婦人問。

「娥黛伊娜[4]，你說什麼？」

那精壯漢子正是馬力範，這一趟南下保護三個女巫的首領，聽見那婦人問話，停止張望，回頭問。

「我是說，清晨出發時多比苓那姑娘哼唱的歌？」

「那歌啊？我記起來啦！那麼好聽的歌聽了兩遍，我自然是記得的，來，我唱給各位聽啊！等回去，我們把這一路學的歌都一併唱給部落人聽。」

馬力範說完，沒什麼特別準備，毫不忸怩地提了氣，高聲唱了起來。

「我說馬力範啊！你的歌喉唱起多比苓這一首歌還眞是好聽啊！」身材中等面貌姣好的老女巫伊端，看著馬力範說。

「哪裡，哪裡……咦……等等！」馬力範忽然想起什麼，「早上我問了你們聽見了歌聲沒？你們都說沒聽見，怎麼現在你們又都聽見了這首歌？」

「馬力範阿力[5]啊！我們都聽見了，見你一心要離開，誰也不敢多說什麼地就匆匆上路。」

少馬接了話，停了停又說：「說眞的，你應該留在南邊，跟多比苓結婚建立一個新的氏族。」

2 今屏東恆春。
3 今達仁溪。
4 對母執輩的敬稱。
5 男人間的互稱。

「是啊！你這樣回去，我看西卡兒他們那些人，又得緊張兮兮的，先別說擔心路格露會看不上她，連我姊姊伊娟，他恐怕也沒把握追上了。」力達說。

「你不懂！」馬力範語氣沒有不悅，沒多回話地坐回了他的背簍前。

這看起來是一個南北走返的休息區，一條兩人並列寬的小徑，進入這個小空地後忽然開闊了起來。休息的小空地東面矮種銀合歡、雜樹和芎麻稀疏錯落著，高度與枝葉密度剛好提供休息者通視太平洋海面；這與小徑往南延伸，多半只聽得見海濤聲，視線卻遮蔽在銀合歡灌木群裡的情形大不同。靠西的位置，三棵大葉欖仁樹不等距的排列而生，路旁一整排被刻意堆起的矮石牆，剛好夠行人將揹負的重物舒服地卸下靠著休息。

眼前一行六人，由北向南依序是少馬、力達，中間是三個五十歲出頭的女巫：端莊、面貌姣好的伊端，身形嬌小的絲布伊，以及脖子短、寬肩厚胸的娥黛，殿後的是馬力範。六個人都揹著背簍，執著長杖；三個男人的背簍上各捆著一把箭矢，背簍側掛著一把素樸、形制奇特的短弓。除了絲布伊已經睡著了輕微打呼，其餘的四人正嚼著檳榔看著馬力範。

「力達、少馬那兩小鬼不懂，我們幾個老女人也一樣不懂啊！馬力範！」娥黛嚥了一口檳榔汁開口說：

「論長相、身材和歌喉，多比苓那女孩跟你簡直就是老祖宗揀選了作配對的，這幾天，你們看起來也常這麼眉來眼去的。現在，你說走就走，也沒啥交代，害得多比苓昨晚哭哭睡睡，教人不忍心啊！馬力範你說，昨晚，你們談了什麼？你究竟又怎麼打算？」

娥黛厚實的聲音與略微暗沉的臉，說到「眉來眼去」時，不自主地挑了眉拋了眼，頸子撇了一下，讓少馬看了覺得新奇，忽然開咧了笑臉，右臉頰的傷口扭曲成一條蟲似的，令人發噱。怕破壞氣氛，身旁的力達橫了肘子，提醒少馬別真的大笑。

「對啊！馬力範，他們七個人，配上你湊成四對，要建立新的部落可是剛剛好啊！你不留下，太可惜了，我們替多比苓抱不平啊！」聲音輕柔的伊端女巫也湊話。

「哎呀！看你們說的！好像我是個負心人似的！」馬力範環視了眾人，撫了撫左小腿包紮的傷說：

「昨夜，多比苓要我留下來，等這一趟安定了，請她兄長代替他的長輩為我們完婚，但我不同意！」

「哎呀！你昏頭了你？一個女人都這麼跟你開口了，你還有什麼好猶豫的？你的家長都不在了，你點了頭，就是最後的決定，你顧忌什麼？怎麼？部落有你喜歡的？」娥黛拉高了聲音，打斷了絲布伊的輕微鼾聲。

「你是想要告知你的家人，是吧？」伊端體貼地主動緩頰。

「告知家人？你就只剩一個姑媽在家，需要這麼大費周章由你親自來回一趟？由我們來說還不是一樣？等過些年你們生了一窩小孩，帶著禮物回部落還不是一樣？」娥黛說。

「兩位伊娜，不是這樣子的。」馬力範被兩位女巫長輩你一言我一句的，弄得有些尷尬，趕忙解釋：

「我不是不同意跟多比苓做夫妻，作為巴拉冠[6]的萬沙浪[7]，我沒理由拒絕與多比苓過生活，她是如此美麗與體貼。只是……」

「只是什麼？」娥黛心急地接話。

「這次出門，是阿雅萬[8]指派我帶著他們兩個小伙子保護各位伊娜的安全，沒把各位安全地送回去，我不應該節外生枝私下作其他的決定。不過，我答應她了，送各位回去以後，我立刻南下找尋她去！」馬力範的神情與語氣顯然輕快。

「哎呀！你個死腦袋的馬力範啊！我們要回去，力達、少馬陪著我們走回去就夠了，這來回奔波的，又不是短短的兩個山頭，要弄得這麼麻煩，你送完再跑一趟？」娥黛的音量又再拉高不少，亮刺的聲音忽然驚動前方一棵苧麻高舉的花柱上一隻斑鳩振翅飛離。

「好啦！娥黛，妳說話就不能稍微輕聲些，好夢都讓妳嚇跑了！」一個細細尖尖的聲音，忽然從睡著了的絲布伊口中響起，顯然她也被娥黛焦急又刺耳的聲音給吵醒。

「好啊！妳個絲布伊，也該醒了，妳醒來說說馬力範兩句吧！說完，咱還要趕路呢！」娥黛的聲音一下子緩和了不少，正轉過頭望向馬力範，馬力範卻先開了口：

「我不是不信任少馬、力達兩個小伙子呀！這一趟下來我們殺了乎刺林部落[9]的一些人，我不相信他們會這麼快就忘記這件事！這下子，回程我們還要經過他們的部落地界呢！」馬力範表情收起了之前的和煦，說：「一個弄不好，我們大家都回不去了，哪裡還考慮得到我與多比苓的婚事？」

馬力範的話像桶冰水淋頭潑濕了眾人，每個人瞬間都回魂似地收起了臉上的輕鬆，想起上個月底與卡日卡蘭[10]布利丹家族[11]會合一起南下時，在乎刺林的地界受爲難，爭吵中，布利丹家的卡里馬勞一刀砍下一個漢子的頭，引發乎刺林傾巢出動追殺，致使馬力範三人以弓箭回擊，造成乎刺林人不少的傷亡，而三人也都受到了輕重不等的傷損；女巫絲布伊爲此施用巫術[12]本身也陷入危機昏迷了三天。才半個月過去，乎刺林一定還憤恨在心，說不定這沿線就布滿了偵查的眼線，準備搜查他們的行動，進一步報復，而那樣的報復，絕不會低於上次追殺的強度。

這樣的想起，讓現場陷入一陣寂靜，感覺是一段很長時間的靜默，連海濤聲浪都停止了，氣氛急轉直下。

「向來巴拉冠的教育就是不能放棄夥伴，我是男人，是萬沙浪，既然阿雅萬交代保護妳們南下，我就有責任保護各位一起回去。」馬力範忽然又開口，口氣有些冷峻，但他似乎不自覺。繼續說：

「對於多比苓，我也是這麼說，無論如何，這一趟回來任務一結束，我都會想辦法儘快回去。我不是薄倖的人，我的承諾我的情感容不得摻上一絲假啊！」

---

6 巴拉冠是部落男子會所，兼具軍事、行政事務的指揮中心。
7 成年未婚的男子。
8 部落首領。
9 今大武鄉大鳥部落。
10 今知本部落的舊部落名稱，位於內溫泉五百公尺高的山崖上。
11 知本最大氏族「瑪法琉」在第十代以前的稱謂，一六三六年六月底，其中一支向恆春遷徙。
12 依據日本學者移川子之藏一九三四年在知本的田野調查資料顯示，當時施行了劈海逃生、召喚風雨巫術退敵。

「得了吧！馬力範，誰不知道你是個專情的男子，連最頑固的石頭也沒有你的決心來得堅貞。你提起了乎刺林人，讓大家開始擔心了，誰還會在意你要不要多比苓啊！」被吵醒後一直處於旁觀狀態的絲布伊，聲音尖尖細細地傳來，霎時又讓眾人清醒。

「是啊！馬力範，現在怎麼辦，我們已經在阿朗壹的這一條溪南岸，上一回乎刺林的追殺只到達這裡，再往北，一定在他們的監視範圍內，現在天色還沒完全暗，我們要不要再趕一點路啊！」力達想起上一回在這裡所見到的景象，還心有餘悸，輕皺了眉頭問。

當時，乎刺林六、七十個戰士混編的人馬，由巴塱衛[13]北邊的乎刺林部落南下追殺而來。受限於絲布伊的巫術陣法，在路上耽誤了許多時間；入夜後抵達前面的阿塱壹溪床時，又陷入以馘下的人頭爲核心的巫術陣法，在溪床上不停地來回奔跑咆哮。那些誓言要將他們碎屍萬段的乎刺林人，個個紅著眼殺氣騰騰的恐怖景象，任誰想來怕要噩夢連連了。雖然乎刺林人最後令人不解地慢慢退兵，但絲布伊在此昏迷了一天一夜，直到隔天馬力範等人才以長杖編成擔架，一路南下到布搭灣，與布利丹家族的人會合。當晚藏匿的地方，就是這休息區前方小徑靠東邊一些的長草叢區。

「不了！越過阿塱壹溪，沿途可能的凶險也會增多，現在情況不明，我們小心謹慎些。天快暗了，一些工作或出外活動的人也該陸續回家了，我們能避開就避開。」馬力範恢復了他一貫的專注。今天一整天關於對多比苓的思念與對未來想像的快樂情緒，被剛剛關於乎刺林的談話完全澆熄，危機意識開始燃熾，因而提高了警覺。

「我們現在就移到上次那個草叢區，晚上不生火烹煮，暫時以背簍裡的乾糧進食，大家都儘可能保持安靜，入夜後能睡就睡，過了午夜我們就出發北返。」

馬力範不愧是大巴六九部落的第一戰士，前一刻還沉浸在愛情的甜蜜氛圍，言語柔情密意、舉止輕盈躁躍，下一刻卻已經正色凜凜，簡單卻清楚地下達決心，而眼角唇邊一股難以察覺的殺機，令其他人也跟著緊繃神經。

一行人揹起了背簍，謹慎地消去路痕，然後迅速移位。

約一菸斗的時間，兩名輕裝的黝黑漢子，由南向北抵達這個休息區，仔細觀察後，又繼續向北而去。

「有人來了！」少馬輕輕地說。

「三個，四個，不……六個。」力達壓低嗓子幾乎是以氣聲說話。

「九個！」馬力範以更低的聲音字字清楚地傳進每個人耳裡。說話同時，馬力範已經伸手輕躡躡地解開短弓的繩子。

13 今台東大武。

已經是入夜的幾個小時之後，沒有任何照明的漆黑夜裡，力達與少馬雖然看不清楚星光下馬力範的動作，但憑模糊身影與備戰習慣，他們也幾乎在同一時間伸手解開綁縛短弓的繩子應變。一行人在敵方範圍內野營，都是處在極淺的睡眠狀態，不起營火地壓著茅草叢假寐，連習慣打鼾的絲布伊也出奇的安靜。眾人維持著半仰躺的姿勢，張起耳朵、睜開眼睛，留心所有聲音，注意所有動向。繁茂的星空下，看不清周遭的景物，只隱約地看見幾個火把的光暈，在不遠處的溪床上，來來回回又相互交錯，那群人偶而交談偶而咒罵的聲音卻不時傳來。

「有人過了溪！」少馬輕聲說。

傍晚他們休息的大葉欖仁樹下有一些動靜，三個持火把的漢子，過了溪進入那個小徑休息位置，停下來交換意見後又忽然向東面走動。

「糟糕！好像要走過來了！」力達輕聲地說，語氣有些急躁。

那休息地離現在他們的露營位置也不過二十步不到，那些人眞要向東走來一定會發現他們。來人是誰，不知道；半夜裡九個漢子持火炬到這個地方搜查什麼，一定也不尋常。他們的目標也許不是馬力範等人，但兩造陌生人夜半忽然遭遇，敵情顧慮下，對方會不會先採取什麼手段？自己能不能有足夠的時間解釋而平和地收場？會不會因爲各自解讀產生誤解而引起凶殺？這些都無法掌握而讓眼前變得極不確定。

馬力範三個男人理解這個狀況，所以很有默契地同時抽起了箭矢，取了弓，坐了起來，一動也不動地注視著傍晚休息地的方向警戒；而三個女巫，相互望了望，一下子眼神集中在絲布伊身上。溪床草叢視線太暗，沒人看得清楚絲布伊在做什麼，也沒人知道三個警戒的男人又看清楚了什麼。只有等待，等待來人持著火把一步一步地接近，等待那火把形成的忽大忽小光暈照明逐漸貼近露營地。

「慢著！」來人之中一個聲音響起，同時「唰」地響起抽出佩刀的聲音，其餘兩人也警覺地跟著抽起長刀。

那個聲音隔著幾叢高大的五節芒草，距離就在少馬前方三步。透過芒草的間隙，馬力範等人已經看清楚持著火把的來人，火光下的身影顯示來人穿著短褲裙、短上衣，身材不高，眼大鼻寬。

乎刺林人！是乎刺林人！

眾人幾乎同時就確定來人的身分，心頭都大吃一驚！而少馬眼前的草叢忽然穿刺出半截長刀，刀尖只在少馬眉心前一步半，光影下可以看出一個人正要穿越草叢進入露營的位置。

糟糕！眾人暗叫一聲。馬力範與力達本能地半拉開弓弦，少馬也立刻伸手按握著刀柄，準備隨時拔刀應變；但身後的絲布伊忽然口中發出「茲」的一聲，彈出一顆陶珠，向少馬面前的茅草叢疾射而出。

奇怪的事發生了。

少馬覺得眼前的景物倏地急速退開，拉出了三、四步的空間距離，而原先持刀出現在自己眼前草叢的乎刺林人，也停止了動作，讓少馬心裡頓時產生極大的安全感。

「這裡有蛇！我們別再往前吧！」在少馬前方持刀的乎刺林人說了這麼一句，說完，立即抽身回頭，其他兩人也跟著離開。

「好險啊！」眼見他們離去，少馬輕聲說。

光暈逐漸遠離，而其他方向的聲音在一陣雜遝後，也一起向北消逝。

「好險啊！」少馬看了看自己的夥伴，又說了一句。

「這是怎麼回事啊？我們被盯梢了是吧？」力達鬆開弓弦，輕皺著眉頭說。

馬力範沒多說話，自顧自地站起身來，跟在乎刺林人後方出去。其餘眾人不知該如何，望著馬力範消失的身影都安靜了好一陣子，女巫們各自掏出了檳榔嚼食，少馬、力達則收拾著弓箭也沒多說一句。

「這些乎刺林人，眞不死心啊！可眞要讓我嚇出一身病來了！」娥黛嚥了一口檳榔汁忽然說。原本宏厚的聲音，卻失去了平時的亮刺。

「換了誰恐怕也是如此了！才半個月過去，那些死了家人的，恐怕還沒開始下田呢，心頭的恨哪能說消就消啊！」伊端的聲音還算平靜。

「那照這個樣子看來，這一路上我們還有得受呢！我的老祖宗啊！怎麼讓我們遇見這種事呢？」娥黛的聲音明顯大了起來。

「妳輕聲些，有這些年輕人保護，應該不會有問題的。」

「看來是不會有問題的，馬力範事前恐怕還是算計清楚了這些！他堅持要跟著我們回去，也不能說不對，只是苦了多比苓那女孩！」娥黛說。

黑夜中看不清楚娥黛的表情，不過聽口氣，顯然她還是爲馬力範撇下兒女私情這一件事感到惋惜，談話間又扯上多比苓，那個半個月前與他們一起南下，並且與馬力範陷入愛戀的卡日卡蘭女孩。

「這種事也很難說得清楚，男人們有男人們的打算，馬力範是個可依賴的男人，他自然知道自己在幹什麼。兒女私情的，他拿捏得清楚，也不勞我們擔心，這一趟北返大巴六九還得要多仰賴他們呢！」伊端語調溫柔輕聲地說。

「是這樣沒錯，但他們都受了傷，要像上次那樣拚殺奔跑，恐怕誰都受不了啊！」

「老姊姊啊！妳怎麼換了個人似的，平常跟男人一樣大聲說話中氣十足，凡事都要搶先說，怎麼現在聽起來總是少了一股氣啊！娥黛，妳沒問題吧！要不要讓我收收驚啊？」伊端感覺娥黛語氣不同於剛才，所以關切地往娥黛的位置靠了靠。

「哎呀！我沒問題！這個節骨眼的，我自然多了心思。」娥黛似乎受了刺激，聲音也跟著宏亮起來了。「妳想想，這一趟下來，我們是應著老祖宗的意思找那個女嬰，好不容易找到那女嬰，結果，受傷的受傷，不該傷心的也傷心了，我們還不知道任務結束了沒；甚至能不能回家，我們都沒把握了，我能不多心嗎？」娥黛的聲音似乎恢復了平日的刺耳，坐在對面的兩個年輕人也受吸引地停下交談。

「輕聲啊，娥黛，別又把那些乎刺林人給招來了！」伊端緊張地提醒。

「唉唷！知道啦！我是想，原本還想這一趟回去當個介紹人，把伊媚跟馬力範湊在一塊，誰知道他心裡已經有了多比苓那女孩。」

「伊媚？娥黛伊娜，妳說的是我姊姊伊媚啊？」對面的力達插了話。

「除了那個伊媚，還有哪個伊媚？」

「哎呀，原來你早知道我姊姊伊媚喜歡馬力範啊，哎呀，她要知道妳想介紹馬力範給她，她一定開心地為妳釀酒、醃山豬肉。我看這樣好了，妳管他馬力範怎麼想，等回去了，我請我父母準備點酒菜，我邀請大家來，您就順勢介紹給她吧！」力達語氣興奮得好像說的是他自己的事。

「這樣好嗎？馬力範想的是幾十個山頭遠的多比苳，要介紹其他女孩，這不妥當吧！」伊端說。

「這沒什麼不妥當的啦！伊端伊娜！伊媚喜歡馬力範，部落的人都知道，沒什麼不好的。再說，這一趟路這麼遠，我們又跟這裡的人結仇，馬力範想回壟嶠找多比苳，他一個人再勇猛，也難保不會有危險的！」少馬急著說。

「是啊！如果真能這樣把馬力範留下來，我們還可以跟他多學一點製作弓箭、射箭的技術啊！如果他不喜歡伊媚，你也可以介紹部落第一美女路格露給他啊！總之，就是要把他留下來繼續領導我們就對啦！」力達接著說。

「唉呀！力達，你還真大方啊！不替你自己的姊姊多多爭取，還說要介紹路格露，我看你們兩個小傢伙是熱心過了頭啊，好像你們自己要相親一樣！馬力範總算沒有白照顧你們了。」娥黛感興趣了，語氣開心地輕快起來。

「這倒是個辦法，這麼好的萬沙浪，不留給部落，給了別人多可惜啊！」伊端也覺得有道理。

眾人斷斷續續地交談著，似乎想緩和剛才的緊張氣氛。女巫娥黛轉眼間，檳榔已經是停了又嚼、嚼了又停地吃了三顆，她注意到絲布伊既沒睡著，也沒多插話，故意找話題：

「咦？絲布伊啊，我們說得高興，妳怎麼不說點什麼？」
「多休息一會兒吧！待會兒還有路要趕呢！」絲布伊像是剛剛根本不在現場似的，提了完全不相干的話題。而她的提醒，讓其他四個人稍稍收斂剛剛輕鬆的心情。
「怎麼？妳察覺出有問題？」娥黛警覺巫力遠高於她的絲布伊有其他憂慮。
「我剛剛占卜了一下，知道乎刺林人沿途設了障礙，奇怪的是，障礙位置卻不在他們的部落出入口。」絲布伊說。
「妳沒多問一問？」娥黛好奇一向好強的絲布伊，占卜怎麼會只問一半。
「我問了，但沒有清楚的結果，倒是問出了乎刺林這一回召集了很多巫師一起來。」
「啊！」伊端與娥黛同時驚呼。
「難道他們知道我們要回來？」娥黛問。
「不，他們是為別的事來，恰巧得知我們要經過，可能因此被邀請留下來，不過我感覺他們之間正在克服一股恐懼感。」
「哎呀！妳的意思是，我們這一趟回家的路，要跟他們的一群巫師大鬥法了？」娥黛的聲音刺耳。
「再休息一會兒吧！」絲布伊似乎不願再多說，要其他人再休息。
「可是……」娥黛想再多說，但馬力範已經折回。
「馬力範！現在怎麼樣啊？」娥黛問。
「都再睡一會兒，等月亮偏過那棵樹梢，我們便動身一路往回走。」馬力範指著東面一棵樹，沒多加說些什麼。

馬力範剛剛尾隨追出那一群人，想確定來者究竟何人，有什麼目的。除了確定來人是乎刺林的戰士，目的是確認自己這一行人的身分外，還意外聽到了乎刺林人決定好好編組設陣防堵他們，以報半個月前馬力範與卡日卡蘭等人殺人襲村之恨。

這個訊息讓馬力範感到憂心，並警覺到一場更可怕的殺戮等在前頭。上一回，事情是偶發的，乎刺林人倉促追擊傷亡慘重，但也造成了馬力範三人的輕重傷；這一回乎刺林人有備而來，而馬力範等三個真正可以硬碰硬的男人，也都已經受了傷，真要打起來，光想想就夠叫人膽寒的。這讓馬力範傷透了腦筋，除了要夥伴繼續休息，等那一群乎刺林人離開得夠久之後再行動，現下也想不出更好的辦法。

馬力範坐回自己的睡鋪，盤算著乎刺林人可能的行動，沒多少睡意。

「馬力範啊！你不多說點什麼嗎？」娥黛在對鋪的位置坐著說。

「咦？娥黛伊娜，妳不再多睡一會兒？咦？你們都不睡啊？」馬力範回了娥黛的話，昏暗的星光下卻發覺他的同伴沒有一個人是躺下的，連經常不顧旁人自顧自睡覺的絲布伊也朝著他看。

「這個時候誰睡得著啊，現在又究竟是什麼情況啊？」娥黛說。

「是啊！馬力範，睡眠給打斷了，我們乾脆直接趕路還乾脆些！」力達也說。

「不行，乎刺林人就在前頭，我們趕急了，說不定要撞在一起了，等他們先走一段，我們再出發。」

「你有什麼打算？」娥黛說。

「什麼打算？哎呀！這我得找大家商量商量了！我剛才從乎刺林交談中感覺到他們正在籌劃什麼。好像要在他們部落前後的路上設置管制站，過濾前後出入的人。」

「你是說，他們知道我們今天經過這裡？」

「不！他們不可能知道我們今天要回大巴六九。上個月的事，他們已經把卡日卡蘭的人恨得要死，設置管制站的目的，可能就是針對卡日卡蘭南北往來所作的報復性措施，而不是單單針對我們。」馬力範說。

「那剛才那些來人，不是針對我們？」少馬問。

「是！是針對我們，只是他們不知道我們是誰？」

「我們，我們是誰？這有差別嗎？馬力範你把我弄糊塗了！」少馬說。

「呵呵……當然有差別啊！白天的時間裡，我們一行人向北走來的情形，可能傳進了他們耳裡，他們疑心，所以過來看一看想確定一下是怎樣的人；假如我們只是一般的過路人，也就算了，要是遇見的是卡日卡蘭人，或者認出我們來，凶殺可能就要發生了。聽他們的口氣，他們的確猜疑我們是卡日卡蘭人，並沒有想到會是我們這一群從大巴六九來的奇怪組合。」

「喂，馬力範啊！你說誰是奇怪的組合？」娥黛插了話，沒有不悅，但語調稍稍拉高。

「哈哈……我們啊！別人是夫妻一對對地出走找新天地，我們卻是三個伊娜帶著三個兒子沿路廝殺拚命啊。」

「唉呀！你個馬力範，想成親啦，奇怪的組合都讓你說出口了！好，我們儘快回去，你要誰、愛誰我都給你說媒去！」娥黛的話引起大夥一陣笑。

馬力範存心逗弄大家開心，卻沒來由想起多比荼，心裡一陣甜又一陣苦。眼前他們一行人恰好趕上乎刺林人準備設管制站圍堵卡日卡蘭人南來北往的當頭；他們固然不是卡日卡蘭人，但乎刺林人不可能認不出他們背簍上那三把令乎刺林人死傷慘重的短弓，不可能認不出絲布伊那三個令乎刺林人吃足苦頭的女巫師；也許乎刺林人更想捉住他們這一夥人，也說不定呢！能不能安全回去？能不能有機會再南下找尋多比荼？馬力範忽然覺得沒了信心，搖搖頭又點點頭。

「這趟路，可不輕鬆啊！」馬力範說，而他的話讓眾人又陷入一陣靜默。

娥黛咬了顆檳榔，嚓地一聲算是打破了安靜：

「馬力範啊！剛才絲布伊卜了個卦，說乎刺林人已經召集了一批巫師，居心不明。」

「大家別多心，這自然是跟上一次絲布伊伊娜以巫術修理他們的經驗有關，他們對巫術可能有了新的體認，所以也想學著使用吧！目前狀況不明，不過，可以確定的是乎刺林人並不知道我們來了，所以他們的意圖也不會完全是針對我們六個人而來的，沿途我們提高警覺，隨機應變就是了，放心吧！我們一定平安回到大巴六九的。」

「對！到時候，我作媒把路格露介紹給你！」娥黛說。

「咦？娥黛伊娜，不是先介紹我姊姊伊媚嗎？怎麼直接跳過，變成路格露了。」力達語氣錯愕。

「還介紹啊？燃一些火種、備妥火把，我們收拾收拾，準備出發吧！」馬力範沒好氣地笑著說。

現場氣氛頓時變得輕鬆，但馬力範心理壓力卻沒減輕多少，他也明白，今夜得繃緊神經走路，一旦發生了衝突，生死一線間將是一翻兩瞪眼的局面。沒來由的，他腦海又浮起了幾回多比苓昨夜哭紅了雙眼，捨不得他走的神情。

一行人出發時間約在晚上十點多左右，馬力範在前方領頭，約四十步的後方依序是少馬、三個女巫、力達殿後。馬力範的用意是將隊伍拉出縱深，有危險時可以彈性調度。但隊伍一路走到大武再往北的乎刺林部落外圍，除了遠處的狗吠叫聲，根本沒有看見任何人走動。這種屬於鄉野部落的平時常態情形，卻讓馬力範大感不解與不安。今天傍晚南下搜查的那些人，分明是爲了警戒卡日卡蘭人而來，可見這一段時期乎刺林人應該已經採取必要的措施了，特別是在傍晚時間發現可疑者的情況下，加強巡邏應該是必要的才對。

「是我顧慮太多了吧！也許乎刺林人並沒有巴拉冠，不習慣統一調度吧？也許他們還忙著處理喪葬後事，安撫家人的情緒吧！加上乎刺林部落離小徑還有一段距離，敵人不侵擾他們部落，他們也沒這個必要無端尋仇吧！或者他們認爲我們不可能走夜路？」馬力範自言自語地爲眼前的狀況找合理解釋。他抬頭看看東邊海面，上弦月已經升空，即時地爲夜間提供了一些可見度，他回過頭瞻望約四十步外的夥伴，月光下，隱約看得出些身影，正賣力地、安靜地、卻又散發緊張氣氛地跨著步履向前走，因爲視線不佳，時而踉蹌、時而猶豫，卻沒人多吭氣。

因爲顧慮乎刺林的威脅，眾人皆不敢點著火把，只燃了一些火星子留在火種罐內[14]，準備通過乎刺林部落後，或遇到危險快速逃離時再燃起火把照明。眼前還在乎刺林部落地界附近，隨時有可能撞見乎刺林人，所以眾人只得在微弱月光照明下夜行。

穿過乎刺林部落與這條南北方向的通路所形成的丁字路口，小徑開始往上攀爬，不多久，後方的少馬已經趕上。

「絲布伊伊娜要你在前方稍停一下。」

「怎麼了？」

「伊娜沒多說！」

「嗯，知道了！前面應該快到上一次發生衝突的地方，也該稍微停下來休息一下。」馬力範輕聲回答，又回頭專注看著他口裡所說，上次發生衝突的地方。

「那裡好像有火光！微弱的炭火光！」少馬輕聲地說，語氣驚訝。

「那裡！」月光下，少馬試圖指出一個方向。

「還眞的有個炭火光，那裡有人野營！希望沒帶狗一起！」馬力範說，心裡忽然覺得不安。

馬力範的不安是因爲，他們並不希望此行遇見任何人，特別是現在他們還在乎刺林部落附近。不管那個營火旁住宿著什麼人，不論對馬力範等人有無敵意，一旦接近被狗兒發覺狂吠，必然引起乎刺林人的警覺而派人查探。這一來，衝突勢不可免，上個月南下被追殺的情形必然重演，而且更加凶險。

馬力範疑心間，後面的人都跟了上來。

「絲布伊伊娜，妳有什麼打算嗎？」馬力範不等絲布伊開口便輕聲問。

「我看到，那個地方有巫師力量築起的防護罩。」絲布伊尖刺的嗓聲壓得低低的。

「伊娜不能解決嗎？」

「笨啊！問這？絲布伊還有什麼不能解決的？」娥黛搶過話，不過她難得地壓低了聲嗓。

遠處忽然傳來幾聲狗兒的低吼聲，令眾人都閉上嘴，向火光望去。那裡確實有一批人駐紮，而且就是乎剌林人。原本乎剌林部落決議明天起針對卡日卡蘭的人員開始執行管制查哨，所以這幾天便在這條路上的行人休息區東面，設置類似管制站的建築，俾便長年派駐一些人。為此還特地召集大武附近幾個部落的女巫，協助設站的巫術阻絕。但今天傍晚發現達仁溪南岸有一群可疑的人出沒，令乎剌林人心生警覺，臨時決議今晚就先住進一批人。除了戰士、獵犬，還跟著兩位女巫，準備明天天亮時就近支援祝禱、設置巫術設施。絲布伊看到的便是乎剌林女巫的力量所自然築起的防護罩，而這，也只有法力高強的女巫才看得見，馬力範等凡夫俗子根本無從察覺。

「妳說的那個防護罩對我們有影響嗎？」馬力範不解地問。

「那個東西平常對你我都沒影響，但是女巫之間只要產生敵意，那些力量便自然採取對抗的姿態。那兩個女巫的敵對力量，對我們來說太微弱，也因此他們將承受不住我們反折回去的力量。」絲布伊嘖了嘖，繼續說：「從現在這個距離起，只要我們繼續往前，他們的力量會自然啓

14 古昔點火器具不盡科學，起火不易，夜間出門通常會以小竹罐子裝些易燃的碎屑，以打火石敲擊點著後，由專人保管，不讓星火熄滅，作為火種。

動我們的巫力與之相對抗，所以那些女巫將受我們的影響，靈魂瞬間移位、身體失去意識地痛苦呻叫，那樣便會吵醒其他人，我們就有可能被發現。」絲布伊說。

「伊娜擔心的是這個呀？」馬力範皺起了眉頭，「我擔心的是他們帶來的狗啊！這個距離，我們只要開始活動，那些狗便會吠叫個不停，我聽得出來，那些狗都是訓練得很好的獵犬，說不定還包括上次參與戰鬥的狗，如果這樣，對我們一定更加敏感了。」

馬力範的憂心，讓眾人陷入無語。眾人都理解到：乎刺林女巫被絲布伊等人的力量壓迫，發狂、歇斯底里，一般人只會慌了手腳，不會意識到是外面來的威脅；但是，獵犬的警戒吠叫，連尋常的漢子都不必多想便會直接抄傢伙出來查探，那後果可想而知。

「絲布伊，妳看怎麼辦？」娥黛問。

「狗的問題簡單啊，我們施巫法，或者等我們的巫力被激起來，那些狗自然會恐懼地迴避，只要處理好那些人就可以了。」絲布伊聲音又忽然變高變細。

「如果是這樣……」馬力範停了停，下了決定：「如果是這樣，請絲布伊伊娜讓那些狗迴避，我跟力達先過去盯著，我們就定位後，你們快速地通過，路上注意那些被吵醒出來解尿的人。通過那個地方，萬一被發現，少馬你領著伊娜們，燃起火把，頭也不回地快速往北跑，我跟力達殿後阻擊。」

「這樣好嗎？就你們兩個人！」少馬質疑。

「呸！真要打起來，我們都留下來也不夠啊！別忘了，三個伊娜回不去，那我們這一趟便要白跑了，往後部落真要發生了什麼大災難，這個歷史罵名，我們可承受不起啊！」馬力範這一說等於提醒了眾人當初離開部落的任務。

「就這樣吧！橫豎都到了這個地步，此時不走，我們將更沒機會了！」娥黛正色說，只不過月色下，誰也無法清楚看見她的表情。

「可以了嗎？絲布伊伊娜？」馬力範注視著早已經開始祝禱的絲布伊。

「去吧！」絲布伊說完，同時向那營火的方向拋出手上的陶珠。

「走吧，力達！」

馬力範說話著，同時棄置長杖，調整過箭囊以方便取箭，又抽了一支在手應變，便與力達往前行，卻被力達稍大的呼吸聲吸引，低聲說：

「沉住氣，力達！我們不是新手啊！」

而夜色中，力達只苦笑以對。他並非膽怯，只是因爲臨接戰狀態，心跳加速，呼吸也變得沉濁。

兩人一前一後接近那透發炭火的建築物，微弱的炭火光下，注意到那個約十步寬、二十步長，以木材、竹材、茅草新建的房舍。在一端的火塘旁邊有兩個女人夢囈般地輕聲呻叫，另一邊則躺滿了一群男人，人數無法確定。見此情形，兩人倒吸了一口氣，輕躡躡地經過道路繞到建築物北邊守著，卻見到五隻獵犬眼光露出極度恐懼地望著兩人，然後陸續轉向牆角迴避；而此時絲布伊所說的狀況開始發生了。

火塘旁的女人都閉著眼，卻忽然開始呻吟，聲音時大時小且逐漸變大，身體也不自主地扭動、翻轉，看似正在承受極大的痛苦。被吵醒的男人有人高聲咒罵，有人圍過來想幫上什麼忙；

但多數人警覺有股陰寒的邪氣，所以都坐了起來，恐懼地呆望著那兩個女人。

屋內呻吟、唉叫聲愈來愈大，屋外的絲布伊一行人也正快速地接近房舍，行走的聲音以及裝具的輕微碰撞聲，令守在屋子外的馬力範兩人擔心，本能地搭起了箭矢在弦上，準備應變。但就在絲布伊等人通過房舍前，那兩個女人尖叫聲近乎嘶喊地交錯著，恰巧遮蓋住外頭走動的聲響，馬力範捏了一把冷汗，心裡直呼慶幸。

絲布伊等人小心翼翼地通過房舍，與馬力範兩人會合後，向北加速離開，屋內卻傳出女人的大叫聲：「有卡日卡蘭的巫師剛剛經過！你們別放過他們啊！」

這一叫喊，引起屋內的一陣騷動，幾個人首先衝了出來左右觀望，接著又一批人點燃火把衝了出來！

「有人往北方走去！」一個人發現了馬力範等人的身影。

「是那些卡日卡蘭人！」一個機伶的人大聲說。

乎剌林人分不清楚卡日卡蘭人與大巴六九人有什麼不同，總把北方幾個部落都說成是卡日卡蘭人。今晚的情況太詭異，所有人毫不遲疑地進了屋帶著各自的武器、火把衝了出來，循著往北的道路追了去。

「少馬，你們點起火把，快走！」馬力範語氣急了，幾乎是吼著說。

說完，立刻轉身朝著叫嚷的人群，拉弓射出一箭，而少馬與絲布伊等人趁勢點燃了火把，向北方飛奔而去。

馬力範的箭，直接射中乎剌林人一個執火把的人，那人尖叫了一聲便向後倒去；這一箭令追擊的乎刺林人停頓了一下，有人慌亂地急找掩蔽，亂了隊形。

「是那些射箭的卡日卡蘭人！」

一個人大叫。眾人一聽，上個月被馬力範等人弓箭狙擊傷亡慘重的記憶瞬間被喚起，整群人又立刻整隊向前。才剛要前進，忽然一個執火把的人又倒下，令整群乎刺林人都停了下來。

剛剛馬力範射倒一個人之後，與力達迅速起身向北跑，想拉出一個夠遠的距離；當乎刺林人重新集結想追擊時，力達遠距離地射出一箭，又射倒了一個人。這一箭也等於把乎刺林人釘在原地，兩人毫不遲疑地向前奔馳，足足拉出了約三百步的距離。

「好啊！別停啊！我們追上他們吧！」馬力範望向遠處少馬等人的火炬，邊跑邊說著。

「呼！希望乎刺林人別追得太緊啊！我可不想一直殺人啊！」力達說著，隨手又抽起一支箭。

「絲布伊伊娜是施了巫術吧，我覺得他們走得太快，太不正常了！」

「這樣好啊！先逃過乎刺林人的追擊再說！」

兩人腳步沒停，回頭看了一下，發覺乎刺林人十數支火把仍停留在原地，似乎在整理什麼；一回頭，少馬等人的火炬卻已經消失在遠前方。

「他們……啊！」馬力範一句沒說完，忽然痛苦地驚叫了一聲，整個人栽向前摔倒在地，身後也同時傳來某個東西被刺穿的「噆」一聲，以及力達的唉叫聲與摔倒聲。

「力達！你不要緊吧？」馬力範叫喚著，聲音卻完全走調。

馬力範感覺左腿刺進了一個異物，令他踉蹌倒地，一陣激烈的撕裂疼痛，立刻襲上腦門，但他惦記著力達，急著坐起回頭看個究竟，沒想到力達已經直接撲倒翻滾在地。

身後距離約十五步的位置忽然亮起了兩個火把，馬力範本能地拉起弓射出一箭，而力達也幾乎是在同時轉過身射出一箭，兩個執火把的人只悶哼一聲便倒地不起，火把掉落路旁草叢，引燃一些乾葉與細樹枝。

火光下，馬力範注意到射進他左腿的是一支長矛，位置就在包紮著的傷口上方一點點，但血已經流到了腳踝，心想可能傷及了血管，他拔了出來，果然鮮血立刻噴濺，他趕緊取下背簍的背帶捆紮止血。想起力達，卻發覺力達正痛苦地想翻轉過身。

「我來！」馬力範說著，趕忙上前幫忙。

力達身上也同樣插著一支長矛，這隻長矛貫穿力達背簍的左側邊，直接刺進力達左後側背約半個手掌深。剛才力達摔倒又轉身射箭，長矛柄碰撞了地面以及路邊灌木叢，造成傷口的撕裂擴大，鮮血流了力達整個左後臀。馬力範大吃一驚，那傷口分明是在力達身體的中段撕了個大洞，也許就在腎臟的位置，不立刻處理，力達恐怕要不了多久就要喪盡氣力！

「眞要命啊！這些乎刺林人！竟然想到這種辦法。」

馬力範輕聲咒罵，同時連同背簍、長矛自力達身上拔下來，並取刀割了自己身上的一塊麻布，又取下力達背簍的背帶，緊緊地包裹住力達的腹背。

乎刺林人並不是針對大巴六九人北上的這一件事，事前作了準備；但爲了防範北方卡日卡蘭的人繼續南下，乎刺林人規劃了管制站，另外在遠前方就設置一個監視哨，以便發現狀況及早通報後方應變。剛才以長矛射傷馬力範兩人的，便是今晚管制站爲了減輕宿營擁擠，而指派到這裡睡，順便「練習」監視哨的狀況。這兩人並不了解管制站內忽然都執火把衝出來的乎剌林人到底發生什麼事，等反應過來可能出事時，少馬以及絲布伊等女巫早已經通過了；等他們提了長矛，準備點燃火把時，卻剛好聽見交談聲，馬力範兩人正巧通過了路口不到十步，背對著他們。一個直覺的反應，他們以手中的長矛由後飆射而出，才燃起火把想照明查探個清楚，沒想到馬力範兩人會以弓箭回擊，因而送了命。

馬力範包紮完畢，雜草已經燒起了一片，火光把馬力範與力達照明得清楚，而乎剌林人已經執著火把開始移動，遠遠還可以聽到他們的喊叫聲，嚷嚷著要把馬力範這兩人砍了。

「糟糕，他們已經開始動了！力達，你還可以吧？我們得趕緊離開，這火光已經暴露我們的行蹤了！」馬力範急了，隨即站了起來，卻感到一陣撕裂痛傳自腿部，一時也分不清是新傷還是舊傷的疼痛。

「我還可以！我們走吧！背簍還要不要揹？」

力達語氣像是正在漏氣的風箱，缺少了先前的活力，聽在馬力範耳裡，感到極其不安。

「不用了，帶著弓箭就可以了，路遠，愈輕便愈好！我們快走吧！」馬力範幾乎是邊說邊離開。

馬力範才動，一群執火把的人，忽然爆起了聲浪，原來乎剌林人遠遠便清楚地看見火光下的馬力範瘸著走路，這一發現令所有人感到振奮，前進的速度明顯加快，像是下定了決心要將馬力範兩人擒到手。

一離開野火的照明圈，馬力範轉過身子朝遠方逐漸逼近的乎剌林人射了一箭，最前面的一把火炬忽然倒下，後面呈現一片混亂。兩人趁機向前跑了十幾步，接著力達又射出一箭，又射倒乎剌林人前面幾個火把之一；趁此，兩人又拉開一段距離。

馬力範等人的短弓，材質特殊，製作工法也特殊，由馬力範父親的一位親戚設計製作，還沒來得及傳授製作工藝，那親戚便因爲不明疾病死亡。當時留了三把，這一次分別由馬力範等三人分持；因爲弓強，箭矢也較一般的粗上許多，所以射程較一般的長弓遠一倍，殺傷力也大。上個月陪同卡日卡蘭人南下時，由他們斷後阻擊，造成了乎剌林人極大的傷害；這一回，馬力範也打算這麼做，同時加快逃離的速度。由剛才兩次的射擊，似乎也證明馬力範的策略奏效，但馬力範心裡忽然有一股「這一回逃不了」的感覺。

他偷偷地回頭看一眼力達，想爲力達打打氣，但腿部的痛楚卻愈來愈劇烈，新傷牽引的舊傷，使他的左腿每跨一步，就感到傷口更撕裂一些，而一股股溫濕的液體布滿了小腿，持續往下流。他脫口說：

「我們就照這個樣子射箭，爭取距離，現在這一條路開始下坡了，也許我們可以跑得更快！」

「是啊！上一回可以，這一回我們也可以！」力達回答得乾脆，但明顯少了一些力氣。

月光下奔跑，只能沿著腳底下舊有的痕跡瞎跑，平時還好，但對於重傷的兩人，那些坑洞、逕流形成路面的高低與未移開的石塊，卻成了夢魘；隨便一個傾斜調整，都要牽扯傷口，致使兩人體力消耗加劇，行動愈形緩慢，只見乎剌林人忽然貼得更近。

「糟糕！」馬力範才脫口喊糟，身旁幾叢灌木發出喳喳的聲音。

還沒弄清楚怎麼回事，馬力範與力達已經接連發出幾聲唉叫，兩人背後各中了幾箭。憤怒中，力達回過身射了一箭，馬力範立刻跟著射一箭，對方倒了兩個，但隊伍卻沒停下來，反而更快速地貼近。

「糟糕了！」馬力範又說了一句。

這一段路，左邊是山壁，右邊是海面，從乎刺林部落往北，筆直逐漸上昇，一直到乎刺林新設置的管制站前後，才呈現幾個彎曲；到剛剛開始下坡時，又成直線慢慢下降，直到下一個部落加津林。這一段植被較短，近距離的作戰，馬力範的強弓優勢消失，卻適合乎刺林人集體射箭，將馬力範兩人當靶射成刺蝟。

乎刺林人一開始就打算這樣，但夜間視線有限，只能估算概略位置，一群箭鋪天蓋地地同時射去。這也是馬力範最擔心的事，特別是兩個人都受了重傷，奔跑脫離戰場的能力又逐步消弱的現在。還好，乎刺林人看不清楚馬力範兩人的正確位置，而他們自己的一群火把卻清楚地標示乎刺林人的行動。

「馬力範，你走吧！我的腿部又中了一箭，肩膀也挨了一箭，我覺得氣快散光了！我來阻擋他們！你快走！別管我了！」力達邊說著，仍想盡辦法奮力地往前跑。

「說的什麼話啊！來，你在前，我們一路往北跑，箭沒射完，不准停！沒到家，不准停！」馬力範幾乎是吼著說。

這一吼，頓時又讓力達回魂，提神快跑。兩人背後各插著幾支箭，一前一後地在夜間奔跑，遠後方一群執火把的乎刺林人卻死命地要追上來。一群一群的箭忽然落在兩人後方，有時落在左側山壁，有時落在右前方的海崖，當然也有幾支又補在馬力範兩人的身上。兩人只顧往前跑，偶而機械式的回身還擊，而且射偏了一兩箭；奔跑的速度愈來愈慢，身體已經感覺不到疼痛；而平刺林已經就在一百步的距離，逐漸拉近，殺伐聲音早就蓋過了海崖傳來的海濤聲，也排開了兩人奔跑時耳邊的風切聲。

兩人大口喘息著。馬力範向遠前方望去，已經看不到任何火炬，心想也許絲布伊眞的使用了巫術，使他們在第一時間就脫離了這個地方。

巫術？馬力範腦海浮起絲布伊上次在這裡展現的巫力，讓一群包括孕婦的夥伴們，忽然像青壯漢子一樣奔跑，心裡跟著喜悅起來了。正想告訴力達，力達卻出現激烈搖晃，直接向前撲倒，而頭頂上正巧飛過一群箭矢，落在前方。

「力達，力達！」馬力範撲了上去，將他扶起來。

「我一腳踩偏了！」月光下，力達的表情異常痛苦地說。

力達除了傷口的疼痛，身上插著的箭，在摔倒時絆著了些樹根草莖，拉扯神經也引發劇烈的疼痛。

兩人一直沒拔去身上的箭，除了因爲時間緊急，怕大量失血也是個因素。

「來！我拉你起來，我們再射兩箭，然後再跑，我想絲布伊伊娜她們使用巫術離開了，也許前面也幫我們設置了也說不定。現在這一條路已經下坡到底了，前方就是加津林，也許就在那裡，也許就在這一條路下降到平地的地方，走，我們射了箭繼續跑吧！」馬力範說。

「也只能這樣了！希望絲布伊伊娜眞的爲我們設置了那樣的巫術！」力達說。

「我們各射三箭，然後邊跑再射三箭，讓他們滯留一下！」

「那這樣，最後我只剩兩支了！」

「最後我也只剩三支！不管了，萬一不行，我們拔下身上的這幾支用用！」

馬力範說得輕鬆，他沒說的部分是：眼前乎剌林人已經逼近到五、六十步，能遲滯最好，不能遲滯對方，等對方接近了再多箭也沒用；前方若真有絲布伊設置的巫術力量，即使最後連弓都壞了，箭也沒了，也還可以逃離，否則留再多箭也應付不完乎剌林人。

「試試吧！走！」馬力範大喝一聲，兩人便按計畫開始行動。

乎剌林人只被射來的箭遲滯了一下，立刻又追了上來，而且速度更快，馬力範沒回頭卻清楚感覺乎剌林已經逼近不到三十步。

乎剌林人已經放棄停下來射箭的方式，直接在前方以盾牌作掩護，人人都拔了長刀直接衝上來，「殺了他們」的聲音洪水般掩蓋而來。

「糟糕！力達！再加把勁啊！」

「馬力範，我……快不行了！」

「就在前面了，就在前面了！」馬力範似乎全把希望寄託在絲布伊設置巫術這件事上。

但現實狀況卻不是這麼樂觀。乎剌林人已經二十步、十步的逼近，而馬力範兩人舉步愈來愈艱難，馬力範覺得耳邊幾乎已經感覺得到乎剌林人呼出的熱氣，覺得已幾乎感覺得到對方刀尖所傳遞的恨意與殺機，一股死神散發的恐懼、無力、絕望以及即將遠離的莫名哀傷。

「這樣也好，我們就長刀上拚個死活吧，反正護送絲布伊的任務，也算是由少馬接替成功達成，只是委屈了力達，陪我戰到最後一刻。」

馬力範幾乎已經認命了的這麼想，腦海卻浮起昨夜恆春的嘎米嘎米海灘，與多比苓並肩坐在沙丘上，多比苓溫柔的碰觸磨蹭與話語，想起她要他留下來與她共組一個家庭的哀泣與甜蜜，心裡忽然一陣酸，眼眶一陣濕潤。

「多比苓啊！我總是個漢子，一個眞正的大巴六九的男人，我將奮力一戰，即使無法活著回去見妳，實現我的承諾，我的靈魂也會在最快的時間回到妳身邊，呵呵……我總算也認眞地把妳想了一遍啊！」馬力範低聲地呢喃，忽然又大聲喝斥：

「力達，我們現在就射完手上的箭，然後拔刀跟他們拚了！」說完立刻轉身準備放箭。

但，發生了奇怪的事。

剛剛幾乎已經貼上背的乎刺林人，已經遠遠落後在一百步以外，而且愈來愈遠。馬力範恍然大悟，就在剛剛他開始感覺絕望時，他與力達可能已經越過個某種類似絲布伊「神行巫術」的設置，因而改變了他們奔行的速度，然而，他們並不知道巫術力量何時對自己開始產生效果，因爲他們始終是在一個極度疲累與愈來愈衰竭的狀態。

馬力範明白他的期望實現了，所以語氣興奮地大叫起來：

「啊！力達！啓動了，絲布伊伊娜的巫術啓動了！哈哈！啓動了！」馬力範興奮地叫著：

「力達！我們跑吧，一路跑回家吧！」

馬力範望著自己前方五步左右的力達，背上散布插著四支乎刺林人又細又長的箭，看起來像是部落年祭的跳舞場上的耍寶人物，搖搖晃晃卻賣力地向前跑動。而朦朧、昏晦月光下的樹影草梢，像一面牆似的連成一片，向後飛掠而過，除了耳邊的咻咻風切聲、自己的喘息聲、心跳聲，馬力範已聽不見身旁數公尺以外的海浪拍岸聲。

兩人始終沒有交談呼喊，經過了一個村落外緣，又經過幾道橫亙的溪床，沿著溪床向西偶有幾點零星的火光，遠遠地、快速地向後隕逝。

「再跑一段時間……應該可以把乎剌林人遠遠地甩開，也許……我們就已經跑過了大竹、阡仔崙，跑過拉勞蘭，經過太麻里……進入卡日卡蘭在平原的勢力範圍了！」馬力範嘴裡斷斷續續地吼著，想安慰、鼓舞力達，而一股疲倦感覺忽然襲上腦門，雙腿已經覺得疼痛軟疲近乎麻痺。

「糟糕……」

馬力範想起一件事，不自覺地脫口喊糟糕，而力達忽然整個軟塌地向前撲倒，差一點絆著馬力範疊在一塊，馬力範整個人停了下來。

「力達！力達！」

「馬……力範……阿力，我……不行了！」

「胡說！巴拉冠的男人，沒有什麼是不行的！」馬力範幾乎是邊吼著邊想要扶起力達。

但一接觸力達的身體，馬力範卻大吃一驚。他發覺力達並沒有出現激烈運動後該有的急喘與加快心跳，反而像是才下了床的病人，除了滿身的冷汗，氣息變得異常地微弱。而馬力範自己全身痠痛，心臟快跳出心口似的，「撲」地響個不停。

「我不行了……你快走吧！替我……跟家人說一說！」

「別胡說了，你不行，還有我，乎剌林人讓我們甩得老遠了，不可能再追上我們了，你起來，我們慢慢散步回去！」馬力範吼著說。

「我……」

力達始終沒抬起頭，微弱的呼吸，令馬力範感到不安。

「哈！你個力達，想偷懶是不是？好，誰要我是你的領隊，你偷懶沒關係，我揹你回去！」

馬力範了解力達的狀況危急，轉了個口氣說，而眼眶忽然擠滿了淚水。

「偷懶沒關係，等回去巴拉冠，我要好好處罰你！你等著瞧啊！來，我幫你把背上的箭拔下，你也幫我拔下箭，我們挺起胸膛走回去！」馬力範幾乎是自言自語地說，邊說邊替力達拔下箭。

力達身上的四支箭傷口深度不一，最深的不過是一個指頭深，馬力範拔起來時，力達沒多哼一聲，連箭矢拔出時，也沒有預期的噴出鮮血流個不停，可見力達虛弱得只剩口氣。

見此情形馬力範忍不住啜泣兩聲，而淚流不止，他直覺將失去自己的戰友。

「馬……」力達擠出了一個字。

「閉嘴！別說了，我知道你偷懶，你連替我拔箭也偷懶。好！你不拔，我自己來！」

馬力範不願力達多費力氣說話，當下阻止了他。同時自己憋了口氣，反過手拔去了自己身上的三支箭，一股劇痛直抵心窩，令他差一點喘不過氣；而一股溫熱的液體順勢流出，像是一股鬱積久了的晦氣噴發爆出，讓他忽然有股舒服的感覺。他輕呼了一口氣，伸手扶起力達，心裡卻一陣軟，淚水跟著又掉了下來。

「來！既然你不想走，我也不要你走了，這一段路我揹你，等下一段路換你揹我啊！你可不能耍賴啊！」馬力範壓抑一股哀傷，儘可能輕鬆地說。

「我……」

「別你你我我了！我是領隊，我說了就算。別不好意思啊！到了下一段，你加倍路程來揹我就是了，最好你直接揹我回家，讓部落女孩見識你力達的勇武！」

不等說完，馬力範一下子轉過身把力達揹上身，兩支弓併著抓握固定在力達的屁股底下，繼續朝北方前進。忽然「崩……喀……」的連串聲響，一支弓在接榫處裂開，毀壞。

「哇！你眞是重啊！不過沒關係，雖然我們沒能好好地學會製作這個弓箭，但總算它也陪著我們走過這一趟，殺了不少人！」馬力範半開玩笑地說，卻又眞實道出他的感覺。

少馬與力達都是未滿十九歲的小伙子，體型卻是他們這一輩部落青年中最壯碩的，所以才被挑選跟隨馬力範南下保護三個女巫，找尋部落女巫集體夢境出現的女嬰。這個體型，平常要馬力範揹個一段路都稍感費力了，現在腿部、背部重傷的情況下，揹負著行走還不到兩百步便忍不住脫口喊重。

「哎呀！絲布伊的巫術啊！」馬力範的語氣像是做結論似的，平靜中卻又多了一點無奈、一點感傷、一點哀怨和一點感激。

就在剛剛力達向前倒地而兩人幾乎疊在一塊時，馬力範忽然想起上個月絲布伊施行巫術，他們一路奔行，女巫伊端曾提醒大家，這個巫術是啓動自己的力量來跑，並不是外來力量的挹注；意思是：當巫術力量啓動後，突如其來的力量，實際上是濃縮集中他們自己的力量在短時間上，就像衝刺短跑一樣，有距離性、體力限制性。施行這一類巫術，奔行中一旦感覺疲累，便須轉趨平時的速度，這樣子，身體疲累是平時的兩三倍，一般人只要休息時間夠，體力可以獲得恢復。但馬力範兩人深受重傷，特別是力達腹背破了洞，兩人在這一段路上的逃命，巫術力量把兩人最後的能量集中在瞬間逃命的需要上，所以到了後段，兩人的情況便猶如風中燭火了。

絲布伊啓動巫力，固然提供兩人逃離乎刺林人的圍殺，卻也可能間接造成兩人衰竭而死。剛剛，馬力範的不安、心生絕望即在於此；剛剛，馬力範忍不住啜泣又故作輕鬆想安慰力達即在於此，而現在語氣上的感傷也在於此。

「力達呀……」馬力範上氣不接下氣地輕聲叫喚。

兩個人揹疊在一塊，月光下，背影像極了身軀龐大又重傷的水鹿，危危顫顫地沿著小徑向前緩慢移動。

「回到了家……」馬力範聲音更細更喘。

馬力範感覺力達的心跳變得極微弱，重量愈來愈沉，他想說點什麼勉勵，卻不知道該說些什麼。馬力範無意識地開口，心思卻變得更遠、更杳、更不踏實。他感覺不到左腿的任何反應，身體其他部分卻有種肢解、撕裂的感覺。他逐漸微弱地喘息著，背上汗水血水的濕黏腥羶氣味，一點點、清淡淡地傳進鼻孔，他忽然有被掏空的虛弱、暈眩。

「馬力範啊！」力達忽然開口說，聲音意外地清亮。「我很高興能跟著你來這一趟……能參與去回的兩次戰鬥，也證實了我的確是部落頂尖的萬沙浪。我想，如果我現在就死去，我也沒有什麼遺憾了，畢竟不是每個人都有機會證明自己的呀！」力達的聲音比之前平穩有氣。

你胡說……馬力範想開口阻止，卻只在心裡迴盪。

「如果你要問我的意見，我會認眞地回答，你不應該跟著我們回來這一趟。如果留在多比荅那裡，你會是個很好的族長……咳……」力達醒過來似的清楚地說，卻被自己的輕咳打斷。

你不懂……馬力範幾乎是掙扎的想要辯解，但，除了腦海不斷浮現多比荅爲自己包紮傷口時的焦急，除了多比荅貼近時那股少女特有的淡淡體味，除了昨夜沙丘上多比荅訴說著成家願望的羞答模樣，馬力範根本無力多說話，他已經氣虛到兩眼昏花，看不清楚眼前的景象。

「昨夜……」馬力範終於迸出兩個字，卻忽然左右踉蹌，然後癱軟跪地。

「放我下來吧！」力達說。

「不！有我在……我會帶你回家的！」馬力範咬牙地說，同時掙扎地，右腿不停地抖動硬撐著身體起來。

「你聽我說……馬力範！」力達忽然輕輕啜泣，一會兒轉趨平靜地說：「這裡，已經是我道路的盡頭了，我沒有怨恨；死在乎刺林的埋伏，我也沒恨意……這是老祖宗的意思了。聽我說，馬力範，阿力啊……你偶而也要替自己想一想……你總是一個正常的男人啊……」

馬力範停止了幾乎已經不再前進的腳步，他想直起身子卻怎麼也挺直不起來。一路上他流了太多血，又在巫術的啓動下，把剩餘的氣力用盡，現在他直想嘔吐而眼前發黑、頭殼縮疼，卻驚覺力達身子已經鬆軟，除了更沉重，已感覺不到他的心跳與氣息。

你不懂，你的年紀還不會懂……馬力範只在心裡吶喊著，雙腿仍不由自主地拖抬前進，除了力達沉甸甸的重量，他已經感覺不到地面的地面。

「馬力範……跟我家人說一聲！」力達忽然說了一句，細細的、游絲般的一股氣，在馬力範耳邊飄過。

「你親口說去，我帶你回家！」馬力範兩行淚直掉，用盡力氣擠出了一句話之後，身體繼續向前移動。

海濤仍在耳邊接湧著，又細又遠，卻清楚地響著；一隻夜鷺，嘎嘎地飛起又停佇，聲音緲緲遠遠地不斷傳來。馬力範卻已經看不見任何景物，嘔心、頭昏、尿失禁的感覺，愈來愈強烈地襲來；忽然，身體又再癱軟，整個人向前撲倒，摔進在幾棵樹幹之間，無力再爬起來。

多比荅，妳等著，我一定會回去找妳……馬力範的心思明確地這樣說，但意識卻愈來愈虛杳，一絲一縷地逐漸渙散……。

第1章 圍獵

雄鹿喘著氣又向前奔出了五十米外，口鼻不停地噴出白霧，四蹄交互邁動中還不時想偏向東邊的芒草叢去。雄鹿速度快，少馬的速度也嚇人，影子似的，在雄鹿右後側隔著一個長矛斜刺的距離貼著雄鹿奔馳，一發覺雄鹿有偏東的跡象，便毫不客氣地朝鹿身上戳刺，逼得雄鹿頻頻偏頭瞪視。

一六四〇年三月初。

黎明時分，曠野的空氣濕凝中帶著涼意。東邊太平洋海上已經出現了一長條縫隙的花白，灰濛卻清楚地與周邊的灰黑有所區隔，橫向開裂成一片灰黑布幕似的，不經意流洩出了背景的灰白顏色，顯得那樣的隨性。不多時，那灰白背景逐漸擴大、變長，而邊緣的雲絲開始染上了淡淡的黃橙色。一棵有著大枝幹的樹影，剪紙似的輪廓正浮凸在這微弱光影中；在一整片漫瀰淡淡晨霧的荒埔草原上，顯得孤立卻又自信挺拔。

順著樹幹往上，第二枝指向南方的椏杈處，跨坐著一個漢子的身影，一動也不動地盯視著南面草原；而南面，此刻，除了夜空中還掛著數量多卻還算不上繁多的星星；地面則尚未自霧幕的遮罩與晨曦未明的暗夜中顯影而出。四周除了蟲鳴以及一些在灌木叢中拚命叫嚷的麻雀群，還有那漢子頭頂上偶而嘎嗚一兩聲的三兩隻夜鷺。

一隻夜鷺忽然呱叫然後振翅飛出，引起樹梢一陣騷動。

「呸！」那漢子輕輕咒罵了一聲，目光沒偏離南方，只用右手掌抹去剛剛啪落在額頭的一坨濕熱騷臭的鳥糞。

那漢子想起了昨天傍晚在村子口外，大巴六九溪南岸灌木叢的苦苓樹下，也是這樣地在頭頂上挨了一隻大烏鴉的糞便，他不自覺地咧了嘴笑了笑。

「她可真是迷人啊！」他瞇起了眼睛輕輕地說，心口一陣怦然亂跳，耳根子便熱了起來。

昨天傍晚入夜前，這漢子由部落東北面的撒弩儂[1]查看陷阱走回部落，正巧看見幾個巴拉冠的小伙子鬼鬼祟祟地蹲屈著躲在灌木叢中，安靜地、專注地向著溪水處張望。正待出聲喝斥，忽然警覺前方有異，他好奇地順著他們的眼光望去，卻看見灌木叢外約五、六公尺處的溪水邊，有幾個女人正光著身子洗澡。天色已經灰暗，加上所站的位置被樹葉枝幹遮去了不少視線，他無法辨認出那些女人是誰。基於巴拉冠的禮儀教育，他本能地想移開視線並趕跑這些小伙子，卻忽然瞥見部落第一美女路格露也在其中，裸露的身子左側背向著這些偷窺者；但即使只是側背，也令這漢子醉迷，他呆住了，呼吸不自覺地變得急促沉重。

傍晚入夜前，法魯古溪的溪水乍暖還涼，幾個女人或蹲屈或跪坐在溪床上分流的溪水裡，正開心地閒聊，不時以曬乾了的瓜瓢舀水淋身，完全沒警覺到這一群男人的無禮侵犯。但幾個小伙子警覺背後有人，忽然同時回頭看見站在身後的漢子，霎時無不驚得慌亂了手腳起身，騷動了他們藏身的灌木樹叢，沙……拆……枝葉摩擦、碰觸回彈聲，擾得那漢子身後苦苓樹上頭的幾隻烏鴉呱嘎飛離，幾顆濕糞啪啪地砸在那漢子頭上。那漢子火了，正待開罵，灌木叢外已經響起了一個尖唳的女人聲：

「站住！你們這些色鬼，誰都別跑！都給我站在那兒！」

那漢子定睛一瞧，一個女人，身體遮擋在灌木樹叢外，只露出頭顱怒視著他們；而其他女人早已順勢將身體埋在水中，路格露只撇過頭瞪了他一眼，隨即轉過頭去。

「好啊！你個西卡兒，規矩都要讓你給壞了，這裡是什麼地方？這是什麼時間？你們在幹什麼？要率隊打仗你躲起來，帶著一群小畜牲偷看女人洗澡你倒行啊！照你這個沒出息樣，我看你身後的苦苓樹枯萎、重生三次，你也休想得到路格露的歡心，呸！你個不中用的東西！」另一個女人也跟著出現在灌木樹叢外，朝那漢子吼著。

「我……」名叫西卡兒的漢子頓時語塞，他認出那個女子正是向來不給他好臉色的伊媚，火

1 地名，與今之下賓朗隔溪床相對之地。

氣順勢爆發了，對著那一群小伙子吼開：

「你們這些猴崽子，還待在這裡幹什麼，都給我回巴拉冠，看我怎麼修理你們！」聲音在大巴六九溪床上遠遠傳開。

啪啦……剛才飛離的夜鷺又重新飛回，引起西卡兒頭上的幾隻夜鷺跟著騷動；但西卡兒跨坐在向南的枝幹上，仍然一動也不動地專注望著眼前景物的變化。

夜空已經褪去原有的黑，像是一片黑得無光彩的布匹，遮掩住一整塊有光暈的平板，而隱隱掩掩中有了暉光曖曖，使得稍早布滿夜空的群星幾乎消失，只留下幾顆向來敢與皓月相伴的星辰。地面上，薄霧已經散去大部分；餘留的、絲絲的霧氣，折射著東邊升起的晨曦，讓幾叢羅列在西邊靠近部落位置的高大刺竹林清楚地顯映；極目望去，遍生五節芒的荒埔草原，已漸漸可以辨識得出上層的葉梢尖末。

西卡兒轉頭向左側，只見東方海面上空，已經白花花一片，上層幾片雲帶，由橙轉紅；而幾塊殘雲的間隔中，出現了零星的火燄靛紫色；海面潮湧隱約可見，陸地上愈往東邊曙色愈明。

「還有點時間！」西卡兒喃喃自語，頭又轉回南面。

他下意識地摸了摸繫在腰間的打火石具，看了看豎在前方尚未點火的長火把，又握了握橫置在兩腿間的短火把，稍稍挪動了一下身體。屁股隔著布裙與粗礪的樹皮磨蹭一兩下的感覺，讓他覺得安心、實在。稍早，他選擇這一棵約莫兩個成年人環抱的高大苦苓樹，看重的就是它粗礪的表層，可以讓人穩穩地待在上頭；另外，苦苓樹細小的葉片和淡藍碎白的花朵已綻放落地，視野也可以不受影響。

西卡兒昨天無意間闖進女人洗澡的地方，觸犯了部落的規範，也違反巴拉冠男子未經允許不得接近那個區域的規定，挨罵受責自是難免；但「牽眾偷看女人洗澡」的指責，對他而言可就嚴重了。雖說他俊美、勇猛，是受部落女人歡迎的單身男子，過去也經常忍不住會踰越這個規定，滿足自己對異性的幻想；但是這一回，路格露在這群裸身洗澡的女人當中，西卡兒可不願忍著吞下這口氣，默認自己是「牽眾而為」。昨天不便對伊媚發脾氣，回到巴拉冠後，便狠狠地修理了那一群小伙子，同時邀集了幾名平日一起狩獵的夥伴混合編組，準備利用今天清晨圍獵一頭鹿，作為賠罪與洗清自己懦弱的指控，希望能扳回一點路格露的好感。

「枯萎、重生三次？」西卡兒想起伊媚昨天的怒斥，嘴裡不自覺嘀咕著。

胯下的苦苓樹，少說也有四、五十年的樹齡，眞要枯萎、重生三次，也得要一百多年，誰活得了那個歲數啊？美麗的路格露心裡到底在想什麼？撇過頭看他的那種眼神究竟又代表什麼意思？

西卡兒沒來由地想路格露昨天的眼神，忽然回過神，神情一獰，瞠目向前。

只見前方的荒草莽原，正有一大群行動甚為緩慢的物體，行經之處長草低伏，顯然是那些物體移動踐踏造成，因為東邊光線照映不到，顯得一片暗黑。但西卡兒卻更注意西邊沿著山坡地樹林邊移動的另外一群。

「水鹿！」西卡兒十分肯定地說，但不確定數量有多少。

他立刻取出腰間的打火器具，放置在跨坐的苦苓樹枝幹上；打開乾草罐，拈起裡頭的細乾草，放進火種罐，又另外取出兩顆白石，相互敲擊起來。喀喀……的敲擊聲，驚起頭頂上的夜鷺，引起騷動。幾顆星火接連迸出，兩三顆掉落火種罐內，西卡兒低頭趨近輕輕吹氣，罐內的乾草開始冒煙著火，他隨即又捻起一撮細乾草放上去，火苗隨著更多的輕煙升起。

西卡兒站了起來，以火種罐的火苗點著豎在面前的長火把，不算大的火燄，驚擾了樹上的夜鷺群起飛離，向東而去。遠前方移動的物體，稍停了停又繼續緩慢地移動，西卡兒望了一眼，深吸口氣坐了下來，心跳卻壓抑不住地開始加快。

這不是西卡兒第一次編組並指揮出草圍獵鹿隻，自從三年前神箭手馬力範為保護女巫南下壟嶠，折返受傷後，這幾年幾乎就由他接手指揮編組。依循過去馬力範所建立的編組方式圍獵，由弓箭與長矛混搭，慢慢地將選定的鹿隻隔離，並誘導至草原上喬木雜木混生的樹林，再集體以長矛刺殺。這個方式著實讓西卡兒省去了剛開始指揮時的生疏，過去幾次圍獵也成功捕獲過幾隻梅花鹿。

關於這個，部落人並不覺得有什麼不妥，但西卡兒心裡始終感覺不踏實，總多心別人會認為他的能力不如馬力範；他甚至一度認為路格露是因為這個原因不與他接近。還好，他也注意到路格露似乎與馬力範之間沒什麼互動。這一回為了路格露，他想證明自己的能力，決定改變編組與圍獵的方式，而且選定他這段時間所觀察到的、體型較大較凶猛的水鹿為目標。

「看你的了，少馬！」西卡兒心跳仍然無法平息，看了看東邊的曙色，又轉頭注視著南邊遠前方，語氣堅定充滿期待意味地說。

那鹿群共有兩批，東面稍遠的區域是一批數量不明的較大梅花鹿集團；另一批，也就是西卡兒盯視的那一群水鹿共七隻，包括長了分岔鹿角的兩隻公鹿，以及三隻母鹿和兩隻幼鹿。鹿群或停或行，沿著矮樹林邊緩慢地向北方移動，隨興啃食幾叢五節芒草的新鮮嫩莖；所經之地長草倒偃，枝葉被摘食，灌木群也有幾處被啃食踐踏，距離苦苓樹約兩百米。

苦苓樹上忽然燃起的火光，並未驚擾鹿群。一頭長著一對長約四、五十公分，橫生出兩、三個分岔鹿角尖的雄水鹿，抬頭向前瞻望，又撇過頭注意著身旁約六、七步遠一個持長杖的漢子，接著又移動視線，望著右方十幾步遠的另一頭年輕雄鹿，若無其事地繼續進食。

那漢子便是少馬，幾天以前與西卡兒無意間發現，這些原本在山坡地活動的水鹿，不知為何下山與梅花鹿搶地盤；部落兩側幾條野溪中，以及草原幾處積水爛泥處，還被這群水鹿滾出了不少澡池。少馬想起三年前，馬力範在太麻里射出弓箭劃開雄鹿的皮層，逼得鹿群往太麻里北溪上游奔離的事。所以幾天以來，少馬沒事便不停嘗試接近，想了解水鹿習性。

水鹿群似乎並不把少馬當一回事，就像其他的梅花鹿群，並不把一兩個落單的人類當成威脅一樣。也許因為水鹿、梅花鹿是台灣地區最大型的野生動物，在沒有大型肉食性動物的東部平原，鹿是沒有天敵的。這一點，持弓箭長矛的部落人都知道，鹿群也似乎從遠古以來在血液裡、基因裡就記憶著這樣的事。所以當少馬開始接近時，這些原本天性敏感的水鹿，也很快適應與接納他的無害存在，僅象徵性地保持一點點距離。

天空已經亮了，少馬意識到太陽即將出海升空，他看了看其他的鹿隻，又望向北方兩百米外的苦苓樹，只見原先的火把旁燃起了另一根火把，新燃起的火把，已不若先前黑夜時的明亮，但仍舊清楚地看得到樹上的西卡兒向西邊揮舞火把兩下，火光將熄未熄地劃出了半個弧形。

少馬見狀，立即以手持的長杖輕拍著樹叢。突如其來的啪擦聲響，驚動鹿群突進了兩三步，然後停了下來看少馬一眼，不一會兒又繼續移動進食。少馬趁隙迅速地抽出匕首，套上長杖，又繼續拍打樹叢，持續一下兩下，讓鹿群不自覺加快速度移動。不一會兒，鹿群逐漸以少馬爲中心相隔各十步形成兩個部分；左側（西邊）是那一頭有著三分岔角的雄鹿，右側（東邊）則是那年輕雄鹿與其他的水鹿。

那頭雄鹿始終與少馬保持十步的間隔，或停或張望；而其他的鹿群受限於芒草叢與雜樹林的阻礙，移動的方向有些偏東，甚至因爲被雜樹叢遮隱，形成那雄鹿單獨被隔離的態勢。

雄鹿邊走邊停，逐漸靠近那苦苓樹約三百步遠。只見火把又上下揮動，而敲擊枝幹的聲音同時又零星地由幾處傳來。雄鹿驚覺有異，停下腳步機警地向其他鹿群探視，卻發覺失去了其他鹿隻的蹤影，牠低吼了一聲，往少馬的方向移動數步。但少馬伸直長矛，矛頭指向雄鹿，矛尖點刺的疼痛，令雄鹿不敢太靠近。沒幾回，雄鹿停了下來，忽然沉聲低吼，拱起肩背，微低著頭壓下長角睨著少馬。少馬一驚，立刻移動位置站到兩三棵約大腿粗的樹幹後，平舉長矛與雄鹿對峙。

雄鹿顯然感覺到少馬瞬間的懼慄，本能地再調整方向以長鹿角對著少馬持續低吼，作勢要衝出。這讓少馬感到恐懼莫名，手心直冒汗，呼吸變得急促，心虛地盯視著那一頭鹿，眼光還不時打量眼前那三棵雜木。他經歷過遭遇敵人、異族追逐幾乎喪命的幾場凶險，但面對這一頭高度與他身高相當、身體壯碩程度卻遠超出自己太多的雄鹿，仍感到一種難以理解的顫慄；他見識過雄鹿奔馳衝撞的氣勢，知道這一衝撞的力道可能造成的可怕後果，他又看看眼前的樹幹，不確定樹幹是不是擋得下雄鹿的衝撞。

心神才一恍惚，雄鹿動了。

「糟了！」少馬心頭一驚，直覺手上的長矛槍尖胡亂抖動，而眼睛不自覺眨了一下。

但雄鹿才跨出半步，忽然急停收勢抬頭後移。不等少馬回過神，耳邊響起了兩個同伴的聲音：「我們來囉！大家小心啊！」

來人與少馬同樣著後敞褲[2]，相隔幾步，平執長矛對準水鹿，同時呼喝叫吼著。

這一著，迫使水鹿放棄衝撞的意圖，掉頭順著雜樹林與芒草叢間短草地旁的一條小徑，向北往苦苓樹的方向邁步移動。而此時，整個台東平原忽然刺亮了起來，旭日自東邊太平洋海面破水升起，陽光直射西邊山頭，染黃了山頭樹林與兩三抹尚未散去的霧嵐。

「該上場了！」苦苓樹上的西卡兒忽然說。

2 皮製，僅遮蔽下體避免山林活動遭荊棘茅草割傷的褲子。

就在剛剛第一道的晨曦橫過他眼前，而整個視界明亮了起來時，他把眼光投向草原上三百步外，一前三後緊緊保持距離的雄鹿與少馬等三人，眼神跟著閃起了數道星芒。

眼前，少馬已經按照計畫成功地隔離開那一頭大雄鹿，而且正朝著其他人埋伏的位置逐步加速而來。西卡兒意識到眞正的搏鬥就要開始，整個人反而鎮定下來了，他伸手抓了抓腰間的長刀，又望了一眼插立在樹幹旁的長矛；抬起頭深吸了一口氣，揮了揮手上的短火把指向西面右側的一處雜樹林，指示少馬導引雄鹿再往西偏一些。

雄鹿果然被少馬三人又逼向西。

此時，整個苦苓樹南面的荒草埔中，芒草葉梢、灌木叢、刺竹林、雜樹枝葉與淡淡殘霧交錯雜融，在金黃色的朝曦輝映下，既明亮又晦暗，呈現出金黃、白灰的色調；平時灰黑帶著棕褐的水鹿毛色，在邁大步的肌理鼓動狀態下，也呈現出一種奇異的色調，像是一條被抖動的灰白薄毯，波動中呈現出幾分優雅、柔順的黃灰奶色。

西卡兒楞住了。昨天傍晚暮色中路格露的裸背影像，那凝滑的肩背肌膚上跳躍的光影，在腦海中浮現，他臉上一陣燥熱，心跳開始變得急促。西卡兒不確定那樣的影像，是淋著的水珠自路格露頸部、脊背、腰側滑落所折映的光影，還是路格露本身的膚色，在溪水潺潺流動與夕陽餘暉中的特有色調；但路格露舀水搓撫的輕微動作中，自左大臂內側裸露的半球圓渾乳房，還是印證了西卡兒平日的幻想。霎時，他感覺腦袋有些昏脹，呼吸急重，血液直往下竄，令他陷入一種醉靡狀態，不自覺地舉……了舉手上的火把。

「不行，我得沉住氣啊！」他近乎掙扎地想集中精神，往南望去，卻見大雄鹿正要經過兩棵並列的羅氏鹽膚木。

「啊！」他大叫了一聲，整個人瞬間清醒，急急舉起火把揮動了數下之後，跳下苦苓樹第一根枝幹回到地面，熄掉火把後拔起插著的長矛，往雜樹叢方向奔去。

南邊……

雄鹿慢跑了約五十米，忽然邁開四蹄向前奔馳，龐大身軀奔騰的氣勢著實嚇人，短草區揚起了不少灰塵，蹄甲落地沉悶密集雜亂的「ㄅ……ㄅ……」奔跑踩踏聲向四周濺開，驚擾了周邊芒草叢的鳥禽撲拉拉飛出，不規律地、三兩隻或群起向兩側、向上飛散引起不少騷動。原先被隔離的年輕雄鹿與其他鹿群，本能地向東奔跑散去，而遠方另一集團的覓食鹿群受到吸引，有些停止了啃食紛紛向此地瞻望。

雄鹿喘著氣又向前奔出了五十米外，口鼻不停地噴出白霧，四蹄交互邁動中還不時想偏向東邊的芒草叢去。雄鹿速度快，少馬的速度也嚇人，影子似的，在雄鹿右後側隔著一個長矛斜刺的距離貼著雄鹿奔馳，一發覺雄鹿有偏東的跡象，便毫不客氣地朝鹿身上戳刺，逼得雄鹿頻頻偏頭瞪視，想慢下來又被後頭緊跟著兩個執矛的人戳刺，令牠不自覺地往前往西偏離；而身上已經有幾處長矛點刺造成的皮肉傷滲出了血，在汗水、陽光的映照下，殷紅漾染了一肚皮。

眼看短草區逐漸窄縮，而小徑即將直入雜樹林與茅草區之間僅容兩個人並列的裂隙；一整塊岩石突兀地盤據著芒草叢邊界的入口旁。雄鹿忽然又加快速度，似乎想趁著閃進小徑的同時，讓岩石擋下纏在牠右側的少馬。

看來，雄鹿的意圖得逞了。少馬沒等到接近那岩石，自己已經稍微調整了方向，放緩速度，併入其他兩個追逐在後的夥伴行列。三人才交換眼神，雄鹿卻已經閃進了那小徑。

「小心了！」少馬喘著氣張口說。

話還沒說完，前方響起了雄鹿淒厲的嚎叫，同時響起幾支竹竿爆裂、折斷、彈回的聲音。

「哈！這水鹿撞上了埋設在石頭後草叢的竹刺陷阱。」少馬大聲地吼著，語氣極其興奮。

三人衝了進去，只見那一頭雄鹿，踉蹌地向前翻滾撲倒，芒草叢被倒地的水鹿龐大身軀狼狽地壓垮了一片；雄鹿的左前腿與前胸之間，扎扎實實地插著兩根斷裂的、約成人手臂粗的半截竹竿，正隨著水鹿的喘息上下左右擺動；竹竿尾端爆裂扭曲，顯見衝撞力道之猛烈。插入處迸出了不少鮮血，染紅了整個水鹿的前胸，也噴濺周邊的幾叢芒草。

水鹿掙扎地想站起來，東邊草叢卻衝出了另外三個人，各執長矛毫不猶豫地刺向水鹿，那柔軟的下腹部，瞬間出現三個血窟窿。水鹿「嗷」地慘叫一聲，倏地站起來向西側雜樹叢竄去，所經之處，枝葉斷裂「苛……喀……呲……裂……」的胡亂聲響，雜樹林硬生生被開出了一條通道，連幾塊雜樹林的石塊，也承受不住水鹿上百噸的重量，「喀……啦……」地碰撞、滾動。

這雜樹林與草埔變得詭異不尋常，一頭受傷的大水鹿，流著血，狼狽地向雜樹林深處不擇路地胡亂衝撞。狹窄的通道後方，六個圍捕的人成單列跟蹤追逐，既要留心追逐的距離，還要擔心水鹿冷不防回頭造成傷害。所經之處的上空，一群群築巢或棲息的鳥群不斷盤旋或快速飛離；陣陣的嘎嗚，連帶影響荒草埔剛才受驚嚇飛起的鳥群持續飛動。只見雜樹林的烏鴉、長尾烏鶖、斑鳩甚至藍鵲、白鷴竄出嘎嗚亂飛；荒草叢的竹雞、環頸雉、藍腹鷴以及烏頭翁、麻雀、綠繡眼等大大小小的鳥兒張皇地吱喳不停；那些躲著的野兔、果子狸，那些容易受驚嚇的山羌也都紛紛叫鳴示警並迅速遠離，連蜂群也忍不住離巢。在濃濃的血腥味中，殺機持續高張；在旭日的斜照下，金黃耀眼與腥紅醒目都攪成一塊，這區域所有生物全都捲進了這一場殺戮。

「小心啦！別讓牠走遠了！」西卡兒的喳呼聲從左前方往這裡快速接近，還清楚聽見他的喘息。

「是西卡兒，西卡兒來接應了。」一個漢子說。

「來得好，我們也別大意啊，盯緊了……別讓他往右了……」少馬說著又忽然提高聲調。前方，水鹿似乎想偏頭向樹木空隙所形成的雜草叢通過，但因爲西卡兒的叫喊而猶豫，跑動中稍稍遲滯了一下。第一個追逐的漢子順勢地猛力將長矛刺向水鹿肛門口下方，長矛幾乎深入水鹿身體內約一個小手臂深。水鹿又一聲淒厲哞叫，因疼痛順勢向後抬腿，踢中長矛中段，竹製長矛桿應聲斷裂，後端彈起恰好擊中那漢子左腹部，使得他整個人向右後方彈去撞上幾根樹幹，只來得及悶哼一聲便暈了過去。

「小心啊！你！留下來照顧他！其他的繼續跟上！」少馬大叫，交代一個漢子，自己隨即補上位置，貼著水鹿追擊。

水鹿的哀鳴哞叫與紊亂喘息，顯示牠處在極度痛苦的狀態，但牠似乎還沒有放棄，本能地向著那雜草叢所形成的通道衝去，希望遠離雜樹叢所造成的行動限制。卻見到幾道草叢後，執著長矛的西卡兒，正調整矛尖指向水鹿；西卡兒手上以紅豆杉硬木製的長矛桿，暗沉卻泛著長期手握油光的木色，水鹿一驚，踉蹌跑動中撇過頭左衝右突，加速，準備硬衝到底。

忽然……又一陣叫人撕肝裂膽的竹竿脆裂聲，又一陣淒厲卻近乎絕望的哞叫，又一陣鳥飛獸走的騷動……水鹿撞上了這群漢子預先設置的第二道竹槍陷阱。

這一回，水鹿沒等西卡兒以及跟著出現的另外三個人上前戳刺，牠已經吃力地、掙扎地爬起，稍向左移動軀體；而前胸以及左大腿各插入一支斷裂的半截竹竿，竹竿尾端碎裂扭曲，鮮血直流。

水鹿持續蹣跚踉蹌、危危顫顫地移動，顯然先前的逃命奔馳已經逼使牠氣力放盡，加上連中兩次埋伏，以及這些漢子手中長矛不時戳刺所造成的痛楚與失血，牠已經無法正常地移動，連呼吸喘氣都感到困難；繼續緩慢向前，只是一種想要活命的本能反應，連咩叫哀鳴都虛弱得近乎啜泣。沒走上幾步，牠忽然四蹄垂軟跪趴在一棵高大苦苓樹前方，整顆頭埋進夾纏的樹枝叢裡，三岔的美麗鹿角，似乎也成了樹枝藤蔓的一部分；微弱的喘息蠕動，牽連著這幾棵樹枝枝椏，像有了脈搏似的一上一下規律扯動，卻逐漸平息。

已經有些鳥群向著最近的樹枝落腳停飛；再遠一些，吱喳聲開始像往日一樣平和。而追逐的漢子們，喘著氣警戒著，忽然，一個接著一個將手中的長矛使勁地戳進那雄鹿的肛門、腹部，一支……兩支……

「夠了！讓牠傷口擴大，糟蹋了那些血水；要是把牠的內臟搗爛，到時候拿什麼向祭司進貢！都住手，大家盯著看，防著這水鹿重新爬起！」西卡兒出聲阻止其他人繼續將長矛戳進水鹿腹腔。

「是啊！內臟搗爛了，人家可要閒話我們小氣，私下切割吃了進貢品呢！」少馬補充說。

「有人受傷嗎？」

「一個！我已經留了一個人照顧！這鹿可真強悍啊，受了傷還踹傷我們一個人！」

「希望……他沒事！」西卡兒說著，眼神沒離開那水鹿。

只見那水鹿的呼吸已經變得不規則，自樹葉枝幹間照射而下的陽光，雜亂地灑在水鹿龐大的身軀上；趴跪的姿勢與插在身上的竹竿，在晨曦下形成一個詭異、血腥的畫面。

西卡兒猛想起當年夜行南下，在仟仔崙山道上，發現馬力範揹著力達，兩人堆疊摔倒在路旁山徑樹幹間的景象，對照眼前這一頭鹿的樣子，他立即清晰地想像出馬力範等人被敵人埋伏圍獵的慘烈，不禁感到震撼。他下意識地搖搖頭，深吸了口氣，待喘息漸漸平息，腦海卻又突兀地浮起了路格露的身影，她始終不把自己當一回事的表情。西卡兒心裡升起了奇怪的、不平的感覺。

正是因爲馬力範，所以西卡兒始終在尋求一個機會證明自己的存在；正因爲路格露，他才主動規劃與策動這一場圍獵大水鹿的行動，雖然有人受傷，但過程幾近完美地叫人激賞。而今雄水鹿到手了，路格露會不會因此改變對他的看法與態度，成爲這一次圍獵行動的另一個戰利品？西卡兒環視少馬及其他的夥伴，心中忽然有了一股期待、得意與無盡想像；因而腦海浮起昨天傍晚的溪水邊，路格露柔滑的肩背，以及左臂遮掩不住的半球乳房。心跳不自覺地逐漸加快，一股燥熱上下亂竄，他感到喉頭乾澀，無意識地舉……了舉手中的長矛，矛尖正巧點中一截矮枝幹下方，幾隻胡亂竄飛的烏鴉才飛回落腳，又紛紛振翅嘎嗚，飛起盤旋，掀起一陣騷動。

烏鴉群飛盤旋著，落翅與糞便完全圈圍著這一群漢子，以及這些漢子圈圍著的一頭即將斷氣的水鹿；而樹林外，莽原上，日頭已經高掛，陽光逐漸溫熱整個台東平原。

「好囉！回部落吧，處理完了，今天下午大家好好享受啊！」不等西卡兒進一步指示，少馬大聲地呼喝著。

「好啊！」眾人應和著，同時以幾根硬木長矛爲支架，將雄鹿捆綁上架，一等受傷的人趕了上來，六個人低喝了一聲，扛起雄鹿往部落方向出發。

「小心！」才走了約十步，走在第一個的少馬忽然大叫，同時身體一偏，向左踉蹌傾斜，鹿隻近三百公斤的重量牽引其他漢子也跟著不穩摔向左邊，幸好抵著樹幹沒眞的倒下。

「幹什麼呀？」一個漢子高聲半斥責地問。

「怎麼了？」西卡兒上前問道。

「有個人倒在那裡！」少馬說著，順便打了個手勢要其他人把水鹿放下。

「咦？還眞有個人倒在那裡呢！會是誰呢？我們不是只有一個人受傷嗎？」西卡兒說著，同時向其他人望去，頗有清點人數的樣子。

「啊！」一個漢子不等誰招呼，自顧自地向前查看卻驚叫了一聲。

「怎麼了？」西卡兒本能地握著刀柄問。

「是馬力範！」

「馬力範？」

「是他，還渾身酒氣！」

「怎麼會是馬力範？馬力範怎麼會一大清早就醉倒在這裡？」少馬睜大眼睛衝上前，詫異、驚訝、不可置信全寫在臉上。

只見這個被稱爲「馬力範」的醉漢，身體倒臥在一棵相思樹根旁雜草叢生的小徑上，頭側著枕在一塊石頭上；左手背爬上了一些螞蟻，一隻蛤蟆貼著他的襠下，身體隨著頸部囊袋一吸一張地輕微起伏著；裸露半個肩背的粗麻布衣服微濕，頭髮還結了些水珠，跟周邊雜草葉尖上的水滴珠串一樣晶亮。顯然他昨夜就倒在這裡，若不是他鼻口尖一片葉梢還不停地隨著細微卻規律的呼氣飄動，他簡直跟死屍相去不遠。

「失蹤了幾天，又醉得這個樣子，這到底怎麼回事啊？」西卡兒也皺起眉頭，上前查看直搖頭。

「幸好，那水鹿提前倒下！再往前個幾步，眞要踩爛他的腦袋了。」一個漢子說。

西卡兒看著馬力範扭曲著的身體和枕在石頭上的臉頰，搖搖頭，腦海裡無端浮起路格露森冷卻美麗得令他無法自處的眼神與表情。

「帶他一起回去吧！」西卡兒臉上泛起詭異的笑容，冷冷地說：

「我們也該好好慶祝了！」

第2章 女孩情事

伊媚不是沒有恨，她恨馬力範的鐵石心腸，她恨自己一廂情願地愛上一個她從未眞正認識的男人，她恨自己竟然競爭不過一個從未眞實出現過的多比苓，她更恨西卡兒的臨陣怯懦讓馬力範南下演變成這些事。但這些恨意，伊媚深深壓抑在心底，從不輕易地說出口，因爲她知道什麼也改變不了。

部落第一神箭手馬力範失蹤七天又醉倒荒埔，被西卡兒一行人找回來的消息，很快地傳遍整個部落。關心的，好奇的，無不利用上工下田以前繞往巴拉冠探視，但奇怪的是，看起來早已經醉得不省人事的馬力範，在被帶回巴拉冠沒多久又消失無蹤。

按理說，馬力範是單身漢，住宿與平時出沒的地方是在巴拉冠，平時清晨醒來的這個時候，他第一個去處一定是到他接受成年祭儀時所拜任的教父家裡，詢問有無其他差遣；隨後才回到生家看看有無其他需要協助的事兒。但一個上午，巴拉冠除了奉命處理雄水鹿的青年，沒人知道馬力範何時不見了，也沒有人在其他地方發現他的蹤跡。這情形令部落人大感驚訝，除了不明原因的爛醉，關於他失蹤、出現又失蹤的事也引起議論紛紛，不論旱作田裡，或者部落中沒出門的三五成群，話題也多半圍繞在馬力範身上打轉；連忙著處理巫術儀式整備工作的一群女巫，也無可避免地陷入這樣的討論。

這是坐落在部落西邊的一座家屋前的院子，院子西邊矗立著綠黃牆面似的刺竹叢林，院子東邊一棵大茄苳樹下幾個婦人聚集著閒聊，手中還不停地各自忙碌。梳理苧麻纖維的，縫補壓有圖案的羊皮隨身袋的，既忙碌又舒緩地口嚼檳榔，妳一言我一句地說笑著。而三月初春近中午的陽光斜下，有幾分慵懶，卻清晰地在院子地面上剪出陽光與樹蔭的分隔線。

「妳們看，這個馬力範會躲到哪裡去？」一個聲音粗冽刺耳的婦人忽然這麼問著。

「誰會知道？忽然消失又突然爛醉回來，我記得他不是這樣的年輕人啊！」一個婦人暫時停下手中的活計，頭也沒抬隨口應了一句。

「他的確不是這樣的人，從小看著他長大，沒見過他這個樣子，八成是受了什麼委屈！這個孩子唷！娥黛啊，妳倒說說看，也許妳知道這幾天他是去了哪裡？」另一個婦人眉頭緊皺著，聲音顯得頹喪，臉上盡是憂慮。

「妳就別擔心了吧，他是怎樣的人，妳當人家姑媽的還不清楚？過些天他自然會調整回來的！」娥黛粗冽的聲音，因呑嚥了一口檳榔汁而稍稍溫潤正常，聽起來也有幾分安慰人的感覺。

「不是我急，妳們想想，馬力範受重傷養傷了兩三年，好不容易傷好了，也開始活蹦亂跳地拉弓射箭，正想替他找個女人成家，他居然就失蹤，然後又爛醉回來。換了誰當他家長，誰都要緊張了，我就想不透是部落哪個女孩子欺負了他？」那婦人聲音稍稍提了氣。

「看妳說的！部落女孩搶著要討馬力範過門都來不及了，誰會欺負他啊？」娥黛幾乎是拉高聲音地說，而她的話引來其他人的注意，有的停了手邊的活，有的轉過頭看著她。娥黛的話，幾乎沒人異議，但眾人也幾乎同時被娥黛挑動了心中一直存在的疑惑。

「妳們幹嘛這麼看我？」見眾人望著她，娥黛楞了一下。

「娥黛，妳說，馬力範這個萬沙浪，是不是眞的跑回望嶠去找多比苓？」一個美麗端莊的中年婦女開口問，語氣輕細柔和。

「唉唷，伊端啊，妳問得眞好啊！這種事妳不也是這麼想的嗎？妳還裝蒜問我？」

「唉！我的確是這麼想，但是，馬力範眞要這麼做，我還眞是要爲他鼓掌呢——對感情這麼認眞的男人！」伊端說，露出了表情愉悅，嘴型稍稍向兩側上揚。「不過……」

「不過什麼？」

「照這個樣子看來，馬力範應該是回去了望嶠，而多比苓顯然是拒絕了他！除了這件事，我想像不出還有什麼事可以讓馬力範變成這個樣子！」伊端忽然又輕皺眉頭。

「喝！這種事換了妳我，恐怕也是這樣的答案了！三年前我們離開望嶠回來，他們兩個之間說了什麼我不知道，但是當年多比苓的確是對他動了眞感情，要他留下來當夫婿，馬力範死也不肯，非要先把我們送回部落不可。三年都過了，布利丹家族在南部發生什麼事，有什麼發展，我們不得而知，也許多比苓討了當地的男人進門也說不定，現在這個死腦袋的馬力範再回去能有什麼結果？就算多比苓不找其他男人，三年的時間恐怕感情也要淡得像溪水，滑過嘴邊只有一陣涼意，誰也分辨不出味道來了。這個笨蛋馬力範唷！」娥黛幾乎是揚起聲音說，叫人耳膜有些發疼。

「妳不可以這麼說馬力範，每個人對男女關係的看法不同，他也有他的想法！」馬力範的姑媽抗議著。

「是啊！當年幸好他堅持送我們回來，要不，我們幾個都要喪命在乎刺林那個鬼地方了！」伊端也趕緊打圓場。

「唉唷！我哪裡是責怪他啊！我感謝他都來不及了。我是心疼啊！這麼好的一個萬沙浪，對感情那麼堅持的男人，這麼有責任感的漢子，我要是還有個年輕女兒，我一定把他搶在手裡的！不過啊！一個男人一天到晚把部落責任掛在嘴裡，感情這件事能有什麼好結果？這樣也好，把馬力範送回部落，也是祖宗早安排好的吧，讓部落的年輕女人討他過門。」

「唉！看來成家這一件事，我們得替他多費心了！能留在部落也不能說是壞事！」伊端說。

「我看，讓部落的年輕女人先打完一架吧，看誰有本事討他回家。不過啊！現在先把人找回來再說吧！」娥黛似乎是作結論。

「好了！光顧著說話。他就這麼一個萬沙浪，喝得爛醉，躲在貓狗找不著的地方，也不需要妳們這麼多人操心，大家把手邊的事趕緊弄完吧！」一個臉上橫滿皺紋的老婦人開口說。

她是部落十九位女巫的頭頭。三年前因爲包括娥黛、伊端、絲布伊三位女巫，連續幾天有著相同的奇怪夢境，最後便是由她和部落首領共同商議，指派馬力範、力達、少馬保護前述三位女巫南下找尋奇怪夢境中的女嬰。最近幾天她又開始作了些奇怪的夢，夢見一種通紅身體的奇怪生物，沒有腳，卻能迅速移動，兩顆大眼睛總是固定盯著某樣東西；沒有尖刃的棍子，總是在發出響雷之後，令水鹿倒地。她感覺這是徵兆，一個可能意味著部落將蒙受災難的徵兆，但又不確定那是什麼。基於巫師的本能，這幾天她總要找機會召集部落女巫，由資深女巫提醒資淺女巫複習相關巫術手法與儀式，並熟悉祝禱詞與咒語，同時製作一些應變的器具準備。

「伊娜呀！您最近作的夢會不會跟當年那個女嬰有關係？」伊端問。

「不知道！我今年都八十九了，什麼奇怪的夢也沒少作過，前一次妳們夢見女嬰，還有些道理，現在這個夢，倒是比較接近我們成巫以前的徵兆。我一個快入土了的老巫師，還出現這一類的夢，你們不覺得奇怪？難解啊！」老巫師停了停，「心煩啊！喂！妳們誰替我搗爛一顆檳榔來吃？」

老巫師聲音出現疲態，轉頭看見一個女巫蹲著正盯住三顆擺在前方的奇怪石子，問道：「絲布伊啊，妳看出了什麼？」

「吃鹿肉啦！」絲布伊答非所問，頭也沒回地伸手收起那三個石子，收進她那油髒的羊皮巫袋，忽然又補上一句：「我們明天再來一次！」

眾人一驚，以爲絲布伊暗示什麼，正要問個明白。向南的院子口邊，一隻始終趴著沒作聲的黃土狗，忽然起身朝著路口吠叫。原來是一個「發力甚」[1]前來報訊，部落首領要大家在下午太陽偏斜過肩膀以後，到巴拉冠廣場一起享用鹿肉。

同樣是陽光斜上肩膀的高度，部落南邊一塊小米旱作田園，五個年輕女孩正圍聚在一棵刻意保留沒砍伐的樹下休息，背簍、圍巾散置在身旁，商議大事似地妳爭一言我搶一句。除了樹蔭底下，三月的陽光似乎已經全然知道，這該是釋放屬於她照射季節應有的溫度。小米田地裡只見腳踝高度的小米禾併雜著野草，競相追逐陽光針梢上的溫度，誰也不讓誰地爭攘抬頭；又說好似地，整片綠禾新芽不理會園中幾棵樹木的遮蔭，一鋪張，便綠遍整個旱作田。

年輕女孩清晨便結伴而來，五個人約好了，今天我幫你一天，明天你還我一日地交換工作時日，期望集中足夠的勞務，以最短的時間疏苗、除去雜草。五人結伴了三天，今天輪到了伊媚小米田的農務，這一個上午已經清理了三分之一，在她們休息位置左側蒸騰而起的淡淡水氣中，還看得見被疏苗整理過的一塊田中，奄奄一息的被拔根而棄的野草，以及疏理過、在微風中狀似哆嗦的一棵棵相隔半個手掌寬的小米禾。

工作儘管有效率，休息時間女孩吱喳交談聲也不曾中斷，笑鬧中一股淡淡的煩惱或氣憤甚至奇怪的氛圍還是偷偷滋長、蔓延。

「喂！伊媚啊！馬力範的事，妳不多說兩句啊？」

「就是說啊！妳跟他那麼要好，他失蹤與又出現的這整件事，妳都沒有說什麼呢！」

「對啊！妳都幾乎住到他家裡了，兩年呢，要是別人早就生下兩個小孩了，就算你們沒有嗯啊哦……的，你們還不會至於連一點感覺都沒有吧？」

「嘻嘻，端娜，妳說什麼嗯啊哦……的？」

「唉唷，就是嗯啊哦……的嘛，那怎麼講啊！一個男人跟一個女人……唉唷，就是那樣啊！」

「那樣？妳做過啊？」

「好啦！阿洛，妳……唉唷，我在說伊媚跟馬力範，妳幹嘛牽到我頭上啊！」

「不是嘛！人家馬力範受傷兩年多，下床尿尿恐怕都有問題，妳叫他們兩個怎麼嗯啊哦……的，難不成要伊媚自己爬……」

「閉嘴！」沒等那名叫阿洛的女孩說完，伊媚喝斥著，「妳們兩個有完沒完啊？愈說愈不像話。什麼嗯啊哦……的，這是什麼話啊？都讓妳們掛在嘴邊了。」

「是嘛！阿洛最愛亂講話了！」

「耶？端娜，妳還敢說，剛剛就是妳說的什麼嗯啊哦……的，怎麼賴到我頭上呢？」阿洛拉高音調，語氣卻沒有絲毫憤怒。

「唉唷，就算是我說的好了，這也沒什麼啊！伊媚雖然沒有我漂亮，但是配上馬力範也沒差啊！都幾歲了，四下無人嗯啊哦……的，也正常不過了，可惜啊！那個笨蛋馬力範！換了別人，

---

1 巴拉冠年齡階級最底下的勞役層級。

早就……」

「都閉嘴啦！」伊媚隨手抓了把草扔去，阻止她們繼續說下去。

但兩個一開始就決定要消遣伊媚的女孩，卻沒打算停下來。

「喔！妳閉嘴啦端娜！人家……不要嗯啊哦……的……」阿洛忽然嗲聲半瞇著眼、臉頰朝前斜歪著一張臉說，臉上儘是曖昧。

「喔，馬力範，你個大笨蛋，豬頭，人家跟著你端湯弄飯、打水掃地的給你當下人兩年，你居然沒有跟人家嗯啊哦……的，眞是眼睛糊了飛鼠屎，浪費了人家兩年的青春……」端娜也變了聲，作戲似地斜睨著眼睛。

「不！三年……」阿洛誇張地拉長音調又補充說。

「閉嘴！妳們兩個有完沒完啊？」伊媚作勢撲上去抓人，惹得那兩人往外逃開，五個女孩的笑聲染遍整個小米園。

近中午時間，鳥禽躲避陽光，倒像是識趣地將這一整片田園，以及周遭的樹林、竹叢留給這些年輕女孩揮汗與歡笑。這五人除了阿洛、端娜、伊媚，還有慕雅以及始終跟著笑、不多語的路格露。而笑鬧中，一股微妙的情緒還是悄悄地佔滿了伊媚的心房，令她眼眶濕潤，在背過眾人的剎那，她心裡輕輕地「呸」了一聲，氣自己不爭氣。

伊媚從不迴避自己喜歡馬力範的事實，但那心高氣傲的馬力範始終沒把她放在眼裡，她清楚，也並不以爲意；畢竟，馬力範沒有對誰表示過喜歡的言語與情緒。不說別人，眼前的路格露，這個讓部落女孩心裡暗暗嫉妒又忍不住讚美的美麗女孩，也沒聽說過馬力範在言語或其他方面的有過任何暗示或明喻；即便最近一年路格露因爲其他的理由跟著自己幫忙照顧時，馬力範也當她是空氣般不存在。顯然馬力範要的不是一個美麗的女人，但那又是怎樣的女孩？

這個病態的馬力範。伊媚稍稍收斂笑聲，深吸了口氣，心裡偷偷咒罵。

「別玩了！離太陽到頭頂還有一點時間，我們繼續趕一點工作吧！」伊媚招呼大家，但顯然受了一點剛才話題的影響，平時大姊性格的大嗓門聽起來像是隨意開口發聲，氣勢完全不存在。

然而一股酸楚也不知從哪裡開始竄起連結，三兩下迫得她整個心思充滿窒息的鬱悶。

「嗯啊哦……端娜啊！妳什麼時候跟西卡兒嗯啊哦……的？」

「妳閉嘴！」

那兩女孩著了裝開始除草疏苗，仍不願停止鬥嘴。伊媚輕輕搖頭，卻感覺有雙眼睛盯著她，她撇頭，看見是路格露眼神的關懷。

啊！那樣清澈、溫馴與體諒的眼神。

伊媚不禁暗自讚嘆，嘴角也立刻微微上揚。我沒事！她這樣示意著。

「我看我們今天就做到太陽爬上頭頂的時間，大家動作快一點啊！下午還要到巴拉冠幫忙烹調鹿肉呢！」伊媚忽然大聲地宣布。她的話又引起阿洛與端娜的一陣嬉鬧。

「端娜呀！下午吃西卡兒的鹿肉，嗯啊哦唷……」

「妳閉嘴，我看妳是急著要挑那些巴拉冠男人，妳好嗯啊哦……的，還說我。」

「妳才是……」

「妳才是……」

巴拉冠位在部落中央位置，作為集會、差勤調度與聚集男人的指揮中心，部落大小事多半在此商議尋求解決之道；集體性的部落慶典或舞樂歡唱，也必定在巴拉冠建築物前廣場舉行。西卡兒一行人清晨在部落東邊的莽原草埔圍獵一頭水鹿而回，便是直接送到這裡交由平日留守聽差的勞役級的青少年做處理。在幾個年長單身漢的協助下，還沒到中午，一頭高大強壯的水鹿已經完成燒毛、清洗、肢解、分離臟器等工作，在巴拉冠青年領導人的指派下，數串以手指粗細竹節削成條籤所串起的內臟切片，已經分別送往部落兩位領導人阿雅萬、拉汗的家中作為禮敬的貢品[2]。

太陽才剛過頭頂，巴拉冠廣場已經陸續來了不少人。對於一天只吃早晚兩餐的部落人，不預期的鹿肉餐食宴會，的確是件不尋常而令人興奮的事，所以才過中午，不少部落婦女都已經來協助處理水鹿的內臟。廣場幾棵大樹下搭設起了四、五個以三顆石頭做成的灶子，灶子上安著由各家調借來的大陶鍋，準備處理內臟雜燴的湯料；灶子另一邊，則架起了三個烤肉用的架子。另外，接近爐灶的大樹蔭下，擺了幾簍以姑婆芋葉遮蓋的肉塊，還有上午採摘的鮮筍等湯料佐菜，調味的南樹子、鹽、薑也都備妥備便；由阿雅萬家送來的幾桶釀酒，也醒目地陳列在旁。

不等開始生火，兩棵樹旁已經圍著一群人，斥喝叫好聲不斷傳來。原來是西卡兒、少馬那一批今晨圍獵水鹿的漢子們，正在講述吹噓獵鹿的過程，在第一線面對水鹿主導搏殺過程的少馬特別起勁。年長的男人都圍了上去，幾個婦女也受吸引地前去聆聽，阿洛、端娜早就湊近這一群人中。特別是端娜，一雙美麗的眼睛一直沒從西卡兒身上離開過，時而笑，時而跟著驚呼。

這個吹噓場上，西卡兒並不多話，除了因爲這一場圍獵是由他擔任指揮官，只負責導引手下變換位置引導水鹿進入陷阱，並沒有實際進入獵殺的第一線；所以只偶而點頭跟著笑，多半時候他心不在焉，眼神四處逡尋，頻向巴拉冠入口瞻望。而其他參與狩獵的漢子卻接力似的一句接著一句，一個比一個厲害，牛愈吹愈大引起一陣陣喧譁。只有在阿洛、端娜起身離開並加入正出現在廣場入口的伊媚、路格露、慕雅幾個姊妹淘行列時，眾漢子才突然安靜了一會兒，分出心思望著伊媚那一群姑娘。

灶子以及烤肉架上已經生火忙碌，年輕的婦女們幾乎都來幫忙了，其他的人又各自圍坐一起閒聊，只見老人們一個區塊談笑，沒烤肉的年輕男人又圈成一塊。伊媚這一群姊妹淘是部落女孩適婚年齡最美麗的一群，她們的到來令這些單身的漢子開始變得心不在焉。大家各找話題閒扯，儘可能放大聲浪吸引這些忙碌中的未婚婦女注意。吹噓場上，只剩下幾個人仍興致勃勃地說著圍獵過程，西卡兒早已經顧不得禮儀，交談中眼神不時地飄向路格露。

部落單身的年輕男子無不喜歡，甚至愛戀路格露。西卡兒並不是全部落公認的第一勇士，馬力範才是。在雄性動物優選法則的基因記憶裡，所有男子都有資格與西卡兒站在同一個基礎上，

2 卑南語稱Talisin，獲獵時須將獵物每一種內臟切下一塊串成肉串送往領導人家。

爭取他們所喜歡的異性，誰也不必在心理上屈服誰。這一點，西卡兒自然知曉，這麼多年屈居於馬力範之下，表面雖然沒有爭議，但心底爭雄之心卻從未平息過。西卡兒昨天傍晚無意撞見一群女人洗澡，給了他利用今天清晨編組狩獵隊的機會，證明自己是可以獨當一面的大英雄；而他也確實成功獵得了難得一見的大水鹿，即便馬力範現在就在這裡，誰也不能否定這一點，更何況，前些日子馬力範無緣無故地失蹤，如今又不明原因地爛醉而回。西卡兒原就是剽悍的漢子，不管之前誰怎麼評價他，此時此刻他是大英雄是無庸置疑的。西卡兒便是這麼認定的，所以他不同於其他漢子只敢偷偷望著那些姑娘，而是明目張膽地盯視著路格露，想捕捉路格露眼神裡對他的評價，因爲錯過今天，那沉重的部落戒律，又將今天這種難得擁有的優勢給消弭掉。

但顯然路格露並沒有如西卡兒預期的回應，只見她跟著一群婦女在樹蔭下忙碌，一會兒協助烹煮湯料，一會兒檢視陶鍋，一會兒轉身走去取來備妥的野菜，才停下一會兒回應其他婦女說話，隨即又蹲下撥動柴薪。

西卡兒儘管渴望也無可如何，此時端娜卻迎上了他的目光，端著一張如檳榔花的笑臉，淡淡的卻飄著暗香。西卡兒趕忙移開視線，穿刺過陶鍋冒起的蒸汽，伸向廣場一群嬉戲的孩童，又穿越男子會所的基腳、屋頂，向山坡延伸。相思樹冠層交錯的枝椏裡，幾隻斑鳩應景似地咕嚕嚕叫嗚，等候異性回應。

端娜十七歲，是個吸引人的女孩，瘦削的臉有著明亮水漾的眼眸，稍高的顴骨讓她從不吝嗇的笑臉多了幾分嫵媚；不胖但豐腴肉感的身體，經常地散發著一種暢旺的生殖氣息，也常令部落男子們遐想。端娜的美麗是部落男人們公認的，有些部落單身漢子不敢奢望路格露青睞，第一個期待就是端娜意外的撿選。端娜喜歡西卡兒，部落男人之間意會得到，西卡兒自然也知曉，他窺見過端娜豐滿飽脹的乳房，暗自迷戀那一環圍繞如苦苓樹子形狀的棕褐色乳暈；他目睹過端娜有意無意伸展的，如放大比例的山羌腿那般勻稱、光滑又充滿野性的長腿；那樣充滿情慾想像的軀體，曾讓他在多少夜裡遐思輾轉。西卡兒是部落最俊美的男子，身爲部落領導人阿雅萬之子，他從不輕易向任何女子示好，以免讓部落女人有機會提出結婚的藉口。他不是厭惡端娜，只是現在他眼裡只有路格露，她是他不願輕易放棄的目標與希望。而今天，現在，他是主角，西卡兒想要更虛榮、更實質的獎賞，即使只是路格露的眼神正視；其餘的姑娘，他不想，也不屑要。

廣場又進來一些親友，幾名女巫也接續到來；吹噓場上，一群男人恢復了原有的喧譁。不由自主地，西卡兒眼神又移向路格露。

大太陽的樹蔭下，路格露正拾起木杓攪動陶鍋，冒起的蒸汽撲上了她臉頰，逼得她瞇著眼稍向後縮，幾道穿透樹葉縫隙的細碎陽光，呈斑點狀地隨興散落在路格露頭上，令凝結在額頭髮絲上的蒸汽水珠頓時剔透晶亮，與臉上撲敷的水氣連結一片，泛出曖曖的暉韻。路格露半邊臉的正面，正巧斜側向這一群男子的方向，令西卡兒不忍移開視線，心跳莫名地加快。順著路格露前額垂掉的髮絲而下，那疏密有致卻又節制地緊縮在半個小指頭粗的眉毛，筆直地蹙向眉心，只在後梢約三分之一末段，稍稍鬆搭彎弧地遮覆在眼角外緣；而一雙清澈、黑白分明卻溫馴水漾的眼睛，在偶而閃瞬的長黑睫毛襯映下，顯得安適自在且自信。她不自覺地輕微擺頭移動視線的眼角餘韻，卻像張撒的千萬縷盤絲，緊緊攫獲、凍結西卡兒那直想逃離又不願離去的猶豫目光，重新陷落一個更凝視的深淵。西卡兒深深地吸了口氣，耳邊卻聽到了相同的氣韻，共鳴似地吁吁喘息，原來是鄰近幾個漢子的急促呼吸聲。才驚覺失禮，路格露已經調整面向陶鍋，隨手揚起左掌拂過臉頰。倏地，路格露那直挺、秀氣鼻膽的側影，以及對稱一如剛開裂的花苞片瓣的半邊唇型，像是浮影而出，雕塑似地更加清晰。

僅僅一個凝視的剎那，西卡兒已經亂了分寸，他不清楚那是疼愛路格露的女巫為她施的「吧嘎撒哈日」巫法[3]，或者是自己長期迷戀路格露的壓抑忽然得到釋放，但終究，他剛剛還是旁若無人近乎無禮地、放肆地、貪婪地盯視著路格露的臉，那樣的沉浸陶醉，那樣的細膩注目。他不由自主地放任心思，從路格露唇邊那誘人的嘴角肌膚，向後延伸到她那小小的，約一個大拇指指甲大小的柔厚耳垂，再順著細緻溫婉的後頸延伸到肩背往下遐想。那昨天傍晚溪水裡光影在肌膚上的躍動，那半球渾圓的乳房，那緊緻的臀部與長腿影像開始浮掠，令西卡兒感覺一股奔騰躁動由遠而近，恰似一頭純色灰黑毛色的水鹿，在草莽荒埔中披戴著晨曦的金黃色輝光奮力跑動，那肌理鼓動著、不安地衝撞皮囊，迫使那光影跳躍著、波浪著舞動；又如路格露執起木杓攪動湯料，或彎腰取菜餚，或轉身移動，那兩顆輕輕覆裹在一襲苧麻編織衣裳下的尖挺乳房，顫顫顫、危聳聳，偶而擠壓，時而變形，才要跳出衣口，倏地又安份地窩在胸口。

西卡兒幾乎要透不過氣，皮膚灼熱，千萬隻螞蟻串流似地渾身燥熱。忽然，一股奇異的熱流急速往下竄，他不自主地舉……了舉手中不知何時抓握的一根斷裂小樹枝，一道排浪似的粗冽聲音忽然在身旁炸開：

「要吃肉喝湯，就得趕快動手，不要等那些姑娘送上來，不合規矩的！」

西卡兒稍稍回魂，注意到說話的是女巫娥黛，此時部落幾個長老與領導人陸續抵達，而太陽已經偏斜下肩膀的位置。

娥黛的發話沒有針對性，卻意有所指。一是領導人來了，提醒這些男子準備用餐，另一層意思則是牽涉到部落男女之間的限制與禁忌，這一點，不僅是西卡兒清楚，部落其他單身萬沙浪也都被點醒。與其隔條寬闊溪水陷入圈圍著的無限想像，不如站起身來，涉過溪去追尋，但，溪流還有水文的規矩與陷阱。

男子會所「巴拉冠」的階級禮教裡，未婚男女最後婚嫁的選擇權是在女方。男子成年後必須離開家庭進入會所成爲階級成員爲部落所用，然後等待某一天進階成爲萬沙浪以後，被某一個女子相中、暗示然後結婚，他才能重新進入家庭，提供勞力協助女方育養下一代。但女方的配偶「選擇權」也不是毫無節制，必須只能是暗示，再由男方採取示愛的舉動，然後女方應允，轉知家長依禮成婚。每一個成年的單身男人並非一定要回應女方的暗示，但是若有親暱舉動，即便只是主動坐在女方身旁，也被認定是接受那樣的結婚暗示，男方必須依禮下聘結婚。男方也可以主動示好，但必須在女方可接受的範圍，否則視爲侵犯。西卡兒不敢回應端娜的暗示即在於此，期盼路格露眼神的接觸，以便得到更近一步的示好機會，也在於此。

宴會已經開始，待發力甚將食物送抵部落領導人以及幾個老人面前，西卡兒便起身取了食物，並與少馬等單身漢，準備往稍遠處的樹下食用。

「不用了！你們都留在這裡吧！我有事請那些年輕的女孩處理，我讓她們都先離開了！」說話的是一個上了年紀的婦女。

「都留下來吧！還沒好好地聽聽你們這一趟的圍獵過程呢！這可眞是一頭大水鹿啊！」

「是啊！我們好久沒嘗水鹿肉了，在平原也不常見到這些，你們待一會兒慢慢說說看，這些水鹿是怎麼來的？怎麼發現的？其他的梅花鹿群，有沒有受到影響？」

幾個長老想聽聽這個過程，要他們留下。部落東面是斜向東的大草原與雜樹林，向來是幾群梅花鹿的啃食區，這一回散居在部落山腰以上活動的水鹿群移到山腳附近活動，感覺並不尋常。幾個資深婦女也體諒這些男人辛苦，早早便吩咐了所有成年的未婚女性，先分出一些食物暫時迴避。這個決定，卻令端娜與阿洛稍感不耐而有微辭。

伊媚五個姊妹淘去了路格露的家，那是位在部落東南邊法魯古溪旁，種有果樹與野生瓊麻的木造屋，其他女孩則去了另一處。

「唉！眞是的，好不容易可以大大方方到巴拉冠，卻要我們迴避！」阿洛老大不高興，噘著嘴說。

「就是啊！我們又不會把那些男人吃了，幹嘛定那些規矩？哼！」端娜跟著幫腔。

「要是每一次都這樣，什麼時候……」阿洛遲疑著，忽然住了口。

「怎麼？有妳喜歡的？」伊媚覺得阿洛有別的意思，笑著問。

「有沒有喜歡的有什麼差別？都被趕到這邊來了，又怎麼去確定誰的鼻子長歪了，嘴巴長斜了！」

「鼻子歪了，嘴巴斜了有什麼關係，他的……夠直就可以啦！」端娜插了話。

「妳閉嘴，端娜，別以為我不知道妳喜歡西卡兒，妳別老想著跟他嗯啊哦……的，我告訴妳，他正眼都沒看妳一眼。」

「妳……是妳才想咧……」

「都閉嘴啦！妳們兩個怎麼老是不正經想到那裡去了？小心話傳到那些大人耳裡，妳們都要挨罵了！」伊媚聽得刺耳，插了話。

「那些大人耳裡？伊媚啊，妳有沒有說錯啊！我們都可以討漢子結婚了，還算小孩子啊？」阿洛忽然有了火氣。

「欸！阿洛，又不是我要妳到這裡來，妳拿我出氣幹什麼？」

「我不是拿妳出氣！當個女人，結婚生小孩是天經地義的事，沒男人配對，講這些什麼都做不成。我已經長大了，我要討個男人回家！」

「妳擔心什麼？妳長得還差啊？擔心沒人要啊？」伊媚忽然覺得好笑。

阿洛剛滿十六，是她們姊妹淘裡年紀最小的。小圓臉，上額頭較短，頭髮沒往後梳攏時，笑起來整個臉只剩下下半邊，清秀的臉龐加上個子袖珍，總是小蝴蝶似地翩翩起舞又吱喳不停，雖然談不上美麗過人，但那分親切與平易，還是令年輕的漢子喜歡，不少男子是期待這隻蝴蝶青睞停佇的。現在她把「討男人回家結婚」的事掛在嘴邊，聽在這一群姊妹耳裡，還是稍稍感覺突兀。

「我家的狀況，妳們又不是不知道，男人多，田多，我那些兄弟都給人要走了，我一個女孩子家誰幫我照顧家裡啊！」阿洛語氣緩和了許多。

「要結婚也不能這麼急啊？更何況，部落有不少男孩子喜歡妳啊！」伊媚笑著說。

「我不是急，我現在也沒有馬上結婚的念頭。部落哪個男孩好，哪個不好，我總要多看看聽聽，好好地慢慢地找一個啊！今天沒接觸，明天沒挑選，什麼時候才講得定啊？」看來阿洛對找伴侶結婚這一件事是很有定見的。

「況且……」

「況且什麼？」

「況且，我又沒有確定的目標，也沒哪個男孩明顯向我示好，我又不是端娜，一雙眼就色瞇瞇地死盯著西卡兒……」

「什麼色瞇瞇地？」端娜抗議，「我這是睜大眼睛看個仔細！」端娜順著語氣睜大眼睛說，但她的話引起眾人大笑。

「哪有人是這樣睜大眼睛看仔細的，像那隻老鷹盯著一塊肉似，巴不得立刻送進嘴裡呑下肚去！」阿洛學著端娜瞠著眼睛，又指著頭頂一隻剛剛收了翅往樹林飛去的老鷹說。

「哎呀！小孩子呀！妳懂什麼？我長得夠美，我就不相信部落男人沒人喜歡我。我現在有得選擇，也有能力選擇，我爲什麼不主動選擇？我要誰，我就擺明要誰，幹嘛曖曖昧昧的。西卡兒長得夠俊美，配上我，剛剛好！」

「小孩子？妳說誰小孩子啊？妳也不過大我一歲，奶子也沒我大。再說，妳美，妳比路格露美麗啊？就只有妳稀罕西卡兒那個不敢打仗的人！」阿洛顯然不願被看小，挺著胸脯仰起臉斜著眼看端娜。

「耶？不准說我的西卡兒喔！不稀罕最好，沒人跟我搶！」

「是啊！沒人跟妳搶，妳就儘快地跟他嗯啊哦……的，不過我告訴妳，西卡兒始終盯著路格露看，沒有瞧過妳一眼喔，而且就算妳現在就住進他家，癡癡等他動了心過妳家門；最後啊！妳也會等到一場空，就像那個馬力範一樣。」阿洛絲毫沒退縮，但她的一番話忽然像是劃出了一刀。

「妳……」端娜頓時語塞，不知如何接話。

伊媚忽然臉色一沉皺著眉頭，停了半湊，眼神飄向剛剛那隻鷹的去處，眼眶一陣濕紅；路格露感到尷尬轉身進了屋子，一向不參與鬥嘴的慕雅也識趣地假裝看著木屋旁幾株野番茄。

「對不起，我不是故意的！」阿洛警覺到自己說錯話闖了大禍，慌忙抓著端娜又看著伊媚低聲道歉。

關於伊媚到馬力範家裡幫忙照顧將近兩年然後離開的事，部落人都知道，幾個姊妹淘偶而也會拿來當玩笑開，伊媚並不在意；但馬力範婉拒伊媚的眞正原因，卻只有少數的人知道，幾個姊妹淘守著祕密，平時鬥嘴也避免讓話題扯到可能誘發伊媚不舒服的關鍵。但是，剛剛阿洛的話，把端娜喜歡西卡兒、西卡兒喜歡路格露的三角關係，直接對應到伊媚兩年的付出，與馬力範心有所屬而拒絕的事，撕開了伊媚一直倔強不肯示弱的心防。那個關鍵直指的便是馬力範心裡的那個人：多比苓。

當年，部落首領決定派人手保護女巫們南下驗證夢境，原本應由阿雅萬之子西卡兒擔任領隊，卻不明原因的生病改由神箭手馬力範擔任。馬力範在任務途中與卡日卡蘭卡拉桑家族善歌謠的美女多比苓墜入情網；任務結束時，馬力範不顧多比苓懇求他留下的哭訴，執意先保護女巫們北返，並允諾抵達部落後隨即南返與多比苓成親；不料，七月中旬北返途中在乎刺林地帶遇伏。是夜，大巴六九部落史無前例的編組戰士，由西卡兒率隊越過利嘉溪向南搜救，鬼魅般的戰士半夜疾行，引起南部沿路的部落緊張整夜戒備。凌晨，搜救隊發現馬力範揹著力達疊著倒臥在阡仔崙[4]與太麻里之間山道的轉折處，力達已斷氣，而馬力範因失血過多休克瀕死。爲了方便養傷，馬力範唯一的親姑姑長輩，決定把馬力範安置在家中照顧。當時十六歲的伊媚，在家長感念馬力範不顧安危、不離棄力達的作爲感動下，授意伊媚接近照顧。伊媚早就暗暗喜歡馬力範，自然也歡喜地接受指示協助照料，期望馬力範身體復原，能圓滿一樁美滿婚姻。這一來，伊媚幾乎就住在馬力範姑姑家。但在長達兩年的過程中，馬力範逐漸恢復意識慢慢復健時，除了維持必要的禮貌性問候，卻從不與伊媚多交談互動，有移動能力時也刻意避開獨處的機會。這情形，令伊媚感到難堪，也警覺到期望可能有不同的結果。滿十八歲那天，她鼓起勇氣表達自己的心意，卻被馬力範以心有所屬的理由堅決表達不能接受，重傷了伊媚的情感。當天，伊媚便離開馬力範住處。

這個形同「休妻」的結果，令部落譁然。自古以來只有男人被趕離家園的，從沒有一個女人是如此難堪地被男人回絕，更何況同在一個屋子進出近兩年，居然沒能成爲夫妻。頓時，馬力範成了部落婦女的公敵，特別是已婚的婦女對此大加撻伐。基於馬力範實際還需要照顧，後來的時間伊媚還是習慣性地前往協助打理，同時拉著同年齡的姊妹淘路格露陪同。直至最近半年，馬力範可以走動打理自己，開始從事身體的鍛鍊，伊媚再也沒出現馬力範姑媽家附近一百步的範圍，即便他失蹤的事，也是經由幾個開始愛慕馬力範的女孩口裡得知的。

伊媚不是沒有恨，她恨馬力範的鐵石心腸，她恨自己一廂情願地愛上一個她從未眞正認識的男人，她恨自己竟然競爭不過一個從未眞實出現過的多比荅，她更恨西卡兒的臨陣怯懦讓馬力範南下演變成這些事。但這些恨意，伊媚深深壓抑在心底，從不輕易地說出口，因爲她知道什麼也改變不了。

伊媚開始輕輕哭泣，她的啜泣聲，嚇壞了剛剛忙著鬥嘴的端娜與阿洛，賠不是的同時，也跟著哭了起來，慕雅則完全不知該如何，只見路格露自屋裡走來，輕輕地環抱著伊媚的肩背。

---

4 今之太麻里鄉金崙。

「我怎麼甘心呢？」伊媚啜泣著，雙肩不規律地抽搐。「我全心地照顧他，嗚……」

「就算我不是那麼好看，怎麼也想不到會徹底輸給一個不存在的女人！」伊媚嗚咽著。

「我不後悔去照顧他，也不期望他能給我什麼，畢竟這是我一廂情願的事，可是……怎麼會有這樣的一個人，兩年多，我在他眼前進進出出的，他不動心，想的卻是幾重山以外的女人，這個變態的馬力範，活該你二十幾歲還待在巴拉冠……」伊媚憤憤地擦去淚水，啜泣著。

「伊媚……」阿洛想說點話，卻不知該說些什麼。

「我們姊妹一場，妳們怎麼看我怎麼笑我，我都無所謂……」

「伊媚，我是無心的，我沒有惡意啦！嗚……」阿洛急得又哭了出來，「我眞的沒……嗚……」

「我不怪妳，我也沒怪誰的意思，這是我的事，是我沒出息，去愛上這種比石頭還頑固的男人，不過……我也該知足了，畢竟馬力範是部落第一的男人，從沒見他跟哪個女孩親近過，而我已經眞眞實實地進出他家兩年，跟他相處，知道他是一個値得託付一生的男人，是我沒福氣！」伊媚說著，又苦笑著。

「伊媚，妳不要那樣講啦！他說不定是去找了那個女人，被回絕了所以才又回來，妳還是有機會的！」端娜上前安慰！

一旁抱著伊媚的路格露放開了手臂，只拍撫著伊媚背後，關心地注視著，她從沒見過伊媚這樣心傷哭泣。

「不了！之前不是我的，之後也不該是我的，他要一輩子單身住巴拉冠也是他的選擇。我與他也就這樣了，我還是會關心他，也許其他女孩會收留他吧！這個死腦袋的男人！」伊媚停止了哭泣，擦了淚水眼神望向溪床那一端的相思樹梢，平靜地說。

「那妳呢？妳怎麼辦？」端娜關心地問。

「我？我怎麼辦？端娜妳問的是什麼問題啊？我活得好好的，妳還眞擔心我眞的沒人要啊？」伊媚收斂起臉色，忽然轉爲笑容，「路格露妳說，我怎麼辦？」

「呵呵……妳可把我問倒了！」路格露輕聲地笑著回答，「也許該問問慕雅吧！」

「我？」

被突襲的慕雅，瞬間楞住了不知如何回應，而她的反應令其他人都笑了。一下子，路格露的木屋開始了一陣笑鬧，而遠處樹叢，那一隻歇息的老鷹開始拍撲著翅膀，飛出了樹林，向空中飛去。

路格露看著這群才剛破涕爲笑，又開始口沒遮攔胡亂鬼扯的姊妹們，心裡悄悄地想著伊媚的問題如果發生在自己身上，那會如何？自己會不會也壓抑著情緒，呑忍過生活？那個遠在土地極南端的多比苓究竟是什麼樣的女人？而馬力範果眞去找她了嗎？她又說了馬力範什麼，讓馬力範這樣挫敗？路格露心底，頓時鮮明地出現馬力範那個向來只會背對著女人的身影，她微笑著聽著姊妹淘嬉笑嚼舌，看著一向安靜的慕雅，想起自己的親哥哥比山，路格露忽然感到歉疚。

該讓慕雅成爲我的嫂嫂的，哥哥，加把勁啊！路格露心裡這麼告訴自己。

第3章 初見荷蘭人

只見孫杜克紅黃髮齊肩、長臉隆鼻、一嘴修齊的鬍鬚，捲起長袖的手臂還胡亂生長了一些金黃色雜毛；高大的身材比部落最高大的少馬還多出一個頭；看起來經常在太陽底下曬的皮膚，還比部落第一美女路格露白上許多。

伊媚、路格露等人回到巴拉冠廣場約莫下午四點多，幾乎所有人都還留在廣場的幾棵樹下。場地上只見到兩個漢子端著以檳榔葉托曬乾製作成的湯皿，繼續舀盛湯料之外，多數的人已經停止吃食。烤肉架上沒有了肉塊，原先裝肉的背簍裡也都淨了空；阿雅萬提供的釀酒早已喝完，但所有人還都清醒著，顯然今天的釀酒根本不足以讓大家好好暢飲。三月份才剛開始，小米禾才長高出腳踝，距離可以收成、大量釀造，所有人能喝到盡興、爛醉的七月，還有一段很長的時間，族人都了解，也沒人嘟囔著嫌酒太少。

但眾人的興致還是很高昂，難得不工作的機會，難得大家圍聚在巴拉冠的時刻，不說老人們比手畫腳哈哈大笑，中年男女混成一堆圍坐高聲談笑，就連小孩也自成一塊，在廣場偏斜的陽光下盡情嬉戲。最特別的，還是那一群參與狩獵的漢子以及年輕未婚的女子所組成的一群，正由少馬領頭高聲唱著他自恆春北返帶來的歌謠。部落年輕男女幾乎人人會唱這一首最早由多比苓哼唱的歌謠，但這一回在釀酒助興下，由這一群年輕男女胡亂填詞戲謔，或合唱，或齊唱，味道完全融入現在的情境。吟唱的過程常惹得大家哈哈大笑，沒人願意提前離開，也沒人提出別的餘興，就只在這一首歌的改編上較勁，就連那些老人群，也偶而中斷話題，跟著哈哈大笑，甚或隔著距離硬要指導一二。誰都同意，這歌謠節奏若是再快些，按照這歡樂情形，也許廣場上就會圈圍起一條長長的舞列。

伊媚、路格露等姊妹淘自然加入這一群未婚的年輕男女，而她們的到來，稍稍引起一陣騷動，沒等她們坐定，少馬就已經開始高聲起唱，而現場隨即又恢復熱鬧喧譁：

你說你要走
（走去哪裡啊？）
讓我想盡了留下你的理由
（妳那麼笨喔？）
我知道你的允諾不會隨風過
（因爲早就黏在屁股上！）

但我又如何知道未來怎麼走
（唉唷，兩腳前後擺呀）
罷了，心愛的郎
（要愛對人哈！）
捨不得還是必須放手
（但要用腳纏起來）
你的深情我會長記心頭
（因爲我的大腦會忘記）
但願你記得海角天涯的承諾
（不要忘記牽一頭梅花鹿）
你說你要走
（唉！你還眞愛走啊）
除了思念、我的等待
（還有我的酒醉）
還有不停止的淚流
（還有眼屎）

這種簡單的玩法，是先由一個人領唱，領唱者可以唱原歌詞，也可以任意改編，其餘眾人則在段落的空檔自由地高聲應詞，應詞愈是成問答對應狀態，愈是詼諧戲謔愈受歡迎。故歌唱過程中的美聲、應答聲幾乎是伴隨著群眾會心的大笑，既簡單又熱鬧。

因爲現場男女都有，幾輪下來，早已自然形成默契。男生唱時，由女生爭搶著應答，由女生唱時，男生搶應答；一首一首地交換唱，讓每個想要表現的都有機會呈現。剛才那一輪是少馬以原來的歌詞領唱，接下來這一輪則應由女生來唱，只見端娜搶著站了起來起了音，而她的自告奮勇激起了現場男人的亢奮，也使得答唱的內容愈加精采好笑，氣氛也不斷地往上提高。持續的歡樂歌聲中，阿洛注意到了跟隨馬力範南下的神勇青年少馬，那個參加這一回獵鹿的勇猛漢子；而男人群中向來少語的路格露兄長比山，也開始認眞地注視著慕雅，一切美麗的事物，似乎正悄悄地醞釀著。

路格露隨著音律輕搖身子，努力地捕捉每個人改編領唱的詞意，或吟或唱，時而跟著大笑。過去，她一直沒有認眞地學習這一首歌，即便幾個姊妹淘沒事會把這首歌掛在嘴邊當成最新流行的歌謠炫耀。她總覺得這一首歌，有太多的無奈、傷感、期待與失望，那是一個女孩眼睜睜看著自己心愛的人即將離去，卻無力攔阻也無力親口送別的錐心。那種痛，不同於一刀劃開的劇痛，而是屬於多重拉扯的撕裂傷痛，一種含有沉悶與壓抑的劇烈傷痛；既無法言說，又無法逃避；明知在淌血，卻必須承認那是無法遏止的事實，連假裝都不行的痛苦。路格露沒有這樣的經驗，她也不想要有這樣的經驗，但可以想像得出當年多比苓是如何感受馬力範執意離去的這一件事。

路格露忽然停止了搖動。她感覺有一股聲音，似乎是歌聲，或是哭泣聲，細細地由遠方某處響起。她看了看身旁的伊媚，伊媚正好也停止了擺動，一臉專注，忽然也轉過頭望著路格露。兩人四目相望，路格露腦海莫名閃過馬力範一張皺著眉頭的影像。
「妳聽見了什麼嗎？」路格露湊過身子貼著伊媚低聲問。
「不清楚，像是有人唱歌又像哭泣，仔細聽又忽然不見。」
「那會是誰？或者，那是個人嗎？」
「妳別嚇人啊！」伊媚低聲說，「我怎麼可能知道是什麼東西，不過我注意到西卡兒，眼睛一直在妳身上打轉，他在打妳的主意！」
路格露不動聲色，笑了笑，若無其事地調整雙腿方向與角度。她知道身上這兩節的上衣與裙子的確會不小心露出身體的一些部位，她可不想讓這些無賴白白地佔便宜。路格露很早便察覺西卡兒的意圖，所以也很謹慎自己的態度，怕引起誤解；特別是今天，西卡兒幾近無禮地注視。
西卡兒今天的確是很放肆，一來，他認定自己是今天的主角，二來，他認爲這是公開的場合，他的示愛合情合理；加上冒著生命危險圍獵大水鹿，證明他昨天傍晚撞見部落婦女洗浴，並非他輕浮放浪的本性，純粹只是個意外。今天的宴會，長老們、婦女們都來了，也表示大家同意接受這樣的證明。所以西卡兒更是放下心裡疙瘩，準備一逮到機會，便要向路格露說個明白，起碼得到眼神上的鼓舞。看見路格露與伊媚交談並露出笑容，西卡兒認爲是個好機會接近。才起身，一個發力甚急匆匆地跑進廣場，跟長老們說過話後，又立刻折返離開巴拉冠。所有人都停止了動作，注視著那發力甚的舉動。
只見阿雅萬跟幾個長老交換了意見以後起了身，表情輕鬆地宣布：
「各位！今天我們都很開心，享用了祖先賞賜的大水鹿，也謝謝這幾個萬沙浪的辛苦，讓我們大家難得地都可以放下田裡的工作，在這裡團聚歌唱。我想大家吃也吃了，喝也喝了，就請先把這裡收一收，然後各忙各的！剛剛，部落外來了一個紅頭髮穿著奇怪衣服的人，由彪馬社[1]的兩名萬沙浪陪著，想到我們部落走走，目前被守衛在入口的萬沙浪留在那裡，我想應該就是傳言中坐著船到來，然後住進彪馬社的人，有興趣的可以跟我們幾個老人過去看一看，就這樣！」

聽到奇怪的人來了，誰也不願錯過湊熱鬧的機會。年輕的漢子在阿雅萬說完話的同時都衝了出去；婦女們、老人們也都表示高度興趣。參加宴會的所有人都跟著去了，只留下幾隻堅持把眾人丟擲的骨頭啃食乾淨的犬隻，繼續爭奪那些散落的鹿骨。

部落東邊幾道交錯堆石的外圍出口，果然站著一個紅黃色毛髮的高大白色人種，身邊還陪著兩名彪馬社的漢子。三個人正好奇地張望部落四周高大厚實近乎原始的刺竹林。交談中，兩個漢子還不時比手畫腳地溝通，偶而輕聲地笑笑，令在入口處監視的兩名漢子好奇地盯視著。

這個高大白種人名叫孫杜克，他是一六三八年一月下旬抵達卑南平原的荷蘭人之一。當年荷蘭人上尉凡林嘉（Johan Van Linga）與中尉尤立安森（Jan Juriaensen），為了探測台灣島東半部幅員以及勘測黃金珠寶等資源，率領了三艘船隊計一百二十人，抵達東海岸。與彪馬社接觸與建立關係後，離開繼續探測其他地區，離開前夕，留下孫杜克入贅彪馬社布杜爾家的女兒米琪勒。一方面學習彪馬族語、了解風俗，一方面配合著大員[2]熱蘭遮城荷蘭總部派往卑南平原的商務員衛瑟林，查訪有無其他黃金藏量的可能。今日孫杜克與妻子爭吵，憤而揹了槍枝邀約彪馬社兩個友好的漢子，一路西行亂逛，抵達大巴六九部落外圍，被高大、密實、深邃的刺竹林牆以及入口樹立的兩塊巨型石板片吸引，想進入參觀，所以央求部落執勤監視的青少年通報。

忽然一陣雜遝與吆喝聲從部落方向傳來，夾雜著卵石因地面激烈奔馳的喀啦碰撞聲。孫杜克等三個人倏地收起了笑容，瞪著眼，略帶驚惶地向入口望去，荷蘭人本能地抓握著槍托，卻被另一個漢子制止。只見西卡兒、少馬十幾名漢子，衝出部落出入口的外圍出口，急停，然後一字橫地展開。看見部落漢子迅速出現又立刻一字展開，孫杜克三個人稍稍受到驚嚇，呆立著無法言語。而爭相搶著看新奇玩意兒的部落漢子，看見荷蘭人不自主地發出「喔」的驚嘆聲，然後呆立著。一直到後續抵達的老人、女人、小孩相繼發出驚呼聲爲止，部落漢子與荷蘭人兩造之間，還一直維持著相當滑稽的、令人難以理解的呆立對峙狀態。

部落所有人幾乎都被荷蘭人孫杜克的樣子所吸引而驚呼不已。只見孫杜克紅黃髮齊肩、長臉隆鼻、一嘴修齊的鬍鬚，捲起長袖的手臂還胡亂生長了一些金黃色雜毛；高大的身材比部落最高大的少馬還多出一個頭；看起來經常在太陽底下曬的皮膚，還比部落第一美女路格露白上許多。另外，孫杜克所穿著的衣服比部落的女人還多得多，也令眾人嘖嘖稱奇；除了上衣遮抵臀部，腰

1 今之南王部落前身。
2 今之台南。

繫圍帶，下著長褲，腳上還套著靴子，形式怪誕異常。對照部落人穿著粗麻布短上衣，男短女長的褲裙穿著，一律赤足履地，足趾外擴的樣子，孫杜克像是被層層包裹捆紮的一頭野獸，眾人一方面覺得憐憫，一方面又覺得新奇，所有人不忍移去目光地注視、打量眼前這個未曾見過的高大白色人種。

眞是個怪物啊！所有人幾乎同時成形這樣的念頭，但瞬間又開始喧譁，眾人開始品頭論足。

「都安靜下來！」阿雅萬制止了所有人的喧譁，對著彪馬來的漢子說：

「發力甚啊！你們從哪裡來啊？怎麼到了我們這裡呢？」

「阿瑪[3]呀！我們從彪馬社來的，陪著這一位外人[4]四處走走看看！沒想到，卻走到這裡來，他覺得有意思，想進到部落裡見識見識，向各位長輩問安！」彪馬人恢復了鎮定，臉上掛著笑容說。

「是這樣子啊！他是什麼樣的人呢？他是不是傳言中那個嫁到你們部落的，那些坐船而來的外人？」

「是的，他在我們部落住了兩年，去年七月才剛生下一個女孩！」

「啊！那眞好，他應該會說我們的話了吧？」

「會的！我會說一點點！」荷蘭人孫杜克彎了腰點頭接話。

他的接話令眾人感到新鮮，引起「嘩！」的一聲回應。

「那眞的不簡單，你說你想要進入我們部落看看？你想看什麼呢？」阿雅萬半仰著頭和氣地說。

「喔！沒什麼……特別的意思，我想，這裡是個老部落，一定……有很多……」

「美好的事物！」

「有很多美好的事物，也許將來，我可以好好的……跟我的家人吹噓……」

「述說！」

「喔！述說！」孫杜克說著長句遇上了詞彙上的障礙，一旁的彪馬人適時地提詞。

而他的嘗試說明白，引起阿雅萬的讚許，其餘眾人也點點頭表示稱讚，沒有人失禮地訕笑。不過，孫杜克的身高，以及他透發的新奇或說怪異氣息，還是令阿雅萬不自在。

「呵呵……你實在是太高大了，我離你這麼幾步遠，我還要仰頭看著你呢！是這樣的，我們部落小，平時也沒特別地整理，你眞要進來了，我們會覺得羞恥啊！我看啊，改天吧！我們把部落好好整理，再邀請你來走一走坐一坐！」阿雅萬笑著婉拒。

「喔！是這樣啊！那，我們也不好意思打擾，給大家添麻煩了！」一個彪馬人說。他理解部落對陌生人冒然進入的戒心與禁忌，想順著阿雅萬的話結束這個對話，也好趁天黑以前回到彪馬部落。

「嗯！發力甚啊！你理解我們的心意，我很讚許！希望改天，你能帶著這一位朋友再來拜

3 對男性長輩的敬稱。

4 卑南語halahala，指稱所有非族人，包括敵人。

訪，到時，我請部落的萬沙浪獵一頭梅花鹿招待你們！」阿雅萬點頭示意。

「如果這樣，我們也不好繼續打擾了！」彪馬人說。

「眞不好意思！」荷蘭人孫杜克欠身致意，抬頭時剛好看見路格露一雙黑白分明、澄澈的目光，心頭一陣旋搖。

「我們走了！」彪馬人說完，正待轉身離去。

「慢著！」阿雅萬忽然制止。

「怎麼了？」

「我注意到了，這位外人揹著一根連結著鐵管的奇怪形狀的木棍！這是什麼？」

「這個，這個叫『光』！」彪馬人說。

「這個叫『光』？這個能幹什麼用？需要這樣揹著到處走。」

阿雅萬的問題，顯然也是大家的疑問，不約而同地，大家把目光集中在孫杜克身上揹著的火繩槍。

「這個喔……」彪馬人頓一下，「我也不是很清楚，據說這是他們過生活的工具……用來獵鹿！兩年前我也只聽過、看過它會發出像打雷的聲音，噴一堆煙，但沒見過他們用來打鹿！」彪馬人也沒多大的把握回答，順勢看著孫杜克。

孫杜克並沒有接話，西卡兒的聲音卻響起：「獵鹿？這個東西能獵鹿？他一個人？」

西卡兒的話引起少馬以及其他漢子大笑。今天清晨，他們可是十個人，合力圍捕了一隻罕見的大水鹿，還損傷了一個人。雖然眼前的荷蘭人看起來高大猛力，但他們可不相信他一個人憑著身上揹著的一根「奇怪的棍子」就能獵得一頭鹿。

「是這樣的！」孫杜克停頓了一下，「這個其實也沒多麼了不起，我們用來……嗯……防身，有的時候拿來打獵，我現在沒有準備，我看……這樣好了，下一次有機會，我跳舞……」

「表演給各位看！」

「我表演給各位看！」孫杜克勉強說完，因爲表達不順利，眼神顯得慌亂，飄向西卡兒等人，又瞄向路格露，最後落在幾個揹著油舊羊皮袋的老婦人身上，臉上浮現一股不安的氣息。

「也好！我們也就不耽誤各位了！各位慢走啊！有機會再見面啊！」阿雅萬說。

阿雅萬簡短的交談，便打發了荷蘭人一行人原先想進入部落的意圖，但這短暫的接觸，卻引發成爲部落眾人一個極大的話題。

回程進入部落的路途上，形成一個個的小團體各發議論。

年輕男人們話題集中在荷蘭人那支名爲「光」的棍子上，每個提出不同的想像。有人說，那枝棍子前面的鐵管能噴出大量的煙，是爲了讓鹿隻視線模糊，然後趁勢以木質的部份擊打，讓獵物倒地而死，但這說法立刻被人反駁。鹿的視線本來就弱，模不模糊根本不影響牠的行動，更何況，以荷蘭人那樣細小的木棍想要捶死一頭鹿，根本就不可能的事。也有人說，那鐵管可以射出像弓箭一樣的矢，射中鹿隻令其倒地；但沒有人說得出，那支看起來沒有弦的棍子，如何能像弓箭一樣地發射致命的東西。這一群人當中，再如何有想像力，也無法想像得出「那根棍子」究竟有何作用，但大家都同意，那根鐵管子以及荷蘭人腰間配掛的刀子柄隱隱散發的金屬沉色，明顯的要比部落人平常使用的器械精良。但「那棍子」究竟有何功能？那刀械究竟有多精良？因爲沒有人說得清楚，所以大家都不知道，大家也都知道，誰也不服誰的一路編故事吹噓雄辯。

壯年已婚男女想得務實些。看那荷蘭人體型壯碩，心想要是能讓他住進部落裡，像個種馬一樣爲他找個對象配對，要不了多久，生下的後代即使不能像荷蘭人那樣高大，一定也能生出像少馬一樣壯碩的後代子孫。這個話引爆了這些已婚的壯年男女更多的話題。有人舉了口傳故事中擁有長長陽具的人，說那個祖先當年就是以他那長長的陽具，神出鬼沒地沿溪流襲擾在溪邊洗衣服、洗澡的婦女，令婦女們困擾與生氣，決定採取行動懲罰。一日趁他那陽具蠢動時，以許多針刺做成陷阱，然後大叫一聲，令那人驚慌收起陽具，遭致針刺插入陽具周邊，那人因爲刺痛而豎起陽具，最後失控扯斷成爲今天的刺竹。說這故事的人指一指周邊的刺竹林，說荷蘭人說不定也有這個本事，他的話引來眾人大笑。

年輕女孩們想得可多了，一方面覺得這個高大的白種人，像隻白色的巨大猴子，渾身看得到的地方長著奇怪的毛髮，而且還是金色的怪毛。一方面對荷蘭人所穿著在身上的衣服感到極大的興趣，那是部落人從未看過的一種質料，居然可以柔順地著附身體曲線，在荷蘭人身體轉動時還能以小幅度地局部飄動，這與部落以獸皮鞣製結合麻絲編織而成的簡單衣飾，像是完全不同功能的兩樣東西。另外，那腳上的靴子，更是讓這一群女人覺得是奇觀，女孩們邊嬉笑邊低頭看著彼此的腳指頭，好奇荷蘭人的一雙大腳會是長得什麼樣子，穿套著那個東西居然還能走路。

眾人一路嬉笑，相互間，眼神也沒有停止過搜尋。阿洛不時地望向少馬那高大的身軀，西卡兒更是放肆地張望著路格露，卻幾度迎上端娜一雙愛慕的眼神，要不，便湊巧與伊娟一雙白眼對上。比較奇特的是女巫群，反常地跟著女巫頭子安靜走著，與其他人興奮的情緒截然不同。

「那個人，應該就是我夢中出現的同一種人！我的夢將要應證了！」老巫師一回到居處，不等坐下休息便開口說。

「伊娜呀！妳是說那個外人出現在妳的夢中？」娥黛聲音誇大地說。

「妳們忘啦？我說過的夢境。我現在還不能確定身體通紅，沒有腳也能迅速移動，兩顆大眼睛的東西究竟是什麼；但是沒有尖刃的棍子，發出響雷讓水鹿倒地，不正是那個彪馬人說的『光』嗎？如果夢境不是指這個，也應該跟這個人有關係！」

「那，這個樣子，我們該怎麼辦？那些徵兆眞的出現了，我們又能怎麼辦？」娥黛問。

「還能怎麼辦？沒徵兆誰知道是要幹什麼，事情還沒來我們能幹什麼？看妳們都老糊塗了！我看這樣子，妳們大家利用這幾天，熟悉一下『巫術鬧口』的唸禱詞以及程序，過兩天我找拉汗[5]商量，我們做一次整個部落的阻絕巫術。這個外人太讓我感到不安了，我現在都還無法平靜！」老巫師說著，同時拍拍胸脯又抓抓頭皮，「誰幫我搗一顆檳榔來吃啊？咦？絲布伊，妳怎麼不說話啊？」

5 rahan，部落祭司。

「哪來那麼多話好說啊！」絲布伊尖尖細細的聲音聽起來有些不以爲然的語氣。

「難道妳沒問出什麼？妳這幾天不是都有在問卦？」

「問了！只知道這個外人跟『那個』有關係，但是連結又很薄弱。」

「妳說的『那個』究竟是什麼？」娥黛好奇了，聲音拉高地問。

「妳輕聲說話，耳朵要被妳說聾了。」絲布伊沒多看娥黛一眼，向東望向遠遠的太平洋海域。

「我不知道『那個』是什麼，目前也沒特別的夢，但是心裡頭也很不自在啊！」絲布伊又補充說。

「老祖宗送來這麼個人，卻什麼也沒多說，這究竟是怎麼一回事啊？」女巫頭子順著絲布伊的目光向東望去，喃喃低聲說。

而西邊，順著部落後方山坡往上延伸至山頂的森林邊緣，幾隻大冠鷲忽然騰空盤旋，逐漸升高又漸漸向部落方向滑降，幾聲鷹嘯令部落周邊荒原上的生物感到不安，隱略瀰漫著驚怵的殺機。

絲布伊取出檳榔放進嘴裡咬了一口，噴濺了一些汁液，她再取出加上一點荖葉。安靜了一會兒，忽然聽似無心地說：

「也許，時候未到吧！」

第4章 相思樹下的歌聲

路格露的傷感落淚，是基於女性的愛憐本質或者單純受情緒感染，她不知道，但當馬力範夢囈般地哼唱那首由南部帶回來的歌謠時，她感受到眼前這個男子的愛情是如此的純粹不摻一絲雜質，她感動於他那不帶任何一絲怨念的祝福與甘願承受的痛楚。

幾個女孩之間小米田輪工與換工的工作幾乎都做完了，今天應路格露的要求，大家又撥了一天到路格露家幫忙為新種的旱稻田除草。因為工作量不大，上午時間大家一起做了糕餅，又幫忙製作發酵用的酒麴，準備釀製小米酒。下午太陽偏過頭頂，一群人就在路格露家屋東面靠西邊的旱稻田一起除草。路格露的哥哥比山，也顧不得單身漢處在女人堆的尷尬，跟在最左邊慕雅一大步外安靜地除草。向右依序是慕雅、阿洛、端娜、路格露、伊媚五個女孩。阿洛、端娜時而交談時而大笑，偶而傳來伊媚的輕聲制止，以及阿洛、端娜更大聲的回嘴。

「妳想什麼？這麼安靜！」伊媚沒停下手邊的工作，撇過頭問路格露。

「沒什麼！」路格露也撇過頭，「嗯……」

「怎麼了？」

「妳記不記得，那一天在巴拉冠唱歌時，我們聽到的那個聲音？」

「哪個聲音？喔……妳是說……」

「那個聽起來像是唱歌又像哭泣的聲音。」

「平常誰記得這種事啊？喔，我想起來了！怎麼了？」

伊媚覺得好奇，都過了兩天，幾個姊妹淘已經完成輪工換工所有的工作，連今天額外的工作，也在下午約三點的此時，即將完成旱稻田的最後一小塊。大家忙碌著，而路格露居然記得那個一閃而過的聲音。

「妳發現了什麼？」伊媚問。

路格露變換了一下蹲著除草的姿勢，身體稍稍偏移轉面向伊媚，聲音壓低著說：

「我一直覺得奇怪，那個聲音怎麼會是從那個方向來的。」路格露伸手指了指她的小米田南側方向隔著溪水的幾棵相思樹。

「那裡？那裡有什麼？」

「那一天我們回家，我請我哥哥比山陪著一起去看看，結果發現那裡有一個簡單的草寮，沒看到什麼人，草寮裡有茅草鋪成的臥鋪，臥鋪旁有幾個裝酒的竹節筒。」路格露指了指左手邊與他們保持一點距離的哥哥比山，又指了指相思樹的方向。

「什麼？妳是說，那裡住著一個人？那……」伊媚幾乎是睜大了眼睛，聲音忽然大了起來，引起其他人注意。

「妳們倆個偷偷摸摸地說什麼啊？」端娜首先叫了起來。

「是啊！就剩下一點點了，別偷懶喔！晚上還要忙別的事啊！」阿洛也不甘寂寞幫腔。

路格露的小米田，緊挨著他們木屋的東南邊，南面隔著深約十米溪床的法魯古溪與對面的相思樹叢相望，相思樹旁有一大片灌木群，灌木群中有一棵大苦苓樹。法魯古溪溪床不寬，雨季前的這個時候，水流也窄，伊媚等人喜歡涉過水到那苦苓樹與相思樹之間的灌木叢溪床沐浴洗衣。一方面隱蔽，一方面那裡的溪床較平緩，水流也穩定，足夠五六個女孩一起浸浴，部落其他女人也喜歡到這裡來洗浴。因此部落巴拉冠會所，特別規定所有男子，在下午天黑前後必須遠離此區域。

照路格露的說法，如果那裡真有人長期野營，伊媚想到的是自己一群女孩每天沐浴，便是天天在那個人眼皮底下進行的。西卡兒的事情剛結束，若「窺視」這等事變成一個常態，那部落女人得採取一些措施，避免壞了整個規矩。

「哎呀！真是糟糕啊！誰會這麼沒規矩？」伊媚忽然動了氣，手鍬不自覺地往地面敲擊。

「幹什麼呀，伊媚！」端娜受到了小小的驚嚇。

伊媚把相思樹叢下有睡鋪的事簡單說了一遍，一旁的阿洛幾乎跳了起來。

「哎呀！真是羞恥死了，真要有那麼個人，我……我……」阿洛揚起聲來，一下子遮胸，一下子又移動雙手遮蔽下圍，惹得大夥都笑得人仰馬翻，但阿洛似乎還真的動了氣，轉身面向左側靜靜跟著除草的比山。

「你們男人沒事就愛亂看，沒規矩地亂看，眞想要看，就趕快找個女人讓她討回去，想看哪裡就看哪裡，幹什麼偷偷摸摸的，眞是沒規矩，亂來。」說完又轉過頭來看著幾個姊妹，「眞是的，哎呀！我的身體就這樣給人看光了，我怎麼辦啊？我還要討男人啊！眞是的，這些男人沒人管了！我怎麼辦啊？」

「好了吧妳，阿洛，妳一天到晚想找男人嗯啊哦……的，還怕給人看啊！」端娜火上加油。

「妳閉嘴，端娜！我又不是妳，我看妳巴不得光著屁股對著西卡兒，最好是嗯啊哦……的。」

「妳……」

「都閉嘴啦！」伊娟趕忙喝止，「妳們愈說愈不像話，這裡有個男人，妳們怎麼這樣口沒遮攔的？」

「男人？妳說比山啊！」阿洛似乎不想停止，「哎唷，比山哪算男人，半天吭不出個屁，就跟慕雅一個樣。我看，慕雅妳過兩天乾脆把比山討回去當男人算了！讓他不吭氣地好好把妳看個夠，愛看哪裡就看哪裡！」

阿洛像一串連珠炮似的說個不停，窘得比山只能傻笑搖頭，而慕雅乾脆低著頭，耳根子都紅了。眾人似乎同時想到了什麼，靜默了片刻，忽然都大笑不止。

「對啊！比山與慕雅湊一對，再也沒有更適合的了！端娜妳說是不是啊？」阿洛自己做結論似的。

「妳問我？拖我下水啊？妳怎麼不問路格露？比山是她哥哥呢！」

「問她幹什麼？當然問妳啊！妳不怕慕雅搶了妳的西卡兒？」

「我看妳才怕慕雅搶妳的少馬呢！」

「妳……」

「我怎麼？被我說中了吧！我看妳那天死盯著少馬，唉唷喂啊，妳眞是鐵了心要他啊？還是只想跟他嗯啊哦……的，這麼在乎他，妳還假正經什麼啊！」

「妳……哎呀，亂說，亂說……」阿洛被窺破心思，羞紅著臉，雙手一陣亂揮舞。

端娜、阿洛一陣笑鬧，聽在比山、慕雅兩個人耳裡，卻只能臉紅以對，羞澀地迅速交換過眼神之後都笑著不語，趕忙低頭佯裝除草。路格露卻格外開心，阿洛的快嘴，竟無意間幫著自己把心事都說了出來，而比山與慕雅似乎也接受這樣的湊對。

怕話題又扯到洗浴被偷窺的事，路格露趕忙提醒大家今天各自打水回家洗澡，並催促著大家把剩下的一點點工作做完。

「唉唷，我的身體被人看光了！」才一下子，阿洛忽然幽怨地說。

「閉嘴！」

「眞是的，我該怎麼辦啊？」

「妳，閉，嘴！」

眾人都忍不住大笑，阿洛與端娜更是誇張地滾地大笑，碾壓過剛除過的野草上。看來阿洛並不是眞的拿被偷窺的事發脾氣，只想逗姊妹淘們樂子罷了。

阿洛不是那麼在乎被偷看的事，伊媚卻非常在意有人躲在暗地裡鬼鬼祟祟，收工後眾人分頭回家不久，伊媚又回到路格露家裡。

「妳還是想弄清楚？」路格露對於伊媚的離去又回來表示意外，卻又沒那麼驚訝，邊說邊迎進屋子裡。

「當然啊！這一件事沒弄清楚，不光是身體被看光的問題，一個弄不好，怕出其他的事了。」伊媚一臉認眞，「走，妳跟我一起去看看，比山呢？找他一起去查看看！」

「等等！現在去，看不到人的！」路格露說。

「看不到人？妳是說妳看過那個人？妳怎麼會知道他在不在？」伊媚睜大著眼睛。

「我看過！」

「妳看過？他是誰？」伊媚被路格露的回答嚇了一跳。

「是馬力範！」

「什麼？馬力範，這個病態，他也開始學西卡兒偷窺女人？」伊媚幾乎是扯開嗓子，睜大眼睛地說。

伊媚的聲音，把留在園子最後整理的比山吸引了來，卻只敢在屋子外東摸西摸。一股意念快速閃過伊媚腦海，她沒敢說出來的是：兩年來自己在馬力範家裡進進出出，他大可光明正大地看這看那的。當時假正經，現在卻要學著那些下流鬼，偷偷摸摸看女人光著身子。

「不是這樣的！」路格露怕伊媚失控，趕緊說明。

路格露的父母親相繼在她十二歲時過世後，部落特例允許比山離開巴拉冠就近照顧路格露，兄妹便同住在父母遺留的住屋，等待兄妹成年都有機會各自嫁娶。因此，那天發現這個草寮以後，直覺有陌生人出現在住家附近，而且行跡詭異，兄妹倆覺得不安心，比山更是不放心，決定調查清楚。

當天過了傍晚，多數的婦女不再出現洗浴的時間，比山便配著長刀準備前往勘查，拗不過路格露的央求，也帶著她去了。兩人小心翼翼地越過溪，沒有驚動幾隻棲息在灌木叢的鳥群，兄妹倆貼近草寮查看，卻沒發現裡面有什麼人，兩人決定回去另外找時間再來。當晚，貓頭鷹覓食鳴叫過後[1]，那相思樹林的方向，卻隱約傳來斷斷續續的歌聲或者不規律的醉酒吟唱聲。

第二天上工前，他們又再前往查看，草寮已經沒有什麼人。草寮是將一大叢五節芒草簡單地彎折固定，然後在底下鋪上厚厚的茅草當墊子，墊子明顯是被睡壓過的，草墊旁留有一個新的竹節筒。草寮前的沙地有明顯的足跡，以及幾根帶有細小肉碎的骨頭，一群螞蟻正密密的覆蓋在上頭啃食，顯見昨晚確實有人睡過。兄妹倆決定當夜埋伏在那相思樹附近的灌木群，等候那個人出

1 約在晚上七、八點後。

現。

傍晚天剛黑，洗浴的時間過了，兄妹用過晚餐便涉過溪到灌木叢等待。大約是在昨夜相同的時間，一個漢子的身影出現在相思樹叢，手上提著兩節竹筒及一包以姑婆芋葉包紮的東西放進草寮內，坐了一回後，起身撒了把尿，然後又坐進草寮內。

月光微弱，但兄妹倆還是清楚地看見，這漢子便是失蹤了好些天的馬力範。兩人一動也不動地注視著馬力範呆坐一段時間，然後慢慢解開姑婆芋葉，取出看起來應該是帶骨頭的肉塊佐著竹節筒的酒，有一口沒一口地喝。一直到馬力範開始斷斷續續哼著那一首少馬帶來的歌謠，出去解手，躺回草寮，慢慢發出鼾聲之後，兄妹倆才又輕躡躡地回到住屋。隔天早上與晚上，兄妹倆再去，發覺馬力範重複著前一天的動作。

「妳是說，馬力範，並沒有在我們洗澡的時間躲著偷窺我們？」伊媚正經地說。

「呵呵……伊媚呀，妳不慰問我們調查得那麼辛苦，只關心他有沒有偷窺我們洗澡啊？」

「喔！對不起，你們辛苦了！」伊媚也警覺自己失禮，欠身道歉。

「沒關係，我知道妳的意思！」路格露體貼地說。

「唉……」安靜了一會兒，伊媚忽然哽咽輕嘆。

屋子外，比山怕尷尬，識趣地一路摸回到田園。

「妳知道我的意思的！」伊媚眼神投向竹窗外，「馬力範最終不該是我的男人，但他是部落第一的男人，即使他短暫的頹廢，我也相信他會很快地恢復原來的樣子。我著急的是，他會不會因此墮落變成另外一個人。」

伊媚收回眼光看著路格露，低聲說：「感情啊！誰知道是帶著什麼樣的巫法，讓一個人作這麼大的轉變，而這個男人的感情居然可以這麼認眞、執著？」

路格露一時也不曉得怎麼接話，她輕皺著眉頭微笑地看著伊媚，心思回到那相思樹下的情景。

發現馬力範的第一晚，路格露全程緊盯著他。不是因爲月色晦暗需要更專注，而是一直無語默默飲啜著釀酒的馬力範，始終維持著抬頭平視向前呆坐的姿態；折映月光的眼眸顯得朦朧虛無，只在偶而握起竹筒飲上一口時，眼睛稍稍瞇成一線，隨後又渙散成一團空邈。那個模樣，已經完全不是先前那個目光如鷹隼般銳利決斷的神箭手，這可令路格露覺得新奇。當月亮移動了一大段距離之後，赫然看見馬力範臉頰早已決潰的淚水時，路格露不自覺地心裡也跟著一陣酸楚，一股淚水擠到眼眶打轉。路格露清楚自己不是對馬力範動了情，而是因爲她感覺到眼前這個被公認爲部落第一的男人，是處在一種不停壓抑自己情緒的狀態，是陷落在不停地企圖把自己從那樣的傷心境地中抽離的掙扎；她感覺到這個從不對部落女人動一絲雜念的男人，正在隕落於一段絕無可能再燃起的情感炭火中，佯裝祝福一切，內心卻淌血不止。那樣的虛緲眼神，正說明了他不再存有任何念頭的絕望；那樣的呆坐正傳達著不再期盼，任由灰飛煙滅也沒有絲毫留戀的放棄。他是馬力範，一個一直以來令部落女人打心底愛戀的可靠男人，此刻卻成了行屍走肉沒有意識的軀殼，在月光下樹影中自我消蝕、毀滅。

路格露的傷感落淚，是基於女性的愛憐本質或者單純受情緒感染，她不知道，但當馬力範夢囈般地哼唱那首由南部帶回來的歌謠時，她感受到眼前這個男子的愛情是如此的純粹不摻一絲雜質，她感動於他那不帶任何一絲怨念的祝福與甘願承受的痛楚。路格露心裡不自覺地應和著馬力範的歌聲，卻也忍不住地緊緊咬著衣角，不讓自己哭出聲音來，淚水卻撲拉拉地溜滑過她的嘴角、下顎、衣衫。

路格露潸然落淚，令伊娼嚇了一跳。

「別這樣，路格露，我嚇著妳了！眞是對不起！」伊娼自責地望著路格露說。

「不用這麼說。妳的意思我懂，妳仍然是愛他的！只是，哎呀！我們姊妹一場的，除了陪妳落淚，感情的事，我也不知道該怎麼幫妳了！」路格露不著痕跡地掩飾著自己的失態。

「唉！知道他沒墮落就好了！希望他快一點調整好，即使不能在一起，我也希望他一切好好的。」伊娼說。

「希望！」路格露回應著，卻忽然感到自己的目光也模糊失焦了。

送走了伊媚，路格露心情卻陷入從未有過的不平靜。準備著晚餐，腦海裡卻想起黑夜裡月光下，那獨自一人往嘴裡塞東西的馬力範。簡易的木條矮几上，比山專注著吃食，也沒發現路格露的表情。

「哥！你不去看看馬力範啊？」

「嗯？」

「他跟你是同年齡的夥伴，也是同一時期進入巴拉冠的阿力[2]，他現在這個樣子，你不去關心關心？」

「我？我是想過……」比山嚥了嘴裡的食物，喝了口湯，「可是……我就是沒有那麼認真地想去！」

「你說什麼？我怎麼沒聽懂，想去又沒有認真想去？這是什麼話啊？」路格露想笑，笑他這

2 男人間的稱呼。

個向來不善言語的哥哥。

「這很難講清楚的。」比山支吾地回答，「他平常很照顧我，可是我們很少講話！」

「這……」路格露忽然接不上話。

比山的意思她懂。馬力範向來是部落青年領袖級的人物，部落緊急大事，長老們總是第一個想到他。自己的哥哥比山少語，雖然做事牢靠，與馬力範在一起，就顯得只是個幫襯。凡事馬力範說了算，比山或者其他漢子根本就不是商量的對象。比山說的「想去，又沒有很認眞想去」的意思，就在於：基於同袍情感他想去看看，但習慣了彼此的關係，去了也無法提供建言，那樣的意願反而就淡了。這或許也正是馬力範人際關係互動往來上的限制，與不得不自己去面對與解決問題的壓力所在，因爲旁人或者馬力範自己的意識中，早已習慣由他來指導並解決事情。

「馬力範應該有他自己的想法，這整件事的來龍去脈我們都還沒弄清楚，能怎麼安慰他呢？我又不是妳們女孩子這麼會說話！」比山的語氣顯得遲疑卻認眞。

「唉唷，又不是要你去長篇大論或者挖他的祕密，你就出現一下表示關心嘛。」

「好吧，我等一下還是去看看好了，他平常這麼照顧我，不去問問還眞說不過去。」

「這就對了！你的床邊那個置物架上的陶罐，還有一些釀酒，你多帶一點去，能陪著喝就陪他喝一點，可別喝醉了！」

「嗯！」

「對了，哥！你覺得慕雅怎麼樣？」

「呃……我……我怎麼尿急了……妳等等啊！」比山幾乎是放下食物狼狽地奪門而出。

「耶……你……不吃啦？」路格露望著紅著臉倉皇而出的比山，覺得又好氣又好笑。

貓頭鷹才停歇沒多久，比山便提了一節竹筒釀酒去了相思樹林，路格露灶上陶鍋的水煮玉米還沒煮開，門口就已經出現了比山的影子。

「你怎麼這麼快就回來了？」路格露吃驚地說。

「妳不是要我出現一下表示關心嗎？」比山的表情看起來更驚訝，像是受了冤枉。

「哎呀，你還眞的只是去看一下呀！」路格露語氣多了無奈。

「要不……哎呀，反正沒多少話可說。」

「他怎麼說？」

「他說，別去打擾他！」

「就這樣子？」

「就這樣子！」

「沒多說什麼？」

「沒有！喔……有！他說把酒留下，早一點休息。」

「哎呀！你眞……哎呀！」路格露也不知道怎麼說她這個哥哥了。

「還有……」比山又開口。

「還有什麼？你不能一次講完啊？急死了！」

「還有就是，他嘗了一口釀酒，說，好喝！」

「唉，你唷……」

路格露似乎是投降了，不再問她哥哥關於今晚的事，因為看來比山的確沒多問什麼，而且聽起來，馬力範顯然也還不至於喪失神智，或者完全地崩潰、失心瘋什麼的，路格露十分肯定自己的判斷。但幾個問題還是佔據路格露心頭，當夜幾經輾轉難眠，她忽然有想要自己探視馬力範的念頭。

一週過後，小米釀造的酒都發酵完畢，酒麴也意外地發酵徹底，成功地釀出了不少量的酒，路格露決意探視馬力範。連續三天，路格露選擇在與姊妹淘洗過澡用過晚餐之後的時間，涉過溪前往相思樹下，放下兩節竹筒釀酒後躲在灌木叢等候馬力範回來，一直到馬力範自言自語喝完酒睡覺後，她才回到住屋。比山不放心，連三天一直待在溪邊等她回來。

這三天倒沒什麼特別的事，比較令路格露感到意外的是，從第一天開始，她就沒聽到馬力範吟唱那個歌謠，只在開始喝第二筒釀酒以後喃喃自語，聲音時大時小，時而清楚，時而模糊，一直到睡著了發出鼾聲。

路格露的行動並未引起其他姊妹的疑心，畢竟路格露平時不多話，情緒反應也不激烈，五個人碰頭了，話題總是由端娜、阿洛開始，慕雅永遠是安靜地聽、安靜地跟著行動，甚少發表意見，至多陪著大笑。但路格露與伊媚眼神相遇，卻不自覺的有些不自在，令伊媚感覺哪裡不對勁。第四日，伊媚藉口借東西，陪著路格露回家的途中盤問。

「我……我的確有件事沒告訴妳，怕妳多心。」路格露沒有想隱瞞的意思，但話要說出口還是有些彆扭。

「什麼事怕我多心？妳不說我才要多心呢！」伊媚說。

「我……這幾天晚上都去看馬力範！」路格露囁囁地說。

「什麼呀？妳去找馬力範？」伊媚的表情是驚訝的，「妳跟他的關係居然已經發展到這個程度？把我們都瞞在鼓裡？」

「不是這樣的！」路格露語氣有些慌，「哎呀！妳想哪裡去了。是我……是我去看他。」

「妳愈說我愈不明白，妳說妳連續三天都去看那個神經病，當然是妳去看他，難不成是我去看他，妳把我弄糊塗了！」伊媚表情似笑非笑地看著路格露。

「我偷偷摸摸地去看他，他不知道！」路格露把這幾天的情形說了一遍。

「啊？妳……不會是對他動了心吧？」

「我？」路格露思考了一下，很認眞地說：

「不是！起碼目前不是。」

「那妳聽出了什麼？這麼勤快地連著三天去看他。」

「我也沒聽出什麼。這個人還眞是怪，說了長長的一些話，我卻沒聽清楚多少。」

「呵呵……路格露啊！說他奇怪，妳也很奇怪啊！聽不清楚，卻連聽了三天，說妳沒動心還眞叫人難相信啊！」

「我是好奇嘛！跟妳進出他家的那一段時間，他都沒好好地正眼看我們一眼，除了幫忙整理家裡，我也沒好好聽他說過什麼。一下子發生了這些事，我忽然覺得應該好好觀察這個人，這個妳說的病態馬力範。」

「呵呵……好吧！我相信妳，不過，妳眞要對他動了心，我也不會怪妳，也不會覺得意外，別把我當成壓力或者妨礙唷！」

「唉唷，妳說到哪裡去了！」路格露忽然感到面頰一陣熱，她沒想過「喜歡馬力範」這一件事，但是伊媚無端地把自己連接上馬力範這個名字，還是令她感到一點點害羞。

「好啦！逗妳的，今晚我陪妳去，看看這個部落第一的馬力範，躲在相思林都快半個多月了，究竟在搞什麼名堂。」

「好吧！晚上一起去，別讓其他姊妹知道啊！」

「呵呵……我才不想在一個酒鬼的旁邊，聽姊妹鬥嘴呢！」

想起端娜與阿洛得理不饒人的鬥嘴樣，兩人都笑了。

送走伊媚沒多久，天還沒黑雨卻開始下起來了，而且愈下愈大。法魯古溪附近，除了比山來來回回溪邊查看水位，整理田邊的圍籬順便看看房屋有無漏水外，外頭已經沒人在活動，更別說有人到溪邊洗澡。雨說大不大，持續超過一小時還是叫人擔心，夜訪馬力範的事自然作罷，伊媚也沒再出現提這件事。

夜裡，聽著屋外落擊在樹葉的沙沙雨聲，路格露沒來由地擔心相思樹林下的簡陋草寮，究竟遮得了多少雨水？而馬力範在下雨的荒野，又怎能好好地睡覺？想著想著，路格露自己忍不住地笑了，笑自己的沒來由。她與馬力範非親非故，自己更不是伊媚那樣打從開始對馬力範就存有敬意或者愛意，可以完全不顧閒言話語甘心住進馬力範家協助照料；若眞要說自己對他已經產生了某個程度的情愫，應該也只是前些天在相思樹灌木叢中，昏晦月光下馬力範那頹廢與落寞的神情，觸動了她心底女性特有的憐憫情感。但，那絕非是喜歡或愛上的男女之情，這一點，路格露是異常地清楚明瞭。儘管是這樣，路格露還是翻來覆去地輾轉難眠。雨聲持續著，沒有變大也沒變小，而隔著竹牆，比山的鼾聲已經均勻地鋪展，在雨聲中顯得溫和與微弱。

這樣的下雨夜，馬力範也這樣打呼嗎？路格露閃過這樣的念頭，忽然又覺得臉燥熱，而愈發清醒。

三月底四月初，大雨罕見地連續下了三天之後，在中午時間停止了。部落兩側的溪水暴漲，北邊的甘達達斯溪河床擴張了不少，向南泛溢幾乎貼近了部落北側的刺竹林圍牆；南邊的法魯古溪溪床因爲下切的高度夠，沒有變得比較寬，溪面卻因爲溪水混濁湍急改變了原來的樣貌，但對岸的相思樹、苦苓樹以及灌木叢依然完好，雨水沖刷過後，顯得蒼翠欲滴、綠意盎然。路格露沒有刻意想起馬力範，只在隔天伊媚前來探視詢問才又記起。隔著溪床瞻望，只見灌木群更密，由遠處觀望根本難以透視那裡的情景，這激起了路格露想去看看的念頭。

又三天，溪水幾乎退回原來的樣子，水流也變得清澈許多。才過完中午，路格露趁著休息的時間，暫時放下田裡的工作準備涉溪去看看，比山以爲她只是上廁所，沒跟著到溪邊。

溪床改變了許多。大量溪水的下切、沖刷與堆地作用，溪流與邊堤落差變得更大，下了溪床，乾溪床上坑坑洞洞布滿礫石。而水流處深淺不一、急緩不同步；水底石床在幾天的大雨與上游泥沙石塊重新鋪展的情況下，踩踏的感覺已經不若先前平順舒服，幾步路寬的水面底下，已經讓路格露腳底感到兩三回刮傷一樣的不舒服，還好極深處不過是及膝的高度，沒造成妨礙。過了溪穿過灌木群走到相思樹下，幾隻休憩的紅鳩受驚擾地飛出，打斷了稍南邊的一隻五色鳥鳴叫聲。

「哎呀！」路格露輕聲叫了起來。

原來相思樹旁的茅草叢，全恢復了朝上的姿態。原先被彎折的茅草叢，因爲雨水的不停下，綁牢固定的藤蔓已經鬆脫套掛在兩株芒草葉梢；之前鋪展的乾茅草，已經濕漉漉地隨著雨水形成的地面逕流，一撮撮、一束束地流散與擱淺在幾棵灌木莖底下。這裡已經有許多天沒人在，而且應該是在剛下雨的最初，人就跟著遷移了，路格露這麼判斷著。

「會上哪裡去呢？」路格露喃喃自語。

順著細小逕流往下走，相思樹東邊的苦苓樹附近，兩三個當成裝水器皿的竹節筒分散幾處，路格露認出那是一開始自己拿來裝酒送到馬力範草寮的竹筒。她順手拾起，又往下，朝東邊走去，沒再發現任何足跡說明最近有人來過這裡。

「應該是遷移到別處了，會是哪裡呢？」路格露喃喃自語。

她決定穿過眼前的灌木群，經過幾個姊妹淘躲起來洗浴的彎流回去。臨去前又多看了一眼附近景物，出發時那股可能會遇見什麼奇異經驗的壓力忽然釋放，心裡卻多了一點點莫名的淡淡失落感。像是一個還沒開始鋪展的故事，忽然不明原因地結束；那不完全是期待後的失望，也不盡是擁有過又突然失去的失落感，她說不上來，這已經超過了她所有的經驗。

一腳踩進水彎裡，一股涼意襲上，令路格露感覺歡喜。這是大雨前姊妹淘躲起來洗浴的地方，是溪水分流進入灌木叢的一處淺窪水塘。不同於進出相思樹的溪流，這裡相對緩和，進出口平坦，蓄水程度也多，適合洗浴嬉戲，幾個姊妹淘長期霸佔此處，除了隱蔽，也是看重水窪的可浸可浴。

「啊！」路格露一腳踩空，驚叫了一聲跌入水裡。

她感覺身體略略往下沉，本能地想站起來，腳卻踩踏不到溪床，她驚慌地雙臂打水，抓握著的竹筒濺起了雜亂的水花，身體卻又更下沉更往下游移動。

「誰來幫我……咳……」她喝了一兩口水，嗆得淚水湧了上來。

慌亂中，她看見灌木叢枝葉的縫隙間，比山的身影出現在相思樹對岸的溪床邊，正快速地滑下溪床引起一陣碎石滑落。呃咳……她又喝了一口，正想大叫，忽然耳邊「刷……」地響起，她感覺到自己整個身體瞬間由水中向上騰起。她發現自己是被一雙強健的雙臂懸空地架捧著，她本能地掙扎，一張熟悉又陌生的臉背著天空忽然出現在面前。

是他！路格露腦海僅僅迸出了這個聲音，便感到害羞地閉起了眼睛，停止了掙扎。她清楚地辨識出那透空望著她的一張臉，正是馬力範向來喜歡掛著淡淡笑容的臉，只不過此時變成了一張嚴峻、焦慮、仍帶點落寞的複雜神情；而單眼皮下向來銳利的眼神，全然不見那天夜裡的虛無、茫然。剛才凝視的瞬間，還閃過了一絲焦慮、著急、憂心與一點責備，路格露想睜開眼，卻想到馬力範的臉只在不到一個小手臂的距離看著她，呼出的熱氣毫不遮掩地拂在臉上，她害羞地更緊閉眼睛，臉上一陣熱。

天啊！怎麼會是他？

路格露只能繼續在腦海迸出簡短的想法，因爲驚喜、心慌，原本就已經激烈跳動的心跳，又忽然更加劇似地令她喘不過氣，身體不自主地顫抖。她忽然感到馬力範的雙臂稍稍地緊縮，體溫穿透短上衣，直貼上自己左側身體與大臂，令她感到酥麻無力。

「不是告訴妳，別過來嗎？」馬力範忽然沉聲地說。

這一聲略帶責備意味，令路格露立刻回神，睜開眼睛，卻看見馬力範的表情與眼神嚴肅地向前盯視，她趕忙撇過頭順著馬力範眼神望去，原來是哥哥比山已經出現在灌木群，路格露害羞地輕微掙扎，馬力範順勢把她放了下來。

「阿力啊！下過雨的，你怎麼讓自己的妹妹到溪邊來？出了事，你怎麼說啊？」馬力範眼神帶著斥責對比山說，說完立刻掉過頭朝溪的下游往部落東邊走開。

事情發生得太快，彷彿只在一隻烏鴉受驚擾地騰空躍起、落地的時間，令比山只來得及望著馬力範離去的背影呆立。路格露稍稍靜下心來，剛剛的驚險經歷倏地浮上腦海，兩腿感到虛麻癱軟，忍不住坐了下來輕輕哭泣。

這個洗浴的水窪表面看起來改變不大，但實際已經在幾天雨水沖刷下，有了很大的不同。溪床下原來是礫石自然鋪展的。因爲水急，溪底沒有岩石掩護的部份礫石沖刷而露出黏土層，黏土層不耐水流，一週以來已經向下流蝕約兩米深的碗型水洞，幸好表面範圍跟原先洗浴的大小相當，路格露才陷落、漂流就直接浮起擱淺，讓馬力範順勢抱起。正因爲溪水表面跟大雨前的狀況差異不明顯，加上路格露心有旁騖，才陷入一段極度驚慌的落水險境。

「回家了吧！」比山看著路格露坐在水邊輕聲啜泣已經一段時間，嘗試著勸說。

路格露驚魂已定，但比山的勸說卻令她感到羞愧，她一動也不動地繼續啜泣掩飾。

馬力範怎麼會在這個時候出現？他是一直躲藏在這裡？還是剛剛湊巧出現在這裡？有一搭沒一搭的啜泣中，路格露思索著。幾隻烏鴉卻像是不耐煩在外遊盪，爭搶著落翅於那苦苓樹枝椏上嘎嘎亂叫，聲音向溪流上游迴竄、向下游展延擴散。

溪床上，一對兄妹，幾處灌木叢，凌亂的五節芒，還有已經面目全非的猙獰礫石。

第5章 西卡兒之怒

這是什麼時候，伊媚哪壺不提提哪壺，他向路格露示愛不成，眼下又提起馬力範那個醉鬼窩囊自己。西卡兒眞想大聲辯駁或者斥責伊媚絲毫不給面子，但話擠到嘴邊又硬生生吞了下去，極度氣憤下，他感覺腦門隱隱作疼，覺得自己要爆發了！

自四月初，探視相思樹林落水被救起之後，路格露不曾在相思樹林以及灌木群中看見馬力範，這件事也沒向其他姊妹提起過，但路格露一顆心卻常浮掠起當日的情景，想起自己狼狽地躺在馬力範懷中，總要讓她紅臉燥熱地出神發呆。近日聽姊妹淘說起，馬力範已經又住進他守寡獨處的姑姑家就近照顧，路格露心裡多了分踏實。也幸好如此，路格露避開了在工作場合或者洗滌器皿淨身時遇見馬力範可能的尷尬。

進入七月，多數的小米田都已經收割完畢，曝曬過等著小米入倉祭後便可以開始食用新米。

這個時間多數的人都得到了比較多一點空閒，修修房子，編編繩子，釀一釀酒；比較勤快的人，已經著手收割瓊麻、苧麻等高纖維的植物揉搥曝曬，編織的、製作染料的各忙各的。夏季植物生長旺盛，男人們除了特定工作必須留在家裡幫忙，多半都相約上山採集，採藤的、伐材的各有名堂，下山時也不忘順手打個小山產野味，大家圍聚飲酒擺龍門的一起分享樂趣。與平時忙於農務的狀況比較起來，小部落顯得輕鬆與氣氛愉悅。伊媚、路格露幾個姊妹淘當然也參與忙碌並沉浸輕鬆與愉悅氣氛中。這一天，大夥應阿洛之邀，約了在過中午的時間，到製作陶器用品的工作坊走走看看。

「阿洛啊！妳是要討男人啦？怎麼約我們到製陶坊來！」伊媚見到阿洛，好奇地問。

「是啊！聽妳每天嚷嚷的，妳八成是已經有了屬意的人。是少馬對不對？」端娜湊上話來。

「哎呀！妳還眞能瞎猜的，找妳們來看陶，是請妳們幫忙拿主意，反正沒什麼事，走走看看也很好啊！」

「哪有這麼簡單的！妳家兄弟多，要鍋子要盆子，找他們來搬不就得了，要妳自己來？我看啊！一定跟少馬有關，妳乾脆要他一起來搬，不就更省事？」端娜死咬著不放。

「說什麼呀！找妳們一起來看看這裡有什麼適合的器皿，又不是要現在搬，再說，製陶坊現在有沒有現貨也還不知道，我怎麼可能就決定搬什麼？妳能搬啊？端娜！」阿洛說。

「看妳說得臉不紅氣不喘，裝得太正經了。阿洛啊！平常妳不是這樣講話的，一定有什麼事、什麼人讓你改變了。哎呀！好姊妹的，妳居然瞞著我們！」端娜似乎要打破砂鍋問到底。

「別胡說啦！趕快走吧！」阿洛一時也不知道怎麼回駁，催著眾人前往製陶坊。

製陶坊位在部落西北側，靠近甘達達斯溪南岸向東延伸的山丘底下，因爲附近黏土性質優，柴薪、竹材、茅草等燃料無虞，所以長年來一直是製陶家族建屋工作之地。製陶家族「翁覽」係部落主要氏族「布杜萬」的一支，從事製作以實用爲主的生活器皿陶製品，與部落其他家交換穀類、肉類等生活所需，傳到現在已經是第八代，陶品多半是未上釉的粗胚，工藝水準已經可以達到當今一元硬幣厚度的光滑陶器。部落最常來交換的時期約在夏冬兩季，小米收割後到重新整地播種的這一段時間，除了主要的歲時祭儀、節日祭典集中在這兩個時期，一般婚嫁也選在這個大家農閒的時候。

製陶坊是開著的，製陶人正在過濾篩檢一批黏土，只抬頭看一眼幾個吱喳的女孩又繼續忙著。女孩們進了院子打過招呼，自顧自地在院子大樹下幾個架上，觀賞好幾個成型正在晾乾等待燒製的泥胚子。這其中包括了兩個大鍋子，幾個舀水盛水的陶壺，還有相當精緻的，約白柚大小的三個胖圓小壺，由壺口看來相當細薄。

「這個壺好精緻啊！誰會訂製這個東西？」路格露說。

「誰知道，要不，我們問一下是誰？」端娜說。

「不好吧！說出去人家還以爲我們嘴碎，專愛打聽別人隱私呢！」

「哎呀！問一下，又不是要去幹嘛的，我去問！」

端娜正想轉身前去問製陶人，製陶人的聲音已經傳了過來：

「那不是誰訂製的，是我自己要做的，想做一個不一樣的東西看看，漂亮吧？」

「是很漂亮，可是，這能幹什麼？這麼小一個。」端娜問。

「呵呵……我也不知道能幹什麼，裝水吧！或者放點什麼在上面，或者就放著什麼也不做，光看看就開心。」製陶人說。

「他就是這樣的人，忙東忙西，還要找時間搞這些奇怪的東西。」製陶人的妻子從屋子後面走出。

「哎呀！嫂子在家啊？」伊媚主動先打了招呼。

「在啊！怎麼能不在啊？小米收成完的這個時期，這裡最忙妳們是知道的，一些人來訂了些陶鍋、陶壺，我也得跟著幫忙燒壺啊！哪像這個人，不用下田光玩他的泥巴！」

「喂！我哪裡是在玩樂，篩土、捏型、找柴、燒製很忙的，哪裡有時間下田啊！」夫婦兩個人鬥嘴惹得大家都笑了。

姊妹淘走向屋角成排的架子看看一些還沒拿走的成品，東比較西討論。

「這個大小適合四口的家庭使用。」阿洛指著一個約二十公分深四十公分直徑的鍋子說。

「怎麼說？」路格露問。

「這個剛好煮兩餐的量，適合兩個大人兩個小孩的四口之家，這個大小對小孩子也不會太重。」

「那萬一又多了幾個小孩怎麼辦？」

「再加一個啊！千萬不要一下子就訂製大口的，很麻煩！」阿洛回答的表情很認眞，「咦？端娜妳怎麼這麼看我啊？」

「我在想，不不……我怎麼想都不對勁，妳來看這些陶鍋的態度太認眞了，妳是不是已經準備好了要討一個男人回家啊？」端娜說話的表情也異常地認眞。

「什麼呀！妳怎麼又把話題扯到那裡啊？」阿洛瞪著眼睛說。

「妳沒有解釋喔，這太奇怪了！」端娜不肯退讓，眼睛直視著阿洛。

「哎呀！我上次不是說過了嗎？結婚生小孩是天經地義的事，沒男人配對，這些什麼都做不成，我已經長大了，我要討個男人回家！這一件事，沒有什麼好懷疑的。不過，結婚討男人，我可一點都不想隨便，這幾年我得好好地觀察男人，準備好成家的所有用品，然後安安心心穩穩當當地結婚。」阿洛更認眞地說。

「那妳鎖定對象了沒？」伊媚問。

「一定有，我看見她經常盯著少馬。」端娜說。

「妳閉嘴啦！」阿洛轉頭瞪了一眼端娜。

「難道我說錯了？妳自己說，有沒有？」端娜反擊。

「唉唷，是！我是注意少馬很久了！他好像也有意思，問題是，他沒有明確表示，而我也才十六歲，這個少馬已經二十多了，我不急。我倒要好好看一看他到底有幾分眞心，免得啊，我自己一個人一廂情願地胡亂想，就像端娜一樣，盼那個西卡兒，盼得連睡覺都要在夢話裡唸著他的名字。」

「妳說什麼啊？扯到我的西卡兒？妳又知道我作夢夢到他啦？妳胡說什麼？」端娜聲音揚了起來。

「嗯！這樣也好！」路格露忽然脫口說。

「嗯？妳嗯什麼？什麼也好呀？」姊妹淘都轉頭看著路格露說，疑惑她忽然這麼說。

「喔，沒有啦！」路格露顯然也對自己脫口這麼說感到詫異。

「我是說……」

路格露認真聽著姊妹淘的談話，對阿洛關於結婚這一件事的態度，感到驚訝與認同。她驚訝於阿洛才十六歲對結婚的篤定與期待，竟然遠比其他長她幾歲的姊妹淘多了許多的想法。她贊成阿洛說的先做準備，也認同先挑選目標順序，再依狀況決定最後的選項，到時不論與誰結婚，都不會慌亂手腳，即刻進入穩定的婚姻狀態。路格露想起自己的哥哥，想起身旁的慕雅，又忽然覺得阿洛顯然是有主見得多。

「我是說，這樣也好，先把一些需要準備好，到時候結婚比較不會手忙腳亂。」路格露把話做了結尾，眼神不自覺地轉向慕雅，發覺慕雅忽然紅了臉頰。

「所以啊！我跟端娜是不一樣的，她眼裡只有西卡兒，她是非西卡兒不討過門。」阿洛說。

「妳管？這是我的事。」

「好！這是妳的事，作姊妹的，一定幫妳好好盯著看，不讓其他人搶走妳心愛的西卡兒，這樣，妳高興了吧？」

「高興！我高興得連作夢都會喊著『阿洛，謝謝妳的熱心』，這樣可以吧？現在怎樣，我們該回去了吧？」端娜語氣平淡地說。

「回去？妳有別的事啊？」阿洛說

「妳還有別的東西可以看啊？」端娜問。

「當然啊！還沒去看染麻布的地方，現在就回去怎麼可以啊！」

「哈哈，看來阿洛是認眞地準備結婚了，怪不得要我們陪著去這些平時沒什麼人去的地方。」伊娟說。

「是啊！我們都去看一看好了，看看還有什麼用得到的東西，心裡也好有個底啊！」路格露也加強伊媚的話。

「咦？路格露，怎麼，妳也要準備討男人啦？」端娜好奇地看著路格露。

「不是我，是她！」路格露指著慕雅說。

「我？」慕雅搔搔頭，而剛剛臉紅未退，現在更燥熱了。

幾個姊妹笑鬧著離開製陶坊，沿著甘達達斯溪向東到染料坊。

做晚餐的時間前，姊妹淘結束了阿洛的邀約，在接近巴拉冠的路口附近，分成兩路各自回家，伊媚、路格露與慕雅準備經過巴拉冠，先去路格露家。

「這個阿洛不容易啊！」伊媚說。

「是啊！他們家人口多兄弟多，都各自分家了，一大塊田產都留給了她，她一個女孩子家，要撐起這個家要費點心了。」路格露補充說。

路格露與伊媚簡短地各說了一句，卻各自陷入自己的思緒。

自古由女人挑選男人是慣例，女人掌握整個家庭也是天經地義，但像阿洛這樣一個小女生這麼清楚結婚的主從關係，這麼主動經營自己結婚的過程，不避諱談感情，不避諱談男人的還真是少見；特別是她要仔細觀察挑選的精明程度，簡直像是一個經歷過數段感情風波的成熟女子，這可令這幾個姊妹淘自嘆弗如。

一陣安靜後，路格露忽然對慕雅說：「慕雅，我把我哥哥比山交給妳，妳看什麼時候討他過門，我陪妳來揀選這些家當。」

路格露的話引起三個人大笑，慕雅紅著臉，笑得又是開心又是靦腆。三個人正巧經過巴拉冠外圍，笑聲引起了一些驚動。勞役級的、見習級的年輕男子紛紛迴避，幾個成年的萬沙浪投來目光，發覺是伊娟、路格露等人，也都迅速收回目光繼續做自己的事。但三人還沒離開巴拉冠範圍，西卡兒已經帶著酒氣迎了上來，既不迴避讓路，目光還緊盯著路格露，這舉動讓三個女人感到不舒服，伊娟正想斥責，西卡兒搶著說話：

「路格露，我有話跟妳說！」西卡兒幾乎是佔據著三人並列寬的道路中央說。

「拜託！西卡兒，你不會連這個規矩都不懂？你太無禮了！」伊娟語氣不悅，橫身擋在路格露面前。

「這不公平，我需要正式向路格露表達我的心裡話。」西卡兒絲毫不退讓。

「有人這樣表示的嗎？把女人攔在路上，表達心裡話？」伊娟語氣稍稍提高。

路格露與慕雅已經撇過頭看其他的地方。

「伊娟，我知道妳對我不滿，但妳的不滿，不能妨礙我向路格露說兩句話！」西卡兒語調稍稍控制在平和的狀態。「我是喜歡路格露的，我希望得到公平的對待，起碼由她親口告訴我，我該如何繼續？」

「西卡兒啊！虧你還是部落第一的美男子，阿雅萬之子，你盡做這些違背常理的事，路格露要不要你，她的態度還不明顯嗎？哪有人是這樣無禮地攔下女人問感情的事？你是要怎樣破壞規矩你才會甘心？」伊媚高聲地說。

聲音吸引了巴拉冠的漢子們，紛紛接近又顧及到西卡兒的顏面，半躲在附近樹後草叢邊。

「這一些我不管了，路格露從沒有對其他人表示過什麼，總要有人試一試啊！就算她拒絕了或者有其他的想法，我也應該親耳聽她說才對。規矩是人訂的，不造成大亂的狀況還是要試一試。」

「你的意思是，以後只要哪個萬沙浪喜歡誰，就可以任意把一個女孩攔下，那樣地冒犯？你是部落領導人的長子，你的意思是這樣嗎？你個西卡兒，你說的是什麼話？」伊媚的聲音愈來愈大。

「我……」西卡兒深吸了口氣，把聲音壓得更低更平和。「不是這樣的……這一年來我壓抑著自己，除了是因爲想得到路格露的好感，也是因爲部落禮教的規範，妳不能一直指控我是任意破壞規矩；就算我偶而踰越禮教，往人性的需求想，妳也應該體諒我的思念之情，妳這樣責難我……」

「你閉嘴！西卡兒，別讓我更加看不起你。我不記得巴拉冠的男人，有這樣大的委屈可以要求女人體諒，還把思念之情當成一個理由踰越規矩。你算什麼男人啊？你的思念之情有馬力範深層嗎？他踰越了男女的界線嗎？啊？你回答我啊！你有他的勇猛嗎？有他的用情之深嗎？呸！」伊媚幾乎是吼著說話。

「妳……」西卡兒一股氣直衝腦門，頓時語塞。

這是什麼時候，伊媚哪壺不提提哪壺，他向路格露示愛不成，眼下又提起馬力範那個醉鬼窩囊自己。西卡兒眞想大聲辯駁或者斥責伊媚絲毫不給面子，但話擠到嘴邊又硬生生吞了下去，極度氣憤下，他感覺腦門隱隱作疼，覺得自己要爆發了！但伊媚的聲音又響起，絲毫沒有想停止的意思，連語氣都維持斥責一個小孩的口吻。

「我怎麼樣，我說錯了嗎？你能不能好好地想一想，正正經經地做些事？對路格露有好感，你就循著規矩來，借酒壯膽在這裡堵人的算什麼男人？」

「我……哎呀！」西卡兒憤怒地轉身想離去，忍不住又往路格露望去。

「怎麼？難不成你想對路格露動粗？或者對我們動粗？」

「妳……」

西卡兒甩了手，氣憤異常地離去，他可以忍受伊媚的斥責，但他不能忍受當著路格露的面前提馬力範來窩囊他；他可以不理會伊媚的阻攔，但他再也忍受不住路格露那樣的冷眼以對，他想對著這些女人咆哮怒吼，卻本能地憤懣轉身離開。

「好啦！你們那些躲在草叢的，統統給我離開，記得今天的事，好好當個男人，別老是幹這些窩囊見不得人破壞禮教的事！喜歡誰就按規矩來向女人示好，別人不喜歡也別勉強！」伊媚望著西卡兒離去的方向，大聲地說給躲著圍觀的巴拉冠漢子聽。

伊媚的吆喝斥責十足地展現了部落女子在情愛關係上的主從位置，是一種宣示與釐清，這一點，所有在場的男女都無異議，但伊媚三兩下把西卡兒打發走的堅持與強悍，卻也讓路格露、慕雅兩人感到驚訝與佩服，全程只敢背著伊媚，不敢多看一眼；而躲在一旁偷偷看好戲的一群漢子，也只能倒吸一口氣，安靜地看著怎麼發展，現在伊媚又這麼一叫嚷，大家佩服之餘，也像是扎扎實實地上了一課。有的人咋著舌離開，有的人忍不住又回頭多看一眼伊媚，心想眞要找這麼一個女人成家，家裡肯定一切都上軌道。一股愛慕之心，忽然漫瀰在巴拉冠外圍的道路上、野叢間。

「西卡兒不會怎樣吧？」離開巴拉冠附近，路格露輕聲地問。

「不知道！我罵的雖然是有些道理，但好像凶了一點，是吧？」伊媚問。

「不是一點，是很多，看妳幾乎要吃掉他了，很凶啊！」路格露說。

「唉！心一急，也顧不得那麼許多啊，只是，很對妳不好意思，人家向妳示好，我卻硬是這樣阻攔。」

「唉唷！說這個幹什麼，妳不幫我阻擋，我還眞不知道該怎麼辦呢！」路格露反而不好意思起來了。

「說眞的，他長相配上妳的確稱頭，但我總覺得他不夠資格。對不起啊，路格露，一直沒問妳喜歡什麼人。」伊媚伸過手來輕拍撫著路格露的手臂。

「我也不知道呢，妳問我喜歡誰，我沒眞正想過這個問題，本能上我會不由自主地逃避；妳說西卡兒與我長相匹配，我也沒這個感覺。配對與長相應該沒有關係吧？」路格露說，腦海莫名地浮起馬力範抱起她的那一天，那張背著天空的一張焦急的臉龐，心裡沒來由叮咚地跳了一下。

「說的也是！感情這種事怎麼也勉強不來的……」伊媚心裡也浮掠起馬力範的身影，一時語塞，「要是……要是都能像慕雅與比山那樣，一切都是註定好的，兩個人有默契地相互喜歡，那該有多好啊！」

「我？妳們怎麼說起我來了呀？」慕雅細細小小的聲音忽然升起。

「妳最好了！有個人可以相互喜歡！」伊媚說。

「我看啊，慕雅，妳覺得如何？我哥哥什麼時候去妳家表示？」路格露說。

「呵呵……妳們……」慕雅沒多說什麼，臉卻一陣燥熱，睨著兩個姊妹淘。

伊媚院子門口有一顆以竹竿插著的人頭的事，像爬出水面的陽光一樣，一下子鋪灑傳遍整個部落。

那是伊媚斥責西卡兒的隔天一大清早，伊媚早早起床的母親最先發現並從院子發出驚呼，驚呼聲一下子把伊媚家人以及周邊鄰居都叫醒了吸引過來圍觀；集中住宿在巴拉冠的漢子，聞聲也立刻配了長刀衝過來想查明發生什麼事。部落長老來了，女巫群也來了，馬力範意外地也出現在其中，漢子們唯獨不見西卡兒，不少年輕的女孩各忙各的家務也未出現。

對於頭顱的事，眾人議論紛紛卻也沒有太多的不同看法，這是「呵馬力」（hemari），每個人心裡都這樣想。

在這樣一個女性佔有優越地位的部落男女關係裡，只有結了婚入了女人家門的男人會為了某事跟妻子爭吵，一種據理力爭聲音稍微大一點的爭吵；沒入門的男人，根本不可能也不允許對包括跟自己家人姊妹在內的女人大小聲。遇到女人無理取鬧，男人毫無意外地必須壓抑自己的情緒，有些人實在氣不過，為了表示自己的憤怒，轉而向外馘取外族的人頭，放在對方看得見的地方，最好是放在她的面前，表明他的憤怒異常，這個叫做「呵馬力」，是寧願殺人也不肯對女人發怒吼叫的古老傳統。

這一顆人頭不是放在伊媚家屋裡，伊媚家也沒有父親以外的其他成年男人，可見，這是外人所為。問題是，誰受了伊媚的氣，做了這樣激烈的表明？巴拉冠幾個青年知道，但沒有任何人先開口。

部落領導人阿雅萬的臉色非常難看，望著竹竿上那一顆黝黑闊鼻的頭顱，他自然知曉那是南邊另一個族群部落的人。他不知道誰幹了這一件事，也不擔心這一件事會引發部落戰爭，因為不會有人知道是大巴六九部落人跨過兩三個部落越界殺人的；他不高興的是，這個只會在自己家人之間發生的古老習慣，如何會發生在不同家人之間？他不高興的是，顯然有人踰越了部落男子與女子之間的界線發生嚴重爭吵。

阿雅萬囑咐巴拉冠幾個資深的萬沙浪處理這一顆人頭，卻發覺馬力範就站在幾個漢子的後方，雙臂交疊在胸前。幾個長老以及幾個女巫都看見了，私底下有人聯想他與伊媚的關係，以為這事情是他幹的，等眾人離去，阿雅萬想找馬力範問話，卻又找不著他的蹤影。

伊媚一開始就知道這是西卡兒衝著自己所爲，加上馬力範的忽然出現又消失，心急之下想找幾個姊妹淘，目光所及，卻沒有發現誰來了，伊媚心裡稍稍不悅，趁大夥處理的忙亂中，離開院子出門找路格露。

伊媚選擇沿法魯古溪旁小徑向東而下，想儘快抵達位在法魯古溪下游的路格露家。走過一個小徑路口，才剛要抵達另一個叉路口，忽然發現西卡兒與端娜自路旁靠溪邊一處樹叢走出。西卡兒在前，端娜緊跟在後，髮梢散亂臉頰緋紅，嘴角掛著淺淺的笑意，眼角含春地不停在西卡兒背影打轉。

「這個端娜唷！還眞是……哎呀！」伊媚心裡輕聲咒罵。

怕被發現，伊媚連忙閃進路旁的一棵樹後，驚訝地看著眼前這兩人；還猶豫該怎麼辦，小徑的另一頭卻出現了馬力範的身影。

西卡兒發現馬力範向他的方向走來，遂停止了腳步轉向面對他，而端娜只抬起眼皮瞄過馬力範一眼，羞得趕緊轉過身朝著伊媚方向的小徑快步走來，慌得伊媚迅速地移動身體向樹幹旁的灌木叢輕輕隱身。

伊媚一動也不敢動，透過樹叢枝葉縫隙，看著端娜向後方遠離，而馬力範與西卡兒卻像即將決鬥般地面對面注視著對方。

「阿力啊！那顆頭是你砍回來的吧！」馬力範問，面無表情，只有嘴邊附近的肌肉牽動著。

「不錯！的確是我幹的！」西卡兒背對著伊媚，聲音聽起來有些恍惚，「祖先歷來的規矩並沒有限制我做這些事！」

「的確沒有！這也是我們男人的表達方式！」馬力範表情語氣沒變。

「你有其他意見嗎？」

「對於這個，我倒是沒什麼意見，我是特意來找你的！」

「找我？」西卡兒聲音忽然變了，身體不自主顫了一下，「我不記得我們之間有過節。」

一股殺氣瞬間散瀰，令躲在樹叢的伊媚幾乎嚇出尿來，眼看部落兩個頂尖的漢子要在這荒野決鬥，她感到驚慌，直覺地想站出來阻止這一件事。但西卡兒說話了：

「你知道嗎？馬力範！你並沒有什麼了不起，別把自己看得太高尚，在我眼裡，不，在我們一些人眼裡，你連個屁都不是。」西卡兒停了停，右腿稍稍向前調整了站姿，繼續說：

「說你多勇敢，多有本事可以保護女巫伊娜們南下塱嶠，我看也不過如此。你讓力達戰死，甚至連你自己也受重傷，你保護什麼？要不是我帶人徹夜南下，你早死在仟仔崙那個山道上，哪有現在的你啊？要不是我帶人把那頭水鹿宰了，你早讓那水鹿踩爛了你那個自以爲了不起的腦袋，所以你別在那裡跟我裝模作樣的。」

馬力範沒有接話，躲在草叢裡的伊媚卻因爲西卡兒提及力達戰死的事，觸動心底痛處，忍不住猛掉淚，但西卡兒沒有停止說話的意思：

「人頭，是我砍的，我氣不過伊媚的那種無理取鬧，氣不過伊媚把力達戰死的事歸咎在我頭上。這樣對嗎？就算我踰越禮教公然向路格露示愛，但是我敢於表達我的情感，敢於爭取我喜歡的女人，這一點，我沒什麼好退縮的。我不是你，一個退縮窩囊，沒勇氣面對自己的人，你算什麼男人啊？挑三揀四的想要不敢要，活該你孤苦，像個野狗沒有定所。也只有伊媚那個笨女人，才會一廂情願死心塌地想要你，你們都活該孤單！」

西卡兒並不清楚馬力範遭多比苓拒絕的事，但伊媚被馬力範拒絕的事部落皆知，他的話落在伊媚耳裡格外的刺耳，這重重的一擊，令她整個人有股癱軟的虛脫感覺。

「阿力啊！你說的我都同意，我來找你，是因為一直欠你一個道謝，謝謝你三番兩次的幫忙。」馬力範表情語調稍稍溫煦了些，沒等西卡兒接腔，他繼續說：

「西卡兒啊！你雄辯滔滔的，果然是領導人阿雅萬之子啊！我承認我的感情處理方式極糟，我也接受你的指責或者批評。但感情的事，永遠沒有一個定則，適合你，卻不一定會發生在我身上；我經歷過的，你卻不一定有機會感受得到。但圈子不管怎麼繞，看起來是傻瓜的事，永遠都會有人重複再重複，甜蜜也罷，痛苦也罷，像那苦苓樹的開花落葉，總是循環與交雜；清醒也好，糊塗也好，能釐清的又能有幾個？連老天爺恐怕也說不清楚，究竟祂註定了幾對恩愛，或者祂開了幾條匯集淚水的渠道？伊媚與我之間，那是我跟她的事，局外人總是蒙在一層肚皮裡，又怎麼能多做批評？我是戰士，談起感情也許混蛋了些，但是說伊媚是個笨蛋我絕不同意，而且，你沒有資格。」馬力範緊盯著西卡兒一口氣說完，語氣難得的有幾分溫婉，說完轉過身要離去，忽然又轉過身來。

「還有！」馬力範按了按佩刀，令西卡兒脊樑一寒，本能地移動左手按在刀鞘上調整位置。

「我看了你帶回來的頭顱，頭骨多了兩節，切口明顯是在憤怒與恐懼下造成下移的。這一點，我得提醒你，交戰的時候，只能有三分怒氣七分清醒，一刀落下必須在耳垂向後的沿線，這樣子切口整齊，不傷刀刃。」馬力範說完頭也不回地轉身朝來時的小徑走去。

西卡兒盯著馬力範逐漸離去的背影，雙腿隱約感覺虛軟，對馬力範剛才說話時伴隨泛起的殺機感到一點壓迫，但西卡兒了解自己那瞬間自深層升起的寒顫，那股自心底盤升不去的懼慄，並不是馬力範刻意營造或者因爲盛怒引發的殺氣使然，而是一種久經沙場伴隨著敵人生命消逝而累積的，渾然天成的死神氣息所致。

可怕的馬力範——西卡兒心裡隱約升起了這個念頭，而冰透的膽寒逐漸擴散，他不自覺地輕呼一口氣，朝伊媚躲藏的樹叢小徑方向離開。

兩個頂尖的部落男人各自說完話相繼離去後，躲藏在樹叢間的伊媚百感交集，心情劇烈起伏，淚水無聲奔流，久久無法停止。

馬力範心繫對多比苓的允諾，伊媚對馬力範的無悔付出與對婚姻的期望，西卡兒單純的對路格露情感上的認同，那是多麼相同而又多麼不同的境遇啊！假如西卡兒所說的，勇於表達情感爭取所愛是對的，那麼又何苦責備馬力範執意堅守那份誓約，也要走過幾重山去履行信諾並接受心碎失望的結果？又何苦奚落伊媚不顧閒言住進馬力範家裡照顧這樣一個人，而最後以等同「休妻」的恥辱收場？這些起碼都是認眞付出眞誠追求過的愛情。或者眞如馬力範所言，愛情這個圈子不管怎麼繞，那些傻瓜做的事，總是會被重複再重複進行，但甜蜜也罷，痛苦也罷，清醒也好，糊塗也好，有自覺沒自覺的，又能有幾個能釐清？都是一堆陷落在其中的人，繼續相互傷害、嘲諷與詛咒，伊媚對西卡兒，西卡兒對馬力範，不正是這個樣子嗎？

「我的確是個笨蛋！」伊媚自言自語，「我埋怨馬力範，責備西卡兒，西卡兒愛慕路格露卻嘲笑馬力範，呵呵……我們都是一個樣啊！一群陷落在感情的泥淖不自覺，還自認無辜的人啊！」

「人的情感要是都能像慕雅那樣，淡淡卻無風無浪的甜蜜又該有多好？真要像阿洛精算著愛情與婚姻，不論最後的對象結果是誰那多好啊！」伊媚哭哭笑笑，在荒蕪溪床邊的樹叢裡自言自語。

當然她還是想到了路格露，她是這一場相互纏繞的戲碼的一端線頭，她最終又會接上誰呢？這個美麗謹慎的姑娘，這個令人嫉妒疼愛的女孩，最後又該情歸何處？伊媚放任自己的思緒胡亂聯想。她忽然又覺得，假如一個人的情感是那樣的平淡，是那樣的謹慎，是那樣的精算，那這樣的感情究竟又有多少值得喝采、紀念或吟詠成一首歌？她想起部落漢子唱起的情歌，那一首由多比苓作的歌，忍不住，自己輕輕地唱了起來，心裡又忽然羨慕這個遠在幾重山外，從未真正出現在大巴六九部落的「情敵」多比苓，或許她才是真正地經歷過馬力範的愛情，那種既錐心刺痛又深刻甜蜜的感情純粹。

「或者我該同意西卡兒，他是那樣的勇於表達與堅持？」伊媚近乎呢喃，忽然想起端娜，伊媚輕輕呸了一聲，「這西卡兒還眞是個混蛋。」

不知過了多久，伊媚覺得眼睛腫脹、頭疼，勉強走出小徑，嚇壞了前來找尋她的路格露兄妹與慕雅。

「伊媚，妳怎麼了？」路格露問。

「天亮很久了吧？我想休息一會兒，路格露妳帶路吧。」伊媚答非所問地說。

第6章 路格露的夢境

路格露常在熟睡前的寤寐之中，或者昏沉躺在床上神智還未完全渙散前，夢到自己清楚地看見地表之下埋著的死人，有的睜開眼看著她，有的對她笑；有的身體開始腐爛了，卻還能伸出僅剩白骨黏著些碎肉的手臂，向她打招呼。

一六四〇年的十月中旬，路格露忽然在一場少見的秋颱過後害了病，最初只是間歇的發燒、倦怠、沉睡，隨後便近乎規律地發燒臥床五天，然後看似健康地下床過三天正常生活。路格露害病已經一個多月了，令其兄比山感到驚慌，除了央求路格露的姊妹淘，有空前來協助關於路格露病榻上的日常生理瑣事，自己也縮短了在田裡的工作，央請部落長老一起協助上山採集藥草。另外，比山想起四月初路格露落水的情形，心想也許與那個有關，遂又央請部落女巫前來看看。

伊端與娥黛，吃過早餐之後便各揹著巫器袋一起出現，準備爲路格露作一種名爲「巴日伐六」Bazvaliu的收驚招魂巫術。在長達一個小時的儀式之後，路格露回屋內休息，兩人則坐在院子，聊起剛才儀式過程的幾個疑點。比山端出了一碟烘燻的兔肉切片以及前些時候路格露釀造的酒，順便搬了張樹幹截成的木頭椅子坐在旁邊。

「比山啊！路格露有沒有喜歡的人？」娥黛問。

「喜歡的人？怎麼了？」比山楞了一下，表情顯得驚訝。

「我們剛剛為她招了魂魄，發現她的一條靈魂的確是在上一次落水的時候，因為驚嚇而留滯在那裡，但是在召喚的時候，她似乎又有所眷戀遲遲不肯歸位，我在想，她是不是因為心裡頭惦記著某個人而不肯回來？」娥黛亮響響地說話，令比山稍稍感到不適。

「沒有，沒聽她說過，也沒聽她那些姊妹淘提過，連玩笑都沒有談起，應該跟這個無關吧，前些時候她還都好好的呀！」比山肯定地說。

「是這樣啊？」娥黛稍稍蹙了眉頭。

兩個巫師都陷入沉思，院子才開始變得輕鬆一些，又忽然陷入一股沉悶。

比山急了：「她的靈魂招回來了沒？」

「招回來了，不過感覺很微弱，好像懸念著什麼。」伊端語氣平和地回答。

「那……現在怎辦？」比山問，臉上露出焦急之色。

一個人有兩個靈魂比山知道，一個出去未歸人會生病，兩個靈魂都離位了，人就死亡；他也明白，眼前路格露是因為驚嚇，而跑出了一個靈魂，都過了半年，再招回時自然微弱，他也可以理解。但，是什麼原因讓路格露的靈魂遲遲不願歸位，使得這半年多以來自己的妹妹飽受失魂落魄之苦而終致害病臥榻？比山感到一團疑惑與心疼。他腦海浮起馬力範，但隨即自我否定，因爲除了最近這一段時間裡，馬力範每隔三、五天或十天就會送些羌肉與兔肉之外，自四月份以來，到路格露害病之前，比山就沒見過馬力範再出現這附近，也沒聽過路格露說起馬力範的一切。雖然馬力範最近的頻繁出現令他覺得有些不自然，但比山想像不出這之間有什麼關連。

「現在怎麼辦？」比山又問。

「我看暫時就這樣，有其他的狀況我們再來看一看，你好好照顧她，注意飲食，別讓她害了其他的病才好。」娥黛說。

「謝謝兩位伊娜！」比山欲言又止，他覺得兩位巫師少說了什麼，但不敢多問。

娥黛與伊端並沒有依照慣例繼續待在比山家接受招待，而是連袂走去絲布伊位在西邊山腳的家，路上交換著剛剛爲路格露執行收驚儀式的看法。

伊端認爲，那是路格露早年過世的母親，使路格露的另一個靈魂有所眷戀而遲疑著不願回到她的身體裡；但娥黛認爲，應該是另有其人，因爲招魂的過程中，她過世的母親似乎異常地焦慮，不斷地拍撫著、牽引著路格露的魂魄踏上招魂儀式所設置的「歸途路口」要靈魂上路回去，只是靈魂頻頻回頭張望，不願跟著離開。

兩人看法儘管不同，但都還交集在靈魂「歸位」的問題。讓她們疑慮的是，兩個人並沒有把握路格露游絲般的靈魂，歸位後究竟能對身體有多大的幫助，畢竟那是在外遊盪已久而且有其他懸念的靈魂；再加上招魂儀式現場的靈異空間中出現許多雜亂的微弱力量，從不同方向拉扯，雖不至於影響儀式的進行，還是讓兩個人感到困惑。礙於比山對巫術現象的理解程度，所以選擇不多說，而到絲布伊家裡尋求解答。

還沒進院子，就看見絲布伊坐在矮凳上望著東邊發楞，嘴裡還有一搭沒一搭地嚼檳榔。

「妳發什麼楞啊？絲布伊！」娥黛亮刺的聲音，驚嚇了絲布伊。

「妳就不能輕聲說話啊！魂都要讓妳給叫跑了！」絲布伊吐了口檳榔汁尖聲地說。

「別嫌我，妳那尖刺的聲音，讓我聽了一顆心都揪成一團了。」娥黛不甘示弱地頂了回去。

「嫌我？那妳們來幹什麼？去收魂沒收成啊？」

「咦？妳還眞的偷偷跟在我們後頭啊？魂沒收成都讓妳看出來啦！」娥黛驚訝地拉高聲音。

「呸啦！我隨便說說妳倒當眞了，輕聲啊！我不是聾子啊！」絲布伊轉了口氣。

「不！妳說對了，我跟伊端是去幫路格露那個姑娘作『巴日伐六』[1]，覺得什麼地方怪怪的，所以找妳，想聽聽妳的看法。」娥黛放低了音量。

伊端把狀況說了一遍。

「魂魄在外頭久了，收回來自然就弱了，可以接著作『布魯恩』[2]，增強她元神的力量啊！」

「這個巫術可以接著這樣做？這種平時遠行、征戰增加力量的巫術，可以這樣用嗎？」娥黛的聲音又揚起來。

「啐！妳們兩個都老到快要見祖宗了，連這個都沒想過、做過啊？」絲布伊的聲音聽起來有幾分訝異。

「這……」娥黛想說什麼又語塞。

「問題不在這裡，而是她母親為什麼會出現，路格露到底眷戀什麼不肯歸位？」絲布伊不讓娥黛多接話直接說。

「對啊！我們就是為了這一件事來找妳的，不過，妳說的增強力量要不要做？」娥黛問。

「當然要！等明天妳們再去補做就可以了。但整件事的關鍵還是在於她母親的出現。」絲布伊停了停，又說：「我問妳們，妳們有沒有問看看最近她作了什麼夢啊？」

「匆匆忙忙的，我們沒問她這些，她兄妹倆的話又不多，我還眞忽略了。怎麼？妳覺得有什麼問題是吧？」

「夢境哪能不問呢？身體不舒服，怎麼可能沒有些奇怪的夢境，不問個清楚，收得了魂魄，卻沒解決其他可能的問題，到頭來還不是白忙啊？我看妳們倆這一次眞的是太隨便，太不經心了。」絲布伊這一回語氣帶點責備，所以眼睛是撇向東面，不看娥黛兩人。

1 Bazvaliu收驚巫術。
2 Buluhem增加力量的巫術。

「那……妳倒說說看，這究竟是怎麼回事？」娥黛總算輕聲地說話了。

「唉，沒多問此事，我也看不出究竟怎麼回事？這的確有點古怪，我看明天我陪妳們去一趟，好好聽她說說夢境。」

「現在直接轉回去她家問個清楚，不省事些？」伊端說。

「不！讓她休息吧！現在去反而表示我們眞的粗心了！」娥黛說。

「是啊！怕人家看笑話，妳腦袋總算清楚了。就明天去，連今天作了什麼夢也一併問看看。」絲布伊像是作了結論。

關於一個靈魂在外滯留不回的現象，路格露自己不清楚，但生病在床一個多月的事，自己倒是有幾分疑惑，懷疑是因爲颱風天受了風寒，加上自己被一種蟲子咬了腳趾，因而出現昏沉嗜睡甚至發高燒的情形。她沒看清楚那是什麼，或許是蜘蛛，或許是蜈蚣，或許是一種蛇、毒蛾或者毒蟾蜍。咬傷的腳趾只有輕微的紅腫，不容易辨識出是一個致命的傷口，但一種酸麻感覺，在不到半天的時間，不停地從傷口擴及全身，致使路格露全身無力，整顆頭顱昏沉暈眩伴著些疼痛；稍稍移動身體，便產生暈噁的感覺，只能靜靜地仰躺，而一陣陣宛如漣漪般頭脹感覺卻接二連三地出現，不論睜眼或閉眼，路格露都能清楚感受到那種同心圓狀的圈圈漣漪，不停地形成、擴散，再形成、再擴散，令她感到頭暈、目眩與耳鳴。所幸比山所採集的草藥舒緩了身體的不適，一週後身體不再出現這些症狀，但又開始出現嗜睡、夢囈數天，然後又健康下床幾天的規律發病。這個情形困擾著她，但周邊的人並沒有察覺路格露前後的不同，以爲是相同的原因讓她反覆、密集的生病。

除身體的狀況之外，一些奇異的、難以解釋的夢境也困擾著她，從未有過的恐懼、驚慌讓她在睡夢中時常驚叫踢床，令隔著竹牆的比山經常被驚醒。

路格露常在熟睡前的寤寐之中，或者昏沉躺在床上神智還未完全渙散前，夢到自己清楚地看見地表之下埋著的死人，有的睜開眼看著她，有的對她笑；有的身體開始腐爛了，卻還能伸出僅剩白骨黏著些碎肉的手臂向她打招呼；另外，還有時候看見埋在屋子底下「坐葬」的父母及祖父母先人，直起身子，站到床前看著她。令路格露怕死了這個景象，每每緊緊閉蓋麻布毯，閉著眼尖叫。有時又會看見一些高大的人種，胸前長毫毛、面目猙獰地站在門口或窗口向屋子探視，這個情形在每一次嗜睡、昏沉躺回床上的最初兩天便會重複再重複。

路格露感覺害怕，但更害怕開口描述這些情形，因此他沒告訴哥哥比山，也沒跟自己的姊妹淘說起，直到絲布伊跟著娥黛、伊端來探視，並詢及夢境的事，她才極度不安地開口描述。

「這分明是一個即將成巫的夢境，是一個徵兆。」娥黛不等絲布伊開口，便肯定地說。

「可是，路格露的伊娜不是女巫啊！」伊端輕聲地說。

「但她伊娜的伊娜是個女巫啊，妳忘了？」

「哎呀，我眞是健忘啊！如果是那樣，路格露將成爲一個女巫，也不能說沒道理了！」

「各位伊娜，妳們說我將要成爲一個女巫？」原先已經疲累的路格露忽然睜著眼輕聲地說。

「還不是時候，我們還要觀察一段時間，妳也別想太多，先把身體養好再說！」絲布伊直接答話，又轉向娥黛說：「妳們呢，別光顧著說話，替她做『布魯恩』，增加她自己的力量，讓她早點健康地下田吧！」

絲布伊似乎不願太早下定論，關於路格露母親亡魂與眷戀的對象重疊出現，如果單純只是因爲作母親的憂心女兒安危，如果單純只是因爲路格露有了喜歡的對象，那麼，這些都沒啥好擔心的；但絲布伊似乎也清楚地感覺路格露周邊有著複雜的、不明原因的力量拉扯，這些力量究竟從何而來？有何目的？最終會造成什麼樣的結果？這些疑慮，令絲布伊稍稍感到不耐。心想著，過些時候再確認過路格露這些可能的成巫徵兆，之後，再說服路格露接受成巫儀式而成爲一個巫師，假以時日她自己的力量自然可以應付這些，每一個女巫也都是這樣過來的。想歸想，這種不確定感還是令她不耐煩，昨天呆坐在院子，也是因爲近來的一些不安感覺。

至於當事人路格露，對這整件事卻有不同的感受與想法。等女巫們做完儀式之後，她重新躺回床上重複回想這一段時間的夢境與胡思亂想的歷程——最初的身體傷痛以及後來的奇怪夢境的確是痛苦，但是身體漸趨平和時的昏沉與無力臥榻休息時，卻難得爲她帶來不同以往的經驗與樂趣。

別的不提，光是她的幾個姊妹淘下田幹活收工休息的時間，天天到家裡幫著她處理瑣事以及說說笑笑，即使自己幾乎答不了話，但也夠讓她感到愉悅開心，特別是阿洛與端娜那些葷素不忌的話題，更直接開到路格露的頭上，說不上喜歡，但也讓路格露感到新奇，想起自己將來可能跟某個男人親暱，便會不自覺地感覺燥熱臉紅，而且一次比一次強烈。最開心的事，應該是慕雅與比山的互動愈加頻繁與自然，路格露甚至確定在某一天自己昏沉沉而眼花茫的時候，比山與慕雅有一段長時間的相互凝望，慕雅甚至還向比山扮過鬼臉，那分親暱窩心，令路格露也動心。

但也有她不明白的事，那就是每隔幾天她陷入昏睡、夢囈的期間裡，總有幾個天色昏暗的傍晚出現馬力範的身影，馬力範甚至還很認真地遠遠注視著自己，面露焦急之色，就像那一天在溪水上看著路格露的眼神與表情。是不是這樣？路格露其實是懷疑的，因爲馬力範也只是在她昏沉沉的時刻出現，路格露企圖在相同的時間清醒地等候馬力範，以證實自己的猜想，但總不成功。她懷疑自己是在幻夢之中，就像她那些不停止出現的奇異夢境，總是在自己清醒的時候消失無蹤。

「馬力範眞的來過嗎？」路格露在床上伸一伸腳趾，又屈了屈手指，自言自語。

「可是，他又有什麼理由來呢？比山應該有看見吧？」路格露近乎呢喃地說，卻想不起來她見過比山與馬力範交談的影像。

「如果有，哥哥怎麼沒告訴我呢？」

路格露輕輕地慢慢地翻轉過身體，向著竹片編成的簡單隔門，想看見比山。但覺得氣虛得厲害，自己費了相當大的勁兒翻過身來，頭都感到一點暈疼。這些天她始終不敢開口問比山，現在，她反而偷偷地感到幸運，沒看見比山的身影，避免了自己想問不敢問的尷尬。

是我多想吧？我又怎麼會想起這個男人啊？路格露心裡想。覺得好笑，又覺得害羞。

天還沒全黑，路格露已經發出輕微的鼾聲，她又開始了這段時間不停重複的一個夢境。

夢裡面，一個清晨，她被一個強健的男子擁抱在懷裡，兩人坐在法魯古溪下游的一個大石塊上，視線沿著溪床向東穿越刺竹叢，等著太陽升起，一起數著部落東面荒原草莽幾個移動啃食的梅花鹿集團。那男子忽然撇過頭向著她，氣息直接呼灑在路格露的臉上，她感覺將要融化般地全身癱軟，忍不住閉上了眼睛……忽然前後左右一陣雜遝呼喊，她睜開了眼睛，發覺自己一個人站在溪中，部落四周的刺竹林燒得通紅，烈燄向上竄向左右撲展，火光中許多人驚慌地四處奔跑叫喊。路格露驚慌地想叫喊，回過頭朝部落的方向，卻發覺部落的房舍也都燃起了黑煙，沒有看見人活動，甚至連平時成群飛嚷的烏鴉、鳥雀也都安靜得似乎從來不曾存在過。

人呢？人呢？路格露驚慌地不停地叫喊著，忽然轉過身子向東望去，一條熟悉的影子卻疾向竹林的火場中奔去。

你回來啊！回來！路格露尖聲叫著想拔腿去追，才移動便被她已經過世多年的母親攔下，要她回頭離開。她頻頻回頭張望想認出那個身影，又數度聽見火場中似乎有人叫著她的名字，她張望，走了幾步又回頭張望，直到過了溪她的母親不見了，路格露忍不住向著了火的刺竹林大喊著：你回來啊！你回來啊！

「路格露！路格露！妳起來吃點東西吧！」比山喚醒了路格露。

「喔！」路格露悠悠轉醒，輕輕應了一聲。

每一回，路格露總在比山喚她吃東西的聲音中被精準地打斷夢境，說不上討厭或者喜歡，只知道自己是渾身汗水驚叫著醒來。

她沒告訴女巫這個夢境，因爲先前關於死屍的驚恐夢境已經說得太多了；二來，路格露自己多少還有些矜持，怕夢裡自己跟男人相依偎的事被解讀成少女思春；三來，是因爲自己也還沒弄清楚，夢裡的男人究竟是誰，而她的母親怎會出現？路格露曾假想過是馬力範或者西卡兒兩人之一，但都因爲她自己感覺荒謬而一笑置之，她想暫時保留這個祕密。

另外，女巫們依據儀式現場，大致看到了路格露母親的狀況，但對路格露頻頻張望的事感到不解；也許是因爲那是路格露心底的事，與靈異無關，或者那是預言，不是現在可以解釋的事？對此，絲布伊陷入疑慮，也決定暫時不去探究。

路格露完全下床活動，是在隔年的二月，第一季小米播種的時間。她的身體看來瘦削蒼白，但狀況大致穩定，不過，夢境依然困擾著她，除了火燒刺竹林的段落情節之外，另一個更詭異的夢境有時候伴隨著身體的不舒適而出現，她的康復似乎只維持不到一個月。

這一次的夢，其實比較接近一種異象，出現的頻率從一月的十天一次，一直到三月的每隔三、五天出現一次，部落女巫頭子決定在三月第一次小米禾疏苗工作後，為路格露進行成巫儀式，藉由連續七天的時間，讓路格露習慣與神靈接觸的感覺，並學習迎請神靈的程序。

那個夢，出現在路格露任何開始寤寐的時間，以及即將清醒的前一段時間，路格露會見到一整列切割整齊的頭顱出現在她的眼前游移，無論路格露轉面向何處，頭顱一定像是受了磁力牽引似地，跟隨轉變方向出現在她的眼前；縱的排列，有時也會橫的連結，一顆接著一顆地移動排列。路格露最初感到厭煩與驚嚇，當她逐漸習慣與不理會時，夢境在有一天忽然都變成了一群小矮人出現在她面前，手臂伸展接連著，有時安靜地望著路格露，有時自顧自地群體跳起舞來，無論路格露走到哪裡，他們隨時都圍聚在她周邊。小矮人奇醜無比，但經歷過殘缺屍體說話夢境的路格露並不覺得那有多嚇人；小矮人真正讓人膽寒的是，他們總帶著一股讓人感覺被掏空的虛弱，這種虛弱伴隨著一種深層的寒顫，令人覺得整個人處在逐步被吞噬的恐懼中，那是一種無以名之的恐懼。

三月初，連續三個白天晚上，路格露徹底崩潰，向部落四方逃跑又來來回回奔跑，第四天虛弱不堪的路格露，在酣睡了半天之後，突然發出了極度驚恐的淒厲叫聲，不停地大喊著：趕他們離開！趕他們離開！然後下了床衝出院子，不多時又衝了回來，又大叫著：趕他們離開！趕他們離開！然後衝上床把自己裹在麻布毯子裡直發抖，以木頭和長竹片編成的床，被抖弄得吱吱鬼叫。

比山嚇壞了，被通知放下小米疏苗工作來陪伴的姊妹淘也跟著哭，伊媚緊緊地抱著路格露，卻依然止不住路格露的顫抖。部落女巫都來了，做完鎮定巫術之後，下午直接做第一次的成巫儀式。

事後根據路格露模糊的記憶表示，當時她看到幾個面目猙獰的矮人，攀附在竹窗外，注視著她，她驚嚇之餘透過門片向院子望去，卻看到一整批的「人」，沒見過的、奇怪的「人」安靜地的盤腿坐滿整個院子看著她，她嚇壞了。而這個「院子坐滿人」的說法，卻也成了日後，端娜拿來開路格露玩笑的話題，說是因爲路格露從不給部落男子機會，所以部落男子都掉了魂，跑到路格露家裡期待關愛的眼神。這笑話常令路格露哭笑不得。

「但我總算康復啦！而且，我也成爲一個巫師啦！」四月中，路格露健康地跟著姊妹淘下田工作，大方又開朗地說。

「是啊！妳總算康復了，這段時間讓我們擔心受怕啊！沒有妳在，總覺得少了什麼！」伊媚體諒地說。

「病好了，我看我們也該辦點正經事了。」端娜接了話。

「正經事？端娜，妳會有什麼正經事好辦？難道這段時間妳都幹了些不正經的事？」

「啐！妳個阿洛，看妳說的，嘴裡沒什麼好話呀？」

「要不，妳說說看，那究竟是什麼樣的正經事，讓妳這麼這麼認眞地說話，像個老人！」

「我是說，路格露病好了，我們也該辦喜事了，這一段時間，比山跟慕雅眉來眼去的，就差沒趁我們不在嗯啊哦……的……」

「我哪有？妳亂講！」慕雅感到難爲情地打斷端娜繼續說話。

「妳別難爲情的，難道我說的有假？比山……我有亂說嗎？」端娜忽然升高音量向著田邊正在整理木柴的比山喊去。

比山只回了頭，滿臉疑惑。

「妳看，他跟妳是一個樣，妳們不在一起是講不過去的。」

「是啊！這一件事，我也想了很久。慕雅啊！念在我們是好姊妹一場，妳討了我哥哥過門吧！」路格露也感慨地望著慕雅說。

「哎呀！這種事，怎麼能……我們自己說了就算呢？」慕雅紅著臉輕聲地說。

「對啊！我們可不能只說著好玩，路格露妳儘早跟妳哥哥說，要他照規矩來表示，我們該好好地辦一場喜事啦！」伊媚也附和，也算是爲慕雅解圍。

「要不要……我們一起併著阿洛與少馬這一對一起辦啊？」端娜說。

「端娜妳唷，光會出餿主意，我看連妳跟西卡兒也跟著一起辦好了。」阿洛聲音出現了難得的嬌嗔。

「西卡兒跟我？我看乾脆大家各自找一個，我們一起辦好了！」端娜存心瞎起鬨，引起大夥開心大笑。

大笑聲中，一股小小的落寞還是悄悄地湧上伊媚的心底。至於路格露，開心地望著害羞的慕雅以及狀況外的比山，心裡忽然浮起那個火燒刺竹林的景象，浮掠起那個熟悉的身影，不斷響起那個頻頻叫喚著她的聲音。

那夢境是什麼意思？

那身影又是誰？

那男子……路格露想起與她依偎幾乎親吻的男子，忽然臉紅了起來。

幾個女孩私底下嬉鬧著結婚的大事，在往後幾個月內仍然持續著。最後達成一個共識，準備在第二季小米田疏苗工作完畢與第二次除草之間舉辦婚禮，時間約在九月初。如果時間匆促來不急完成準備，最起碼先徵得雙方父母的同意，完成男方提出結婚請求的儀禮，再來選擇婚宴的時間。女孩們私下一起結婚辦喜宴的討論，也僅限於慕雅與阿洛決定一起辦理，伊媚與路格露因爲沒有對象，自然不在討論的行列之內，但端娜的態度卻始終顯得曖昧與保留，既沒有提及西卡兒，也沒回應阿洛任何關於「迎娶」西卡兒這件事。這事，可一直掛在伊媚心頭，猶豫要不要同路格露說一說，但最後還是被阿洛關於「迎娶」的規劃進度與篤定態度所遮蓋。

八月底的某日，下了田，伊媚抽空與路格露閒聊。

「眞想不到，阿洛這個小女孩，居然可以對自己的婚姻掌握得這麼精準。」

「呵……眞是叫人慚愧啊！我長她這麼多歲，還沒勇氣去思考討男人回家這一件事，她一個年輕女孩，在這一兩年裡，卻已經鎖定了對象，完成所有成家的準備。」路格露說。

「這也許跟她家裡都是男孩有關係，男孩長大了要住進人家家裡，那些規矩還有那些生活所需什麼的，她幫忙準備久了，自然也就熟悉了。」伊媚想起什麼似地問：「路格露啊！妳有沒有考慮討誰過門啊？」

「討誰過門？哎呀，怎麼回答這種問題啊！」路格露腦海拂過馬力範的影子，忽然感覺害羞，她順勢轉移地問伊媚：「妳眞的不再考慮接受馬力範？他看起來正常許多了！」

「馬力範？不了！上一回我就說過了，之前不是我的，之後也不應該是我的，我認眞地表達過，這就夠了，即使哪一天他忽然開了竅，想回頭來找我，我也不可能再接受。」伊媚口氣異常堅決。

「這……妳的態度眞堅決啊！」

「這是尊嚴的問題！」

「尊嚴？談感情講到尊嚴？」

「就像阿洛，仔細規劃仔細經營，是她的就是她的，不是她的，她一點也不浪費時間與精神。」

「可是，妳不是她呀！再說，找對象都要這麼精算，那多累人啊！」路格露輕蹙著眉頭，表情有些不以爲然。

「呵呵……愛情的浪漫誰不想啊，但是每個人對浪漫的解釋不同。我了解阿洛的想法，她同我們都一樣地重視愛情的過程與結果，但她的愛情態度，顯然是像一隻張網的蜘蛛，密密地、扎實地不錯失每一個細節，預定找到一個她眞正願意付出的對象後，狂烈地無悔地付出，即使洪水、烈火阻隔，她也會努力維持的！換句話說，她根本不覺得累，說不定她還覺得浪漫呢！」伊媚表情認眞地說。

伊媚提及的洪水、烈火令路格露腦海倏地浮現那夢境裡的火海與那快速移動的熟悉影子，她感到尷尬，趕緊接上話：「妳是說，因爲阿洛掌握了所有主動權，所以保有尊嚴？」

「不！不是這樣！愛情是兩個人的事，只要喜歡，只要雙方都願意，也不存在尊嚴不尊嚴的問題，我相信他所看中的少馬，將來必然也甘心情願接受阿洛所做的一切，直到終老也定然無異議阿洛的安排。」

「可是……」路格露想到了一個被網緊縛的獵物，正絕望地掙扎。

「妳是擔心，少馬承受不住阿洛的壓力？」

「是啊！光想想，就覺得沉悶，令人窒息。」

「這就是我覺得阿洛這個小女孩可怕的地方。」

「可怕？妳怎麼連這樣的字眼都使用上了？」

「唉唷，我只能想到這個了，嗯，或許改用聰明這個字眼吧！」

伊媚停了停，看看路格露，修正自己的用字：「好姊妹的，我也不隱瞞我其實注意過他們的交往情形，我覺得阿洛很多方面是順著少馬的意思的，甚至更投入心力支持的；但在某些情況，譬如上次討論求婚儀式的規範，以及未來家裡的形式，她便有所堅持，阿洛抓的是大原則！」

「這看起來應該很正常啊！」

路格露想了想，阿洛呈現的態度也不過是部落男女關係的傳統默契，由女方掌握家庭這些私領域的範圍，對於男人在公領域的範疇，絕不多加干涉。

「是很簡單啊！可是，也不是那樣容易啊！路格露，我問妳，妳是部落第一的美麗女子，先不說將來妳結了婚如何？請問，現在的妳，關於愛情，妳掌握了多少？」

「我……」路格露一時語塞。

她總覺得這問題聽起來似乎哪裡怪怪的，但一時又找不到話來回應伊媚。眼前的她究竟喜歡誰，自己都還弄不清楚，就算部落的男人都垂涎自己的美貌，或者馬力範曾經在極偶然的場合讓自己心慌意亂，那畢竟都與自己眞實的情感有一段距離啊！關於愛情，她可是什麼都在未定之數，別說未來，甚至現在有什麼，她難以回答伊媚那看似胡亂提問，又似乎有所準備的問題。

「我是什麼都沒有啊！」路格露有些窘迫。

「看吧！妳我都二十了，這個小米季節過了就要二十一歲，談起感情我們還是一場空啊！部落其他同年齡的姊妹，哪個不都抱了兩三個小孩的？就連平時跟我們鬼混的阿洛都已經忙到沒時間找端娜鬥嘴了。」

「這不是我們剛剛的話題啊！」路格露偏過頭，覺得伊媚的問題有些亂。

「我的意思是說，阿洛順著傳統男女關係的脈絡，即使她再怎麼積極，應也不至於造成少馬的壓力，要他們將來幸福地終老一生，是可以期望的。」伊媚拉回話題。

「目前看來是這樣，萬一，將來……」路格露遲疑著要不要繼續說。

「將來？依妳看，少馬眞要進了阿洛的家，有可能中途被休掉嗎？」伊媚問著，語氣有了笑意。

這一問，卻稍稍讓路格露想通了一些道理。

部落傳統的婚姻關係裡，男人隨妻子居住，共同生活養育子女，女人掌握財產與子女繼承的決定權，夫妻休離的決定權也掌握在女人手上，從傳統以來，只有懶惰無能只顧嬉戲的男人會被休掉。換句話說，按照阿洛這樣認眞揀選男子的情況來說，少馬根本不可能會是好吃懶做無能的人，更何況，就算阿洛不認眞揀選，少馬還是部落公認的頂尖的萬沙浪之一；照目前的情況看來，一旦成了阿洛的夫婿，根本不會有被「休夫」的可能，婚姻關係可以預見是牢靠的。

「就算……少馬最終因為什麼原因被休掉了，這整個過程的掌控權還都在阿洛手上，不會有顏面盡失、尊嚴掃地的情況！」伊媚語氣肯定地說。

「這……」路格露支吾接不上話來。

原來，伊媚說的尊嚴是這個，伊媚顯然是把阿洛對情感的經營態度，當成她在馬力範形同「休妻」的這一件事的解決之道，路格露心裡這樣想。

「我說的尊嚴就是這個，我糊裡糊塗地愛上一個人，也不管人家怎麼想，就一股勁兒地期待有所回應，最後落得身心受創的地步，讓人看盡笑話。這事也只能怪我自己了，但如果哪一天馬力範眞的重新回過頭來找我，我會拒絕，我寧願重頭來過，自己掌握自己的情感，這是尊嚴的問題。」伊媚似乎是爲了解答路格露的疑惑，給自己做了個結論。

看來阿洛精準縝密地經營自己的愛情，還是給了伊媚很大的震撼和啓示，重新面對自己的情感挫折。看在路格露眼裡，雖然覺得哪裡似乎有些想不通，卻也因爲伊媚能徹底走過情傷，有了新的方向感到高興。

「馬力範適合妳，妳可以考慮考慮，必要時主動表示！姊妹啊，我會幫妳！」伊媚說。

伊媚沒來由地說了這個，讓路格露忽然臉頰燥熱，心跳加快，以至於伊媚離開之後，心情還一直浮動，幾乎耽誤了晚餐的準備工作。比山與慕雅的婚事，馬力範與自己的可能，阿洛與少馬，伊媚情感態度的轉變，不停地在腦海交晃。

「二十一了，我眞的能掌握什麼？愛情不就是應該隨著際遇，隨著祖先的安排嗎？這樣的刻意與勉強，好嗎？」

路格露陷入了沉思，她的哥哥比山，也不知道該如何了，凡事輕躡躡地不敢驚擾她。

「哎呀！」不知過了多久，路格露輕聲咒罵自己，而覓食的貓頭鷹已經數度變換位置。

當晚，路格露又夢見那火紅的刺竹林，那冒著黑煙的空蕩的部落；那熟悉又陌生的影子，那聽來耳熟卻不知出自何人的叫喚聲，不停地相互交錯浮掠。

第7章 工寮的衝突事件

那荷蘭兵惱羞成怒，不等同僚攙扶，拿起由肩上滑落的毛瑟槍想裝填彈藥，衛瑟林大吼著想制止，但少馬一把長刀已經脫手飛去，直插入那荷蘭兵的胸膛。另一個荷蘭人嘰喳地大聲咆哮，並迅速地端起槍來想朝少馬射擊；就在他拉開槍機擊鎚的同時，一道身影撲了上去。

第一次揹起巫師袋出門，路格露還是有幾分忐忑。清晨走向部落靠東南邊的一戶屋宅途中，忍不住好奇，提起巫師袋一會兒端詳，一會兒又扯一扯背帶。這是一個以麻布縫製的新巫袋，不同於老巫師以羊皮縫製的油汙巫袋，這巫袋透發著生澀、羞赧和不自在。正因爲路格露是新巫師，在見習的階段還沒有足夠的行巫經驗前，這巫袋通常只當做一般女巫的過渡象徵，一旦確定行巫將成終生職志之後，自然會思慮重新製作一個耐久性的羊皮巫袋。這也就是爲什麼絲布伊等老巫師擁有老舊油汙巫袋的原因——除了當成巫器的攜行袋，多少還有身分的象徵。

儘管路格露不自在，她還是忍不住心中的喜悅，行進間步履輕快而雀躍。前天，一戶人家因小孩久病高燒反覆，求助了占卜師，占卜師根據卦象給了方向，要這戶人家請一位剛擁有巫師袋的年輕女巫實施巫法，所以他們找到了路格露。這個邀請，令路格露感到惶恐，自從巫儀式完成以來，她只在晚上就寢的寤寐中，「看」過幾回某個人爲她排列過幾個不同的檳榔組合方式與順序，她不知道是誰在夢中爲她擺上這些檳榔組合，也不知道這些組合究竟有什麼意涵、用在什麼場合，所以接受邀約的第一時間找了絲布伊請教。絲布伊對占卜結果也感到好奇，不但答應，而且約了娥黛與伊端今天一起在那戶人家見面，協助路格露進行巫醫的治療過程。

那一戶人家，接近部落東南方的外緣地帶，靠近刺竹林在溪水的缺口附近。多數人已經離家下田的時間，三位老巫師已經進到了這一家的院子，在屋主的陪伴與協助下，著手準備一些工具，邊聊邊等候路格露前來。

「妳們想，這占卜師怎麼會有這樣的結果？」娥黛首先開口。

「是啊！我覺得有趣，路格露甚至還沒見習過任何一場醫療的儀式呢！」伊端偏過頭輕聲地說。

「又不是占卜師決定她去，是那些老祖宗姊妹們[1]決定，這才是我感到興趣的，我們遠去塱嶠而回，也還沒搞懂當時是怎麼回事，現在剛揹巫師袋的路格露，卻被指定來執行一場可能連她自己也沒聽過的巫醫儀式，這應該是有什麼特別的理由吧！」絲布伊難得接了長句。

「絲布伊啊！依妳看，路格露眞的會持續當一個巫師嗎？」娥黛恢復了她的大嗓門。

「哎呀，我以爲妳忘了帶嗓門，沒想到妳還是想起來怎麼說話的，妳輕一點說話呀，我頭都給妳叫疼了！」絲布伊嘟囔著，手卻沒閒下來，切開了檳榔塞進陶珠串。

她今天來，是協助路格露進行儀式，一方面引導進行，一方面要在主要的關鍵程序上指導路格露親自執行。

「絲布伊啊！妳沒回答我的問題！」娥黛語氣有些抗議味兒。

「這個問題還需要我回答呀？得看她自己啦！」絲布伊似乎也記起了她獨有的細尖聲調，而拉高聲調說話，語氣不悅地接著說：

「妳問的也奇怪了，哪個女人天生下來就可以看得出來會是註定一輩子當女巫的？」

「哎呀！不過是問一問，妳那麼大的火氣！難道妳不好奇啊？」

「好奇啊！總要有人繼續啊！泥土都掩蓋到我們脖子高度了，沒新人接棒怎麼可以？可是啊，我的心思還是在幾年前我們作的那些奇怪的夢打轉，不知道這個部落會發生什麼可怕的事，不知道我們這些女巫能有什麼作用？路格露的夢境顯示她將來會是個能力很強的女巫，但我總擔心那個不知道是什麼的災難，會在我們都還沒準備好的時候就突然來了！」絲布伊口氣稍稍緩和下來。

「絲布伊啊！妳講話的語氣太不正常了，妳覺得眞有大的災難？而且我們無法攔阻？」娥黛

1 巫師向以祖宗姊妹稱已不在人世的歷代巫師。

聲音又大了起來。

「說這些太遠啦！趕緊把眼前的準備工作先做一做吧！等路格露來還有其他的事要做呢！」絲布伊說。

「我也開始期待了，一個新手是從這樣的特殊情況開始巫師的生涯，最後的結果又會是怎樣呢？」伊端湊熱鬧似地輕聲說。

路格露走進了院子，中斷了幾個老巫師的交談，絲布伊沒讓路格露多做休息，立刻指示她準備苧麻線、陶珠，同時叮嚀幾個祝禱用詞，約過了半小時的時間，開始進行儀式。首先由娥黛帶著路格露執行「敬告祝禱」，接著由伊端帶著執行「迎靈祝禱」，最後執行巫醫的治療，由絲布伊一步一步地導引路格露招引那病患的靈魂，並阻斷糾纏在他身上的種種病痛。

就在召喚那病患的靈魂與其祖先相關的魂魄時，住屋東南方隔著刺竹林忽然一聲巨響。那聲響似乎是爆炸聲。眾女巫因爲受到不預期的巨大聲響干擾，都驚訝地停止手上的工作，絲布伊更是鐵青著臉，皺著眉頭噘著嘴。

「這是什麼聲音啊？像是雷劈在竹林外？」娥黛深吸了口氣說。

「這個大晴天的，哪來的雷劈啊？」伊端說。

「這個樣子的聲響，我們怎麼繼續做啊？」

「是啊！那麼大的聲響，那些迎請的靈，我看都嚇跑了！絲布伊啊！我們還要繼續嗎？」娥黛問。

「還做啊？光妳說話的音量，都妨礙了迎請神靈的進度，更何況那聲巨響？不做啦！都跑光啦！」絲布伊說。

眾人似乎也沒什麼異議。因爲每個人都清楚，巫術的力量形成是在儀式結束以後逐日增強。在巫術儀式結束以前的現場，那些所迎請的神靈、招引的靈魂都極其敏感、易受驚嚇；即使只是打噴嚏或突然發出激烈聲響，都有可能毀掉整個儀式的目的。剛剛的爆炸聲，猛烈的程度接近一道雷劈在附近，其破壞力道可想而知。

「那會是什麼呢？」娥黛似乎是自言自語。

眾人都朝那聲響的方向望去，部落巷弄中，頓時也出現了幾個萬沙浪呼鳴叫喊著衝向那聲音來源。

「究竟發生了什麼事啊？」娥黛又問。

一股不安的氣息漫瀰開來，大家向著聲音的來源張望，沒人注意到絲布伊忽然感到一股深層的寒顫打體內升起直竄腦門，而不自覺地輕微顫抖了起來。

那聲音是由法魯古溪下游穿越刺竹林的南岸，一條通往南邊呂家社的小徑旁，一棵大樹下的工寮傳來。工寮前的小空地站著一些人，眾人都朝著東方荒草鋪望去，每個人的反應或驚或喜、或憂或懼，形成有趣卻詭異唐突的畫面。西卡兒、少馬以及兩個部落漢子，睜大著雙眼，忘了合攏張著的嘴，盯著遠前方約五十步外的羅氏鹽敷木瞧；一個彪馬社人，兩個呂家社人輕皺著眉卻有幾分「早知道這個結果」的得意笑容；另外還站著三個面露微笑、不時張望幾個部落漢子的荷蘭人，荷蘭人手上拿著一個被部落稱之爲「光」的火繩毛瑟槍，槍管還淡淡冒著煙。幾頭梅花鹿嘎嘎地叫鳴著，往東邊狂奔而去，所經之處，芒草倒伏，裂開了幾條路徑。

隨後，由巴拉冠衝出來的萬沙浪，一下子出現並排列成一道人牆。這突然出現形成的聲響驚動了西卡兒等人。西卡兒沒理會剛抵達的眾漢子，忽然衝向剛剛他們張望發呆的方向，少馬以及其他兩個漢子，也同時跟著西卡兒行動，部落的萬沙浪們雖然不明所以，仍安靜卻又緊張地跟了上去。

只見一頭雄梅花鹿，身上被轟出了個窟窿，一動也不動地倒在芒草叢中，鮮血染紅了芒草梢，那股血腥畫面，令西卡兒、少馬等人頭皮發麻心跳加快。西卡兒緊抿著唇撇過頭，注視著五十步外荷蘭人手上那一把發出金屬沉色的毛瑟槍管，心中忽然泛起不安又複雜的心情，只揮揮手招呼大家把鹿抬到工寮。

稍早之前，兩個沒事閒盪的呂家人與西卡兒在工寮附近相遇閒聊，恰巧少馬與其他兩個漢子一起獵兔返回經過，一時興起，就著工寮簡單的烹煮設施，取了兩隻野兔處理，一個漢子還返家偷偷取一些釀造酒助興。幾杯下肚，大夥拉開陣勢閒扯，幾個人從誰的打獵本事一直吹噓到誰比較受女性喜歡，一路吹牛；又從女人話題扯回到打獵的功夫，大夥吹得愈起勁，酒喝得也就愈凶。一個漢子決定先把東西送回去，再偷偷取一些酒返回，就在他返回工寮時，三個荷蘭人在一名彪馬社人的帶領下出現。

西卡兒幾乎一眼就盯上了荷蘭人身上揹著的毛瑟槍。不等彪馬人介紹來人，西卡兒便指著那毛瑟槍說：「我知道，那是『光』！」

「喔！是的，這是gun，你知道？」一個荷蘭人似乎被西卡兒的反應吸引，開心地接話。

「知道啊！上次你們來的時候，我們就看過啊！」西卡兒表情有些不耐煩。

「不是，不是……」荷蘭人急著解釋。

「是這樣的，阿力啊！上次來的是孫杜克，我陪著他來的，他們這幾個沒有來過。」彪馬人說。

「廢話！這有什麼不一樣？反正揹來的都是『光』，難道他現在揹來的就叫做『噹』？」

「噹？西卡兒，你還眞會說笑話啊！」少馬說，而他的話引起其他人跟著笑。

「喔，是這樣的，我給你們介紹……」

彪馬人擔任這一行人的翻譯員，介紹了其中一位身材中等，臉部略爲寬厚，眼神精銳，左耳下方連著飽含厚肉的下顎，有一道約一隻食指長但是不甚顯眼的疤痕，名叫衛瑟林（Marten Wesseling），是荷蘭助理商務員，這兩年已經先後來過東部五次，另外兩員是擔任隨從的士兵，保護他的安全。

西卡兒並沒有聽懂他說得那些長長的荷蘭名字到底誰是誰，又有什麼意思。但聽說他是帶著隨從的什麼官員，不免又感到好奇，除了禮貌性地點點頭，少馬還推送了切割成塊的野兔肉給這些遠來的客人；另外一個漢子，也砍了幾節竹杯，斟了釀酒送到他們面前。

其中一個荷蘭人略懂彪馬語，在彪馬人的協助下，幫衛瑟林有一段沒一段地與西卡兒等人交談，氣氛倒也融洽。但呂家人似乎對隨行的兩位荷蘭士兵感到不自在，除了言語多有不屑，眼神還頻頻向他們腰間的佩刀望去，令荷蘭士兵也跟著緊張。看在衛瑟林眼裡，自然知曉那是異族男人之間，在酒後的一種爭雄意識，他倒不以爲意，語氣平和地要兩個士兵主動舉杯向那兩個呂家人致意，並以荷蘭語囑咐要不著痕跡地防止佩刀被抽走或掉落。果然，兩個士兵主動舉杯，呱啦啦地說了幾句，向呂家人敬酒，惹得呂家人哈哈大笑，喝了酒，拍拍其中一名士兵的肩膀。

「這一個『光』，到底能做什麼？」西卡兒忽然問起，「我聽說這個可以獵一頭鹿，這一點我非常懷疑。」

「這是真的，一個人，遠遠地，這個『光』只要砰的一聲打雷一樣，鹿就倒了！」彪馬人表情認真地回答。

「哈哈……吹牛也要有個限度啊，阿力！我們十幾個人獵一頭鹿，還要花上幾個小時，埋伏、等待、誘導，然後跟著拚命追逐刺殺。要是真如你講的那樣，一個人不跑不跳，遠遠地打一聲雷就能把鹿撂倒，那我看就不需要巴拉冠成天訓練男人了。」

西卡兒的話，引起其他人大笑，荷蘭人沒聽懂，感到好奇。在彪馬人的努力解釋以及那荷蘭人協助翻譯下，衛瑟林忽然哈哈大笑，心想，好啊！也該讓你們見識見識了。

草寮東面約五十步外，一頭頂著三岔鹿角的梅花鹿，正在幾棵羅氏鹽膚木下啃食，牠的二十步外還有幾隻梅花鹿。這顯然是一個鹿群家庭，雄鹿是本能地位在這群人與鹿群之間警戒覓食，目的是隔出與人類的安全距離，讓鹿群家庭安心進食。

衛瑟林指著雄鹿要士兵開槍。只見那士兵從腰間取出火藥裝填，又從另一個盒子取些金屬球放入前槍管塞塡後，舉槍朝著雄鹿瞄準。衛瑟林體貼地提醒眾人摀住耳朵，但除了荷蘭人、彪馬人，其餘人根本不以爲意，也不了解怎麼摀耳朵。

忽然，「砰」的一聲，眾人受到驚嚇，本能地都蹲屈護頭，隨後站起來，看得目瞪口呆。這也是後來部落漢子趕來時所看到的情形。

一群漢子抬來了早已斷氣的雄鹿，多數人仍露出驚恐之色，原先跟著西卡兒喝釀酒的兩個漢子，更是直打哆嗦。衛瑟林招來那彪馬人交代事情時，部落的漢子還有些驚魂未定，頻頻望向荷蘭人以及那支射擊過的毛瑟槍，露出不可思議的表情，這情形都落在衛瑟林那雙精幹的眼裡，心裡直鳴得意。

「各位！」彪馬人稍稍提高聲嗓地說，「剛剛衛瑟林長官交代，請大家把這頭鹿帶回去享用。」

「這怎麼可以，這是他們獵得的，即使他們客氣大方，也不能連一塊也不留地全部都帶進部落，那不合規矩的。我看這樣吧！少馬，你幫忙割一些肉下來，我們在這裡陪著他們一起享用；其餘的人，把鹿先帶回巴拉冠處理，記得切些內臟送到祭司家裡，也送些酒來，我們在這裡代表部落長老款待這些客人！」

西卡兒總算是部落頂尖的漢子之一，很快地從剛才的驚慌中回神，交代眾人處理。

衛瑟林見狀，不免多看了西卡兒一眼。他不盡然聽得懂西卡兒交代的事，但看到這些漢子很快地從驚慌中回神，接受西卡兒的調度，心裡著實詫異。透過翻譯，知道西卡兒的處理，心裡暗暗地咒罵了一句。

衛瑟林的盤算是想藉著射殺雄鹿，讓部落這些漢子震懾於他們神兵利器的表演，不做其他的非分之想，二來藉著送鹿肉的機會，能獲得進入部落的邀請，進一步了解部落的內部情形，特別是有無傳說中的金礦、金飾或其他有價值的珠寶。但，這些盤算，就在剛剛西卡兒的處置下落空。

不舒服歸不舒服，部落居民受到槍聲的影響，陸陸續續地前來探視究竟，也給了衛瑟林有機會好好觀察居民身上有無金屬飾品，情緒逐漸平復。但才剛剛平緩的心情隨著居民的來來去去，又開始沉重與失望，因爲他並沒有看見任何一個人戴有金屬或看似珠寶的掛飾。

這是個窮部落，衛瑟林心裡嘀咕著。

居民陸續跟著一群漢子抬著雄鹿回到巴拉冠，但跟著來的端娜、阿洛留了下來，協助處理少馬割下來的肉塊。她們的留下，讓一群男人談話的氣氛稍稍起了變化。端娜與阿洛各自爲了西卡兒、少馬留下來，呂家人雖然感到有些驚訝，但大致也可以理解那種已經默認的情愛關係，但荷蘭人並不清楚；特別是端娜與阿洛延續上一回對荷蘭人布料、衣飾的好奇，不斷有意無意地朝荷蘭人身上張望。特別是阿洛，她工於家計的性格，使她想看出荷蘭人衣飾的祕密，看看有無機會自己製作。這情形令荷蘭人產生了不少遐想，兩個士兵更是不避諱地直視，偶而以荷蘭語交談。

「你們這裡，有沒有……」衛瑟林忽然呱啦啦地開口說話，後頭全是荷蘭語。

「他在說什麼呀?說那個怎麼聽得懂啊!」一個呂家人維持著禮貌表情問。

「他是說……這裡,有沒有黃色……嗯……應該說是接近紅色的土或者石頭,我聽得應該沒有錯吧?」彪馬人沒什麼自信地翻譯衛瑟林的話。

「黃色接近紅色的石頭?那是什麼?」呂家人歪著頭,疑惑全寫在臉上。

「那種石頭我們這裡沒有,但我看過南部的幾個部落有。」少馬插了話說。

透過翻譯,衛瑟林眼神忽然亮了起來,嘴角不自覺往兩邊上揚,眼睛直視著少馬。

「正確的說,不是黃色接近紅色,它就是一種黃色,稍微暗一點的黃色,有的還亮得刺眼。」少馬企圖更精準地形容。

「什麼?那是哪裡?」衛瑟林似乎是第一時間就聽懂,特別是少馬提到「黃色暗一點」、「亮得刺眼」時,令他眼睛閃著異樣的光,不等翻譯便開口問。

「在阡仔崙溪源頭的幾個部落!不過,那是什麼?有什麼特別?」少馬回答。

少馬實際去過的地方只有阡仔崙,也就是一六三六年他隨著馬力範南下夜宿野溪溫泉的那一次,至於深山裡面的那些閃著金黃色光澤的石頭,則是後來自己偷閒往南活動時所聽到的一些訊息,他並不確定這是什麼,所以當衛瑟林問起時,引起他的好奇而答話。

「這沒什麼,隨口問看看!我喜歡黃色的石頭!」衛瑟林在經過翻譯之後這麼回答。

衛瑟林並不想多加解釋,但心裡卻不停地盤算,這兩年來他已經是第五次往返台灣東部沖積的卑南平原,爲的就是想確定有無黃金或者其他具有價值的財富。如果照少馬的說法,南邊的部落的確有這樣的地方出產金黃發亮的東西,那些有可能是沒價值的愚人金,但也許有機會開採出含金量更高、眞正的黃金礦產也說不定。照目前的情況看來，這個部落應該還沒有黃金的概念，看樣子也不需要多加解釋，避免引起部落的多心，節外生枝，徒增日後工作的阻礙。

衛瑟林的判斷極爲正確，大巴六九部落不產黃金以及其他可能有價值的寶石礦產，狩獵粗耕的居民根本也不具金錢的價值概念，更別提稀有金屬的冶煉技術或黃金的保值觀念。但是衛瑟林的問題，還是短暫地引起了大家的好奇，見衛瑟林不繼續在嘴巴上作文章解釋，大家也沒那興頭繼續討論，女人端出了肉塊湯料，斟起了釀酒，一夥人便豪邁地吃肉喝起酒來。

在來回幾個竹節筒的黃濁釀酒之後，工寮的席宴變得更輕鬆、更喧譁，不獨幾個部落漢子相互奚落或拿荷蘭人作文章開玩笑，荷蘭人更是紅著臉，不時色迷迷地看著端娜與阿洛，嘰哩呱啦的以荷蘭語交談，惹得部落漢子們因爲感到新奇而哈哈大笑。

衛瑟林沒有多說話，幾個漢子們敬酒時，他也斟酌少飲。除了因爲他不喜歡釀酒的酸澀，也因爲出門在外的警戒心理，他不時提醒兩個荷槍的夥伴少喝些，但是部落女人斟酒時麻布衣服遮掩不住的體態風情，還是催酒似地，令荷蘭士兵忍不住要忘情地把竹杯的酒直往嘴裡倒。衛瑟林似乎也很難置身事外佯作平靜，假裝眼前的女人不存在。這幾年在福爾摩沙，在大員，在島嶼南端，衛瑟林見過不少土著女性；去年以前帶著士兵進出馬太鞍、太巴塱[2]北邊幾個大部落，更見識過無數與南部種族不同的高大健美幾乎全裸的婦女；別的不提，這兩年出入彪馬社，所遇見到的婦女，也不能說少，但眼前兩位部落婦女，卻格外地吸引著衛瑟林，連衛瑟林也覺得自己的情況有些怪異。特別是自己的眼神盯著她們身體游移的時候，更覺不可思議。

是我一段時間沒碰女人了吧！衛瑟林心裡升起這個念頭。

一六四〇年五月衛瑟林帶領荷蘭兵抵彪馬社，由彪馬社協助往北進出征服里腦[3]，並與史培拉社[4]締交成盟友；五月中折回安平後，十月再返彪馬社，帶領士兵十員征服傀儡山[5]後返回大員。一六四一年一月衛瑟林再返彪馬社，至三月間，在傀儡山覓得三錢一分的黃金返回，大大鼓舞荷蘭長官一定可以覓得黃金的信心。衛瑟林於三月十七日，又奉派抵達東部，進出台東縱谷，直抵今之光復。這段期間，因為某些部落的善意或個別的盤算，衛瑟林還有些甜頭嘗。同年五月，衛瑟林自熱蘭遮城[6]搭船抵埕嶠，然後改走陸路抵達東部卑南平原，以彪馬社為基地四處走訪找黃金。到現在的八月底，基於彪馬社的要求以及附近部落的關係並不如預期的好，衛瑟林在卑南平原已經整整三個月未近女色。在這樣的盛夏溽暑，總有一股燥熱自小腹間蠢動，平時衛瑟林並不以為意，但今日，釀酒入喉下肚，又有端娜無限嫵媚地在眼前或靜或動，衛瑟林早已腦脹昏熱，一股熱流往下腹鑽，他本能地移動下半身調整了坐姿，不讓充血的身體因扭曲壓制而難受。

2 今花蓮光復的兩個大部落。
3 今花蓮縣吉安鄉化仁村。
4 今花蓮豐濱鄉港口村附近。
5 今台東平原幾座小山丘。
6 今台南安平古堡。

衛瑟林感覺昏脹眼花，眼前人影晃動，交談聲此起彼落，他不自覺地舉了杯往喉頭倒入，稍稍有些清醒。他注意端娜那截然不同於他在荷蘭家鄉所見過的骨架寬大的女人身形，端娜起身時前衣襟露出了半截鎖骨，向下連接著飽脹渾圓的上半球乳房幾乎跳出襟口。衛瑟林幾乎是屏著氣，卻清楚地嗅著了端娜起身後，順著背脊往下延伸的翹臀所散發的生殖氣息；要命的是，端娜經過他眼前，禮貌性地朝他點頭微笑，令他忽然有股強烈的念頭，想伸過手由下往上輕撫端娜的大腿內後側、後臀。耳邊卻忽然響起了阿洛的聲音，讓他稍稍清醒。

「伊媚，咦？路格露，妳們怎麼來了？」阿洛表情驚訝地不自覺提高聲調問。

「我們也好奇妳們這裡在幹什麼啊！」伊媚接了話，而她的接話，讓所有人都安靜了好一晌。

部落男子不吭聲，自然是因爲伊媚那個動不動就搬出部落規矩的脾氣；路格露的出現，更是讓呂家人、彪馬人都目瞪口呆。他們早聽說過大巴六九女人美麗，當見識過端娜那渾然天成的美媚，再見到路格露雲彩陶器般的端莊美麗時，都掉了魂似地只敢偷偷瞄幾眼。西卡兒因爲伊媚的到來感覺尷尬，正想站起身離去，卻聽到原來也怔怔望著路格露的荷蘭人，嘰哩呱啦地唸出一個字，然後又安靜下來了。彪馬人似乎聽出來是稱讚美麗的一字，還沒翻譯給眾人聽，便聽到路格露大聲斥責：

「幹什麼？動手動腳的？沒規矩！」

這一斥責，大家都酒醒了一半。只見伊媚正以手上拿握的工作用的手鍬，擊向一個荷蘭士兵抓握路格露裙子的手。荷蘭人痛得唉叫了一聲鬆手，隨即握拳舉臂想還擊，卻被身旁的呂家人橫身撞離座位。

現場立刻變得混亂，女人都退向工寮外靠近部落的方向，男人都站了起來，看著倒地的荷蘭士兵。那荷蘭兵惱羞成怒，不等同僚攙扶，拿起由肩上滑落的毛瑟槍想裝填彈藥，衛瑟林大吼著想制止，但少馬一把長刀已經脫手飛去，直插入那荷蘭兵的胸膛。另一個荷蘭人嘰喳地大聲咆哮，並迅速地端起槍來想朝少馬射擊；就在他拉開槍機擊鎚的同時，一道身影撲了上去，西卡兒抽了刀朝他後頸砍去；而此時衛瑟林也同時拔出了腰間的短銃，朝西卡兒腦門瞄準……。

電光石火間，現場殺氣騰騰，部落兩個漢子與呂家人都跟著拔起長刀，注視著眼前的變化。彪馬人更是驚叫了一聲，他見識過這短銃的威力，知道西卡兒的腦袋即將變成一團肉屑片，他趕忙摀住耳朵閉起了眼睛。

「轟」的一聲，一股金屬熱流從彪馬人面前一閃而過，他耳邊響起了女人的驚叫聲，接著是樹枝的斷裂落地聲。他慌亂地睜開眼，看見女人們彼此蹲屈相擁，驚惶地望向衛瑟林的方向，而幾個拔了刀的漢子，正慌亂地爬起、收刀、恢復站立姿勢；沒注意到一個俊挺的漢子，持著弓由工寮的西側走來。

彪馬人警覺情況有異，回過頭只看見西卡兒長刀未收，怒視著一顆滾到一旁的荷蘭人頭顱，而衛瑟林倒地仰躺朝天，右手仍緊握著短銃，心口插著一支粗箭，整支箭的三分之二沒入胸膛。剛剛的槍聲，便是衛瑟林中箭倒地時，企圖扣引扳機射擊，因控制不住身體，彈流朝右上噴發，擊落工寮右側一棵苦苓樹枝幹，響起一陣嘩啦啦的聲響。只要再偏一個手掌寬，彪馬人肯定也要跟著送命，彪馬人警覺到剛才凶險的一刻，忽然癱軟著身體跌坐在座位上。

「馬力範！」少馬首先回魂，看見馬力範出現，不自覺脫口叫了一聲，而這一叫，把多數人都給喚醒了。

馬力範朝向那顆頭顱走了過去，提起檢視了切口，看了看西卡兒，又放回原地，沒多說什麼。這舉動卻吸引西卡兒的注意，屏著氣，注視著馬力範的動作，一副等待檢閱的態度。此時，部落巴拉冠的漢子們都衝了出來，群聚在工寮周邊，驚訝地看著，見到馬力範與西卡兒都在現場，沒人多說話。

部落的長老群陸續前來，部落女巫們也相繼來到，看到現場情形都皺起了眉頭。

少馬應部落首領的指示，把剛才的情況說了一遍，這讓部落人譁然，也讓部落長老們更加地眉頭深鎖。

「發力甚啊！你說說看這到底怎麼回事？這些人是你帶來的，如今闖了禍被殺，今後他們會怎麼看待這一件事？」部落阿雅萬質問癱軟跌坐在木頭椅子上的彪馬人。

「阿瑪[7]！我也不知道怎麼回覆您的問題了！」彪馬人抬頭看了一眼，又低下頭回話：

「這些外人，擁有我們無法理解的武器，憑著這些武器，他們十幾二十個人，就敢威嚇一個部落，要求結盟。如今，他們一個小官員被殺，而且還賠上兩個士兵，我真不知道他們會採取什麼報復行動啊！」

「哼！不知道他們會怎麼處理啊？你們這些年不都是跟著他們到處跑？你們這麼放心跟著這樣擁有我們所沒有武器的人去騷擾別的部落，卻不知道他們怎麼想？糊塗啊，你們這些。眼前，這些人壞了規矩，將來卻要我們去面對，而你卻說不知道怎麼辦？」部落阿雅萬語氣有些責備。

彪馬人一時不知如何接話。荷蘭人調戲婦女的確不應該，但沒想這個部落的婦女反應這樣地激烈，這些漢子的反應又是那樣地果敢猛烈。荷蘭人錯不致死，但部落殺人也是自衛的合理反應，也不能算是錯了，千錯萬錯，都要怪酒精作祟。

「還有你們這些萬沙浪，這是什麼時間？你們不幫著家人整理田地，躲著大家在這裡與這些外人喝酒，這是誰允許的規矩啊？」部落阿雅萬似乎也沒有全部怪罪彪馬人的意思，把矛頭指向自己部落的人。

「你看你，馬力範，還有你西卡兒，身為部落萬沙浪的領袖，一個成天像個遊魂一樣，隨時找不到人，一個沒事就找人喝酒鬧事。以你們這個樣子，部落能不出事嗎？你們好好地反省吧！把這些屍體處理處理，都回到你們各自該去的地方！」部落阿雅萬作了指示，也下達了逐客令。

近中午的時間，眾人逐漸地散去，工寮恢復平靜，幾棵苦苓樹與刺竹林叢，幾群雀鳥稀落的吱喳聲，像謝幕音樂，為這一場從未被預想的凶殺鬧劇作結束。一六四一年九月初，衛瑟林的被殺，意外地讓大巴六九部落進入屬於荷蘭人文字記載的歷史。只是憂心部落未來的長老們、女巫們不知道，議論紛紛散回巴拉冠的漢子們不知道，驚魂未定的幾個女孩不知道，被埋屍在溪床上的三名荷蘭人更不知道。而水量始終不大的法魯古溪，應和熾烈的正午陽光，依舊維持著向東緩

7 對男性父執輩的敬稱。

流的姿態，流逝在平原粗砂礫土壤地表下成爲伏流，等待一段旅程重新流出地表；像是早已預言，又像是不在乎，或者根本就不知道「文字記載的歷史」究竟是什麼樣的意義。

第8章 比山的求愛進行式

慕雅說得對，比山的確還沒正式表達過想要與慕雅結婚成家的念頭，不是他不想，而是沒有好的時機與路格露談談，也沒有理由對慕雅開口。同樣寡言少語的兩人，面對慕雅那安靜的性格，即使知道彼此喜歡，比山也沒有任何藉口或機會開口表達。而今慕雅隔著一層樹籬的距離表達了心意與期望，比山也覺得自己該採取行動了。

衛瑟林被殺並沒有引發部落持續太久的議論，畢竟事發原因以及後來的發展，部落人都有憤怒與自衛的權利。除了部落核心的領導人與長老，偶而掛在心上憂慮之外，已經沒有人提荷蘭人被殺的事情，連一直以來被部落男人討論的槍枝，也因被視爲不祥之物，隨同荷蘭人一起埋在溪床。到了十月份，部落最多的話題，幾乎是聚焦在阿洛準備迎娶少馬這一件事；而路格露等姊妹淘的話題，則落在如何安排慕雅與比山的婚事，與阿洛的婚禮安排之間該作怎樣的結合。幾個姊妹淘在田裡工作，或農閒縫補衣物、溪邊洗滌衣物時，總要把這話題翻一翻吵一吵。

「好了！慕雅妳是當事人，妳倒說說看，這一件事我們怎麼辦的好？」端娜放下手上的活正色說。

「我……」

「是啊！我們著急得胡亂商量了這麼久，妳也該下定決心，告訴我們怎麼辦比較好，我們也好儘早準備一些東西幫忙啊！」伊媚注視著慕雅說。

這是十月上旬，第二季的小米田才剛剛完成第二次的除草，一天上午幾個姊妹淘群聚在路格露家，協助烘烤燻乾昨天比山的陷阱所捕獲的山羌。也不知道是因爲喜事將近還是怎的，比山出現了難得的好運道，這一個月以來已經第四次成功地獵獲大型動物。他除了把臟器和部分肢體分享給部落人之外，其餘的聽從部落幾個阿姨、嬸嬸的建議，把肉好好燻乾處理，以便將來作爲聘禮到女方家提親。姊妹淘們今天來協助處理，已經是這一次獵物處理程序的第二天。

「我……」慕雅想說點什麼。

「唉唷，妳直接說吧！急死人了！」端娜耐不住性子直催。

「妳們別急，讓慕雅慢慢說！」路格露趕忙來解圍地說。

「唷！哥哥還沒嫁出門，妳就已經這麼護著自己的嫂嫂啊！」

「哎呀！不是這樣的，大家姊妹一場，妳又不是不知道慕雅的性子，妳就讓她慢慢說吧。」路格露說，她的話獲得姊妹們的同意，都咧嘴微笑。

「我是這樣想的！」慕雅眼睛朝地，表情認眞地開口說了一句。

「……」眾人都看著她，想催她繼續說，但都憋著沒開口。

「妳們……幹什麼這種表情看我？」慕雅忽然瞪著大眼，受驚似地問。

「妳繼續說！」路格露語氣極平和地說，其他人也附和似地頻頻點頭，不敢開口打岔。

「我是這樣想的，我家人口簡單，我的父母從來也不期望我結婚需要怎樣的排場，一般人怎麼辦就怎麼辦。」慕雅說著說著，眼睛不時環掃姊妹淘，見眾人只顧點頭不插話，慕雅勇氣更足了，只停了停又說：

「我想，比山家就只剩他跟路格露，將來眞要成為一家人，凡事能省便要省，請客吃飯的事情，我們兩家的能力差距太大，家族人口也大不同，所以……」慕雅停了下來，看著姊妹們。

眾人又不住地點頭，端娜忍不住，抿著嘴比了個手掌往前滾動的擺手動作，示意慕雅繼續說。

「所以……妳們說，希望我跟著阿洛的婚禮一起辦，我覺得不適合！」

「很多事要勉強調整。」慕雅停了又說。

「感覺很麻煩！」慕雅又補充說。

「儘量省點事！」慕雅說。

「……」眾人盯著慕雅看，無語。

「妳們？」慕雅覺得姊妹淘的表情太怪，跟著睜大眼睛望著她們。

「就這樣？」伊娟問。

「嗯！就這樣！」慕雅點點頭，臉上露出了笑容。

姊妹淘相互看了一眼，忽然都大笑不止，摀肚的摀肚、拭淚的拭淚、捂嘴的捂嘴。

「我的慕雅呀！眞……受不了妳！」端娜勉強擠出話來，「就這麼點話，都過了幾個月，妳才說得出口，太久啦！」

「還有！」慕雅忽然又說。

這一開口，令大家都停止了笑聲，瞠著眼，正色地看著慕雅。

「比山還沒正式地表示！妳們急什麼？」

「對啊！我們急得這個樣子，那男人都還沒開始呢！路格露啊！妳家兄長是怎麼回事啊？妳趕快催著他啊！還有妳，慕雅，吊人胃口嘛妳。」伊媚說。

「哎呀！都忘了要提醒他！比山！你聽到了沒？」路格露忽然隔著樹籬朝著住屋南面的法魯古溪叫喊。

這一群姊妹的吱喳聲自頭至尾是一句不漏地都進了比山耳裡。

上午一群女人陸續到達住屋院子的時候，他藉口整理田園離開，並向住屋南面的溪床走去。女孩都知道他害羞，所以也沒勉強他留下。比山離開了一下下，便坐回院子外靠近溪床的一棵樹下，聽著女人們燻著肉，整理一些野菜，有一句沒一句地閒聊，想著自己的未來，想著路格露的婚姻。最後大家逼得慕雅攤牌時，他更是專注地聆聽，深怕漏聽慕雅任何的說法，直至路格露大聲叫喊。

怕尷尬，比山決定不出面，躲著把事情好好想過一遍。

慕雅說得對，比山的確還沒正式表達過想要與慕雅結婚成家的念頭，不是他不想，而是沒有好的時機與路格露談談，也沒有理由對慕雅開口。同樣寡言少語的兩人，面對慕雅那安靜的性格，即使知道彼此喜歡，比山也沒有任何藉口或機會開口表達。而今慕雅隔著一道樹籬的距離表達了心意與期望，比山也覺得自己該採取行動了。

他首先想到由馬力範陪著，隨即又打消念頭。馬力範固然沉著勇猛，是部落萬沙浪領袖級的人物，但是情感處理的紀錄是爛透了，這是全部落都知道的事，找他一起去拜訪慕雅的父母，無疑是給自己觸霉頭，比山思慮還算清楚，隨即想著其他人選。

找少馬好了！比山心裡響起了這個聲音。

在比山眼裡，少馬年齡雖然少了比山很多歲，但處理事情來也頗有大人的樣子，這幾年跟著馬力範、西卡兒多少也見過世面。比山從來就不把他當成小輩來看，況且他也面臨結婚這一件事，在阿洛的影響下，也許少馬有不同的看法。比山心念一起，隨即起身，繞過屋子外圍，往巴拉冠走去。

少馬不在巴拉冠，據一個小伙子表示，他可能在溪邊。

「溪邊？都快中午了，他到溪邊幹什麼？」

「不知道，他剛剛來了一下，問我們你來過了沒？後來沒多說什麼，只說，如果有人找他，就說他到溪邊去了。」

「哪一條溪？」

「甘達達斯溪吧，他說到磨石區。」

「磨石區？這個時間磨刀幹什麼？」比山離開巴拉冠，喃喃自語地說。

磨石區在大巴六九語稱subayian，中文音譯是「蘇巴陽」，意思是磨刀的區域，位置就在部落北方出口的甘達達斯溪畔，因爲支流溪水清澈穩定，沉積岩石質地細密，特別適合作爲磨刀的場所。部落漢子集體行獵或出任務的前一天下午，都會到這裡由帶隊任務的漢子督導集體磨刀。因爲鐵器獲得不容易，一般而言，平時不會有人因爲高興而去磨刀。比山的疑惑即在此——少馬是經驗豐富的戰士，今天磨刀，莫非明天他們有什麼行動？目標又會是哪裡？比山忽然感到不安，才想到結婚這等事，他可不希望有什麼耽誤了大事。

到了磨石區，果然看見少馬獨自在溪邊樹下的磨刀位置，雙腳泡進溪水裡檢視著自己的長刀，沒有看見其他人。看那動作，少馬似乎已經磨完了長刀，準備收工，比山趕緊趨前問道：

「少馬呀！你明天要出門啊？」

「出門？沒事我出什麼門啊？」少馬一臉疑惑。

「喔！我聽說你到這裡來，我心想你應該是磨刀來了，不是出門，難道有其他事？」

「哎呀！比山兄啊！我哪裡是出門啊，你看那裡！」少馬右手持著的刀口朝下，左手指著部落出口小徑通到溪床的一大塊旱作田。

「那不是阿洛家的田地嗎？」

「是啊！我想利用明天的時間把周邊的茅草割一割，留著年底她們收割小米的時候，搭棚子休息或避雨用。」少馬說，順手取了一塊粗麻布擦拭長刀。

「難道你已經向阿洛表達了？而她家人也初步同意接受你的勞務獻禮？」比山聲音拉高了。

「當然啊！我家兄弟多，阿洛家也大，這些規矩隨時有人提醒著，哪少得了這些規矩啊！」

比山顯然受到了一些刺激。少馬回答時，他的心思變得恍惚。

關於婚姻，部落規矩的確多。當一個男人初步被女方接受後，男方必須證明自己勤快，有能力分擔女方家中的勞務，所以必須找一天清晨女方家人還沒上工的時間，獨立清理女方農田邊的雜樹或雜草，並將其中的茅草保留，作爲搭草棚的材料。當女方的家人來工作時，發現這青年正在清理工作，也不急著打招呼，直至中午時間，由女方家人準備餐點飲水請這青年享用。這些規矩，比山聽說過，但是父母過世得早，他與妹妹都未經歷這事，並不清楚這其中的細節，特別是這個動作之前，那個更繁複的示愛過程怎麼進行，需注意哪些事項，他完全沒有概念，所以少馬一提及這事，比山完全沒了主意。

「那……你都跟阿洛示愛啦？」比山囁嚅著說。

「當然啊！這哪少得了啊，阿洛別的不精，這些瑣事她樣樣清楚。怎麼？我聽說那些女人希望我們一起辦理婚禮，你不會連這些都還沒做吧？」少馬又從一節竹筒取了一小塊白色的脂肪塊，邊塗抹長刀邊說。

「唉，不瞞你說，這些事我完全沒有概念，到剛剛來找你之前才知道還有些事我沒做！」比山把剛剛在自家院子幾個女人交談的事說了一遍。

「阿洛沒多說什麼吧？」少馬一聽阿洛也在現場，神經稍微繃了一下地問。

「沒有，倒是我自己慌了，想到你處事精明，也許可以找你商量一起來做，沒想到你都表達完了，你還眞是精明能幹啊！不吭不哈的，說做就做。」

「嗨！看不出來，你還眞會說話啊，平常很少聽你說話，一開口就把我抬到雲端去了！」少馬笑了笑，長刀抹油的動作沒停，繼續說：

「比山阿力啊！眼前這個情形，跟平時認識不多需要結伴去拜訪女孩家的狀況不同。你跟慕雅認識也深，私底下也都認了對方，她要的也不過是一個形式，讓她父母正式地見你這個人，所以，拜訪示愛的事，你可得以結婚為前提的方式去處理，不能當成是碰運氣地結伴拜訪。」

「你是說你也是獨自一個人做了？那，我該怎麼做？」比山表情認眞，又緊張地問。

「唉唷！瞧你認眞的！」少馬看了比山一眼，被他認眞的表情震了一下，他看看刀刃都抹上了油，趕緊送回刀鞘。

「坐吧！我說給你聽！」

比山回到家時，大約在下午三點鐘，院子只剩下伊媚陪著路格露閒聊並縫補一個麻布袋，兩人見到比山，都停下了活兒。

「哥，你上哪兒啊？一天不見你的人。」路格露語氣頗有責備的味道。

「我……我去找少馬！」

「少馬？你是去……咦，你手上拿的……不是弓琴嗎？」

「是啊！他說簧琴不好做，也怕我弄不出聲響，所以替我做了弓琴。」比山表情顯得害羞，半低著頭。

「哎呀！原來你是去忙這個呀！」路格露露出了笑容。
「看來這個阿洛的確教導有方了，連這個都教了少馬。」伊媚說。
「不是這樣的！少馬家大人又多，是他家的兄長教的。」
「唷！看來你失蹤一天，少馬確實教了你一些東西，瞧你替他這麼辯護！你最好都作了準備。」伊媚說，她覺得比山的反應太有趣了。
「你決定什麼時候去？可以嗎？你一個人！」路格露問。
「這個時候我也只能自己去了，我想吃過晚餐就去！」
「唉唷！說起晚餐，我得回去做飯了，喂，比山啊！你出點力啊！我那姊妹可是一心要討你過門的，你好好練習一下，別讓人家父母感到爲難啊！」伊媚說著忽然轉向比山叮嚀。
比自己小許多歲的伊媚大剌剌地叮嚀囑咐著，比山也覺得有點窘迫，只得玩弄手上的弓琴，傻笑著目送伊媚離開。
比山手上的竹製弓琴約三十公分，一般彈奏方式是以弓身貼近嘴邊，口腔張開後雙唇微縮成圓形成爲一個共鳴箱，然後以手指撥動琴弦發出聲響，聲音的高低依手指撥動琴弦的高低位置而定，節奏與曲樂隨演奏者的心情隨興撥弄。按照習俗，成年的男子可以在傍晚以後結伴到家有女孩的人家拜訪，此地稱爲givangavang，是「作客拜訪」之意。拜訪過程中由女方挑選並暗示其中某位男孩可以嘗試交往；被暗示的男方可以在幾天後，以單獨造訪的方式更確認彼此交往的意願。但男方若事前早獲得女方的默認，也可以攜帶竹簧琴或弓琴等樂器，直接採取單獨造訪的方式示愛。此時女孩可以否定先前的暗示而拒絕見面，當然也可以進一步地在父母的見證下確認彼此的關係。

白天的時間裡，少馬詳細地說明程序之後，又考量比山竹簧琴可能不好上手，所以製作了弓琴，讓比山臨時惡補。而伊娟與路格露見到弓琴，自然知曉比山接下來的意圖，因而都感到開心。不過路格露擔心比山變卦，早早吃過飯又催著比山檢查弓琴、練習幾回，天一黑，就押著比山往慕雅家裡走。

天才剛黑，慕雅收拾用餐過後的屋子，沿著屋外四周稍稍整理了一會兒掛在牆外的器具。打從傍晚伊娟經過她家告訴他有關比山準備了弓琴，今晚會來拜訪之後，慕雅已經開心得偶而失神好一段時間。她想著這兩年姊妹淘有意無意地撮合，現在要看到成果，而跟山一樣安靜的比山也終於想通了這一件事，要採取更明確的行動表示他的決心。慕雅希望比山能順利地進行，所以晚餐準備的時間前後，她不停地設想任何的萬一。設想比山因爲害羞才靠近家附近就回頭，所以準備晚餐的時間她還頻頻走出門外，向門前的小徑瞻望；又設想比山因爲太緊張扯斷了弓琴又摔得四腳朝天，所以摘採晚餐蔬菜時，慕雅刻意走到屋子四周清理雜物，連同這一回，她已經第四次整理外牆；又設想比山進了屋子手足無措而連連放屁，這一點她已經笑了好幾回，比山很會放屁尤其是緊張的時候，她知道，慕雅只希望比山今天少吃一點地瓜，最好連肉都少吃一點；慕雅又設想比山一整晚都不說話，會用他那一雙連女人也會嫉妒的漂亮眼睛不時盯著她的父母，或者癡癡地傻笑。

唉唷！這個可愛的比山！慕雅忽然充滿笑意地在心裡這麼說。

她往外瞧望，第一批出來覓食的貓頭鷹已經叫了幾回，遠處幾隻狗兒接連地吠叫，月亮還沒升起，天邊幾顆白亮的星星穿透過院子樹葉黑影的縫隙直洩而下，慕雅深深吸了一口氣。

今晚，他會來吧？心裡又一陣嘀咕，臉頰也感到燥熱。

慕雅的父母自溪邊洗淨而回，見到女兒在屋外，都體貼地不說一句話微笑進屋。下午伊媚經過這裡的事他們知道，都猜想著應該是某個男子要來拜訪，從慕雅下午以來的舉動，他們知道這個男子是慕雅在意的，應該是比山吧？他們都這麼相信著。

慕雅接過父母洗完澡順便洗滌的衣物在院子晾了，一家三口，平時待在院子閒聊的這個時候，卻都進了屋，坐在床沿。屋子不大，門口開在正中央，以竹竿拍裂編成的門隨手關上了。屋子東南角邊，一個以五顆石頭搭成兩個三角形的爐灶，空著陶鍋的灶子生著火，權當屋內的照明。爐灶西半邊以竹條作爲隔間的大床，是慕雅父母的睡床；火灶爐子與門口的空間權當起居室，中央擺著一個以手臂粗的幾根樹枝拼成的桌子，桌面以刀子概略整平，配上幾個約三個拳頭寬直徑粗的樹段當成椅子，供一家人吃飯或者平時小酌閒聊的空間；東北邊是只隔出一面竹牆的床，那是慕雅的床；西北邊則是儲藏衣物、食物、器具或種子的空間，工作用的大型工具或背簍則掛放在外牆。

三人都坐在各自的床沿，彼此都看得見對方。父親取了幾個工作用的手鍬檢視，母親也拿了一件麻布圍裙，扯了扯，攤平又扯了扯。慕雅看了一眼爐灶上的竹製置物架，看一眼她的父親，又看了一眼她的母親，然後兩手掌疊在一起，攤開；兩腳疊一起，攤開；又疊在一起，又攤開。就像平常一樣，這是安靜的一家人！一家幾乎無語的親人！多半以眼神交流的有默契的血親。

「這個房子，我們也該整理整理了！向外再擴建一些！」長長的沉默後，父親說。

「嗯！慕雅的床也要加大，隔間也應該重新整理！」母親也在停了半晌之後說。

「這個手鍬的握手只適合我，應該重新製作幾個新的！」

「哪一家人的檳榔應該都夠吧？我們家的應該長得算好啊！」

對話似是沒有交集，卻興趣盎然地持續進行，以一種在石灰岩洞中，水珠逐漸沿鐘乳石凝結然後滴落的速度緩慢進行，而每一字句一鑿一鑿地在慕雅心田形成一個個小窟窿，盈滿幸福、羞澀與甜蜜。她看了一眼父母，又將視線移向門縫外漆黑的院子，她似乎聽見附近鄰居的狗吠聲，那樣地貼近；一下子她又好像聽見腳步聲進了院子貼近屋牆，因而心跳加快，呼吸急促。

砰崩！門口響起了一聲由弓琴發出的聲響。

這一聲響，令屋內三人都停止了各自的動作，父母同時望向門口，又移向慕雅，羞得慕雅滿臉通紅，渾身燥熱，一顆心幾乎要從嘴裡跳出來，她不敢看門外，本能收起了腳，整個人縮到床上去。

砰崩！門口又響起了一聲，過一會兒原地又響起了一聲。

慕雅急了，擔心外頭那聲音不知如何繼續，原先的害羞變成著急。

繞屋子一圈啊！繞轉一圈啊！慕雅內心叫喊著。

砰崩！門口、原地又響起了一聲。

哎呀，比山，轉過一圈啊!!慕雅幾乎是喊了出來！

砰崩，砰崩崩……轉了！弓琴聲開始繞轉了！順著屋子牆面外，經爐灶、父母的床、儲藏間順時針開始移動。慕雅渾身顫抖，又幾乎感動得哭出來。弓琴聲逐漸移到慕雅的牆外，她的心情反而平靜下來，來人或許是她期待的比山，那個準備接受自己託付下半生的男人，但也有可能是一個不被預期的愛慕者，基於女人的矜持與禮儀，她必須克制自己的情緒與行誼。

希望是你，比山！慕雅心裡輕嚷著。

弓琴聲繞過屋子一圈，終於停在一開始出發的門口，「崩」的又一聲響之後，歸於平靜。慕雅的父親，早已經在弓琴聲抵達門口前下了床，站在門內，當一切安靜後，開了門。

「是你啊？年輕人！」慕雅的父親輕聲和悅地問道。

「是啊！今天，田裡的工作結束得早，想過來拜訪您！」

那是比山的聲音。慕雅開心地想，又為比山的說詞逗得好笑。你明明出去鬼混了一天！慕雅心裡笑著說！

「進來吧！請坐！」

「慕雅！慕雅！」慕雅的母親沒起身，對著慕雅的床沿喊著。

慕雅沒回答。

「慕雅！比山來家裡玩，妳來見見人吧！」慕雅的母親又說。

一個屋子，兩個床的距離不過三公尺，而比山站著的位置與慕雅瑟縮著的床，雖隔著一層竹編牆，但也只有一公尺之隔，透過竹編縫隙，慕雅還看得到比山呑嚥口水時喉結上下移動著，以及嗅得到散發的汗水味道，但排演過似地，慕雅一動也不動地窩在床上。

「你坐吧！地方小，別介意啊！」慕雅的父親招呼比山落坐。

「比山來家裡了，妳快下床幫忙招呼！」慕雅的母親下了床走到慕雅床邊，作勢拉著她下床。

「喔！」慕雅順勢下床，然後面無表情地看了一眼比山，心裡直想笑。

「眞是失禮了，這樣冒昧地來拜訪！」比山說。

聽在慕雅耳裡直覺開心，她原先擔心少語的比山會因爲緊張不知所措而說不出話來，不過，到目前爲止，她似乎是多慮了，比山超乎預期地穩定進行著這樣的拜訪儀禮。慕雅心裡頓時安定多了，不慌不忙地，繞過桌椅取了個柴放進灶中，並調整炭火使屋內光線亮一些。趁著轉身，她不著痕跡地望了比山一眼，霎時心旌盪漾，幾乎撞上爐灶上的置物竹架。因爲男女有別加上害羞，即使這些日子互有好感，她也從不敢好好地注視比山，更不可能有機會在這樣四周漆黑的昏紅火光中看見比山的面孔。

身爲部落第一美女路格露的哥哥，比山自然有他應有的俊美，但因爲個性沉靜、寡言，低調的陰鬱氣質，使得他並不爲部落年輕女子所愛慕，多數的女孩還是覺得西卡兒那種外放、帶著點狂野的氣息最爲俊美，甚至馬力範的領袖氣息、少馬的健壯體魄，也都遠遠地將比山不俗的長相所應得的評價遮蓋過去。

俊美啊！慕雅心裡吶喊著。爲了壓抑內心的激動，她輕輕地、緩緩地呼了口長氣，伸過手取下竹架上以檳榔葉托曬乾裁製而成的盤子，以及一節竹筒，走向門內的桌椅，擺上，然後安靜地坐在比山座位旁的木段椅。

慕雅的父母一看見慕雅擺上的菜餚點心，以及她毫不猶豫地、安靜地坐在比山身旁，不禁覺得歡欣。那是一盤切薄了的燻肉片，一盤只汆燙過的野蕨，還有釀酒，看來是慕雅在晚餐的菜食中多準備了一份。

「喔！這個釀酒，也不是一般人喝得到的！」慕雅的父親說。

慕雅安靜地疊了手，攤開，疊腳，又攤開，微笑地看著她的父親。母親也開口了：

「以後的菜量也要重新考量了！」慕雅的母親說。

「有的時候，擔心還是多餘了！」

「檳榔籽落了地，發芽生根總不會太遠了！」

「該算一算有多少親戚！」

「檳榔不會不夠的，我跟鄰居借了幾棵！」

對話持續著，以鐘乳石結水珠的速度，聽似無交集地進行著。

屋內忽然一陣皎白，原來是月亮升起了，柔光穿過門口，祝福這幸福卻安靜的一家人，一家準備增添人口的、卻幾乎無語的親人，多半以眼神交流的、有默契的、新組合的一家人。

比山在炭火輝映下臉都紅了，而慕雅微笑與幸福地專注看著比山。感覺院子外，第二波的貓頭鷹覓食聲下，有著輕輕的、壓抑著的哭泣聲，那輕得不能再輕的哭聲，似乎夾雜著歡欣祝福與一種終於篤定的舒坦。慕雅沒有細究，那究竟是幾種鳥類的聲音變奏，或是自己的幻聽，她決意不理會。此時，在父母的見證下，她只想要好好地看看比山，這個終於勇敢表達心意的男人。

比山離開慕雅家時，月亮早已升上了斜肩的高度。沒一會兒，一棵樹影下出現了一個纖細的人影緊跟在比山二、三十步後頭，月光照映下，那人雙眼浮腫，臉頰還殘留兩道淚水痕跡，像是蝸牛爬過，留下晶瑩的痕烙，原來是路格露。

就在慕雅一家人似乎都停止了動作，而慕雅父母緩慢、不成章法的、預言式的交談也歸於更安靜的沉靜時，她因為心頭一塊石頭落地而感動流淚，想著自己早逝的雙親，她數度激動地抿著嘴痛哭，忍不住時，便拉起袖口緊咬哭泣。

這麼多年，比山為了照顧路格露，幾乎是刻意地壓抑自己、迴避部落女孩可能的示愛。而今，比山雖然只完成了示愛的儀禮，但總算有了好的開始。只是示愛成功，接下來實質的求婚儀禮，那個傳達結婚意圖的儀禮究竟怎麼做，路格露卻沒了任何念頭。路格露困擾著，望著遠前方比山在月光下朦朧的背影，想起了馬力範的姑媽，忽然又感覺出一絲希望。馬力範的姑丈與比山有著「教父」與「教子」[1]的關係，在比山結婚入住女方家的儀禮上，教父之妻[2]，有其必須擔負的工作。路格露決定天明之後，找比山一起拜訪馬力範的姑媽，告知今夜之事，並請教後續的相關瑣事。

路格露走了一些路又沒來由地想起馬力範，心裡揪了一下。想起衛瑟林被射殺那一天，馬力範匆匆掃過她臉龐的焦慮，想起稍早以前自水中抱起她的專注眼神，忽然有一股想與他好好說說話的念頭。

他最近好嗎？路格露心中嘀咕著。

「路格露！」

一個聲音冷不防從背後傳來，令路格露瞬間頭皮發麻，汗毛直起，一股寒顫自身體深層底部升起，她僵直著頸背不自覺腳步加快。

「路格露！是我，妳等等啊！」那聲音更急，想喚住路格露。

「啊呀！是妳啊？伊媚，妳幹嘛鬼鬼祟祟地跟在後面嚇人啊？」路格露幾乎嚇破了膽，回過頭驚叫一聲，連聲調都變高走調。

「妳才鬼鬼祟祟呢，天都黑了不回家躲在樹叢影子偷看慕雅家。怎麼？有新鮮事啊！」

1 部落男子成年祭儀必須拜任教父，作為另一個父親，彼此皆以「阿力」相稱。

2 形同教母，亦以「阿力」稱呼，以識別為巴拉冠會所的關係。

「妳怎麼知道我躲在慕雅家外？」月光下，路格露的表情看起來十分驚訝。
「我當然知道啊！我就在妳後面那一棵樹，還看見妳哭得死去活來，一把鼻涕一把淚。」
「妳少來，妳是貓頭鷹啊？什麼我一把鼻涕一把淚？說，妳怎麼會在這裡？」
伊媚也不爭辯了，把她向慕雅通風報信後，先回家做飯，再轉來等著看好戲的事說了一遍，她見到路格露，本想打招呼，又怕引起騷動的事也說了。
「眞是的！妳還眞愛湊熱鬧！妳說說看，我現在怎麼辦？」路格露說。
「走吧！我們邊走邊聊，免得妳那個開心過頭的哥哥，找不到人會著急。」
「哎呀！」路格露又開心又覺得窘，拉著伊媚的手轉頭離去。
月光下，一條路徑，兩個姊妹相互摟著臂，輕聲地交談，時而相視而笑，時而輕捶對方肩頭。而遠後方，一條黑影，緊緊地跟在三十步外，經過伊媚家，又跟到路格露家外圍，看著路格露關上門。

第9章 馬力範的告白

路格露啊！我知道我並不是一個完全夠資格匹配你的男人，論長相，論過往，我都不配；但是從那一天夜裡妳臉頰的淚痕無意觸動了我即將枯萎的心房，我便知道也許祖靈有了不同的想法，也許列祖列宗有新的安排，所以要我心碎、心死的從塱嶠回來。

第二天天氣多雲，東邊太平洋上烏雲沉厚，才上工的時間，比山與路格露已經出現在馬力範姑媽家，見到馬力範在屋前檳榔樹下削著黃藤片，路格露忽然感到害羞，呼吸沒來由亂了。

「阿力啊！我的阿力[1]在嗎？」比山趨近馬力範問。

1 此處指教母。

「在！在！應該在後院的菜圃吧！」馬力範停下手邊的活兒，往屋子後喊著：

「伊娜！比山跟路格露來找妳了！」

「馬力範阿力呀，今天……有一件事，想要……來麻煩你們！」比山支吾著說。

「坐吧！又不是第一次來！」馬力範說著，眼睛在路格露臉上多停了一下。

「我去找伊娜吧！」路格露語氣靦腆，想藉機離開一下。

「不用了！我這不就來了嗎？」馬力範的姑媽佝僂著背自後院走來。

馬力範的姑媽實際才五十多，但因爲兒時一場病，日後又習慣彎腰低頭工作，以致背部微駝，也使得她看起來比實際年齡老了許多。

「是這樣子的……」比山攙扶著老人家落坐後，便敘述著昨夜拜訪慕雅家的經過，以及今天來請教後續事項如何處理。

聽在路格露耳裡，覺得詫異的成分遠比對儀禮好奇的成分多些，對馬力範來說更是感到不可思議。比山平時是個少語木訥的人，從不在公開場合發表議論，私底下接觸，也多半是點頭或者微笑應和，今天爲了自己的婚事，說起話來卻有條不紊、不疾不徐。

是愛情吧！馬力範心裡這麼自問自答。倏地卻想起多比苳，想起自己不顧被異族埋伏殺害的凶險執意南下，最後失望傷心而回的痛苦經驗；想起自己因爲對力達的愧疚、罪惡感，所以堅持不願接受伊娟的感情。忽然間，他醒悟到愛情，或者情感這個東西，是一件多麼可貴，力量多麼強大的東西。沒接觸、沒陷入的人永遠只能想像，一旦陷落了，只能隨著情感的發展隨波而行，讓一個人不自覺地、無意識地顯露或認清自己的眞實性情。只不過，那樣的眞實性情，究竟反映的是情感的本質，或者只是當下情緒狀態，或者是自己對愛情想像的一種僞裝？馬力範無意識地搖搖頭。他確信自己是深愛著多比苓的，卻一廂情願地顧忌著任務使命離開她身邊，又天眞以爲經過了四年，愛情會平白發芽變得更高更堅固；他確信自己是虧欠力達一家人，卻自私地拒絕接受伊媚的情感付出，只因爲自己以爲這樣可以讓伊媚得到純粹的愛情，也可以補償自己對力達戰死所萌生的愧疚感，卻因此又重重地傷害伊媚的情感。

馬力範思忖著，意識轉向路格露。這個活生生地坐在自己眼前，而自己一直假裝不以爲意的美麗女子，這個近日常令自己不自覺注意言行與思索未來的女孩，自己又將會以怎樣的態度去面對她可能已經存在的情感？

馬力範兩眼茫然又忽然緊盯著路格露，令路格露不知所以羞紅了臉，假裝認眞聽姑媽講解儀禮，心中暗自歡喜而翻騰不已。

後續關於傳達結婚意圖的儀禮倒也簡單，按規矩得由男方的教母提兩串枝展茂盛的檳榔果子，以削細的黃藤繩，編織綑綁後送至女方家，親手掛在女方屋內的樑柱上。女方父母看見檳榔串之後如果反對，則將檳榔一顆一顆的剪下，留下一半，其餘的送回男方；假如有意接受這婚姻，便在數日內召集親友一起商議並處理檳榔。將每一顆檳榔籽尾端多出的「髮絲」一一剪除，然後分成兩串，一串差人送往男方，另一串則依照檳榔串的生長狀況，剪成每一個分枝連結兩顆檳榔，形成雙雙對對的狀態，然後由結婚的女方分送給親屬，告知將要結婚的喜訊。檳榔對子，意義形同今日的喜帖、喜餅，不同的是，要由女方結婚的當事人親自送抵，告知親友結婚的喜事，從此雙方婚姻關係便形成，至於宴客則另外擇日進行。但在女方正式答覆之前，男方必須持續進行示好、求愛的動作，至女方家幫忙勞務。先前少馬至阿洛家幫忙清理田園雜草，便是等待女方回覆中的常態性勞務。女方答覆的時程並不一定，從立即答覆到拖延數日不等；有時，男方都來幫忙數日之後，女方依然可以拒絕婚事，男子不得異議。這個過程說起來雖然簡單，還是讓比山感覺到慌亂。

「馬力範阿力啊，這一回我要再麻煩你了，你我都是同年進入巴拉冠的兄弟，無論如何，你得好好幫我啊！」比山在姑媽說完之後，轉向馬力範求救。

「呵呵……你說的什麼話，有需要你儘量開口，跟我客氣幹什麼。結婚這事雖然我不懂，幫你處理檳榔、爲你打氣這一點，還難不倒我。不過，到慕雅家幫忙打雜，還得要你親自去啊！」馬力範輕鬆地說，讓在場的人都笑了。

「哎呀！眞要謝謝你了，一向都讓你麻煩。說眞的，這麼多年，我也只敢仰賴你，如今面臨自己的大事，我一樣慌亂地需要你的扶持，希望你別介意。」比山輕聲地說，愈說聲音愈小。

「啐！平時見你不吭氣的，怎麼一面臨結婚，你也變得婆婆媽媽了？別說這些，你我相識一場，算一算，部落也只有我們的年齡該結婚未結婚，能在你結婚這一件事上出點力，也算是我的榮幸，所以，你別再說那些客套，有事你就吩咐。我看這樣好了，我這幾棵檳榔長得還算漂亮，剛好我手邊也有黃藤，不如我取了下來仔細捆紮，跟著姑媽送去慕雅家，不，交給路格露陪姑媽送去。」

「那……眞是太謝謝你了！」比山臉上轉愁爲喜，開心地說。

比山因爲婚事的改變，讓路格露驚訝，但更驚訝於馬力範今天的態度。自工寮衝突事件、荷蘭人衛瑟林被殺後，路格露已經兩個多月沒正式見過馬力範，衝突當時，馬力範看起來還不願多開口說話，而現在她感覺馬力範似乎回復到受傷以前那個爽朗、健談又極具主見的漢子。究竟是什麼原因改變了他，或者是因爲自己從未好好的注意過馬力範？

路格露覺得困惑卻感到開心。

「先別急著謝我，找個時間你跟慕雅先談談，算一算該發檳榔、該通知的親友有多少，我們也好準備啊！」馬力範說。

「這個，也沒什麼好算了，部落就這麼點大，我們也不是大戶人家，我看以全部落來計算好了！」路格露提議。

「這樣也好，省事多啦！」馬力範說。

「檳榔別全部都割下來了，馬力範你給自己留一些啊！」姑媽忽然大聲提醒。

「我……」馬力範誇張地睜大眼指著自己的鼻頭，而眾人都笑了。

「伊娜呀！像我這樣的一個人，誰敢要啊！」馬力範苦笑著說。

「阿力啊！你這麼說就不對了，你是部落第一的勇士，誰要討你過門都是一件開心的事，你關閉了情感大門，誰又能進得了你的心房呢？」比山說。

這聽似極普通的一段話卻讓路格露心裡大受感動，因而睜大著眼睛專注地看著比山，沒想到少語又不爭出鋒頭的哥哥，居然這麼了解馬力範的情感態度。

「況且，你先前的情感過程，不論結果如何，不論你覺得好壞，也必然有它的特殊理由，現在的結果不能作爲往後的定則，更不能先下結論或拒絕重新再談一段感情，那樣子對許多女孩子來說太不公平，對你來說也不是件對的事。」

「等等……」馬力範輕抬著手，作勢阻止比山繼續發言，「我說比山啊！你真的是我認識的比山嗎？你太會說話，也太拐彎抹角了，我怎麼聽不懂你說的話啊！」

「啐！連我這老太婆都聽懂了，你年輕人怎麼聽不懂？馬力範啊！你給我好好聽一聽啊！比山比任何人都了解你！你好好聽他說什麼！」姑媽說話了，那態度幾乎就是要制止馬力範打岔。

「喔！對不起，馬力範！我沒有意思冒犯你，只是我心裡的一點想法罷了。我覺得你該認真考慮跟部落女孩交往！」比山表情認真，比先前討論自己的婚事還要認真，令路格露大加讚嘆。

「哎呀！比山啊！找個女孩談情感眞的容易嗎？要她們忘記我的過往容易嗎？這不是打仗殺人，繞過了一回就是一個新的開始，不容易啊，這事！」馬力範似乎也沒認眞地思考比山的話題，隨口敷衍著。

「不容易是你自己說的！你就是會給自己畫圈圈設限。」姑媽插了話。

「我……」馬力範語塞。

「眞是對不起，我不是要增加你的心理負擔。」比山警覺自己的話可能喚起馬力範對男女之事的愧疚與罪惡感，趕緊解釋：「我是爲部落女孩子們打算，也爲上了年紀的姑媽著想！」

部落女孩？路格露看了一眼比山，心裡嘀咕著，這個不與人往來的哥哥，除了慕雅，哪來認識什麼其他女孩，那些女孩又怎麼要勞煩他擔心。

「哎呀！比山，看你說到哪裡去了，那個美男子西卡兒，還有巴拉冠一群單身的萬沙浪，哪一個不想要讓女人討回去的，你又怎麼單單指著我，難道我一個人就能讓部落女孩子了卻所有的打算？哈哈……比山啊，我看你是因爲要結婚沖昏了頭吧！」馬力範笑著看了一眼比山，隨手取了一根藤片，又抽出了小刀準備刮削。

「我看啊，你才昏了頭呢！聽聽比山的吧！」姑媽希望馬力範認眞思考結婚這件事，硬插了話。

「不是這樣的，馬力範。你想想看，假如……假如一個女孩喜歡你，不計較你曾經發生了什麼事，或者她根本就諒解過去的一切，難道你不認爲她是個可以考慮交往的對象？」

女孩？路格露想不出部落誰會這麼露骨地表示，輕皺著眉頭認眞回想。

馬力範停下動作，好奇比山賣弄什麼關子。

「假如有這麼一個女孩，因爲擔心你因爲不如意、落寞又挨餓受凍，不顧危險，瞞著自己的親人，夜半三更的也要探望你一眼才能安心入睡，你不考慮起碼認識她一下？」

「應該要！」姑媽幾乎是要鼓掌叫好地雙手半舉亂舞。

這個比山到底要說什麼？馬力範心裡嘀咕著，更加專注地看著比山，沉默不語。而路格露卻開始感到一股不祥盤繞頭頂。

「還有，如果有一個女孩子從不接受男孩的情感，卻因爲某個機緣偷偷喜歡上你了，有一天莫名生了場大病，病中卻常呼喊著你的名字，你不認爲那女孩子心裡只有你？難道你一點也沒有想好好認識她一下的念頭？」

胡說八道，這個比山胡說八道什麼？路格露心裡大聲抗議，卻忽然羞紅了整個臉頰、耳根、頸背。而馬力範撇過頭，自比山的臉上移開視線，一刀又一刀地刮削著藤片。

「什麼只要好好認識而已？去跟她結婚！」姑媽也在停了半晌之後，加重語氣地說。

「我這樣說太拐彎抹角了，換個方式講好了！」比山嚥了嚥口水，繼續說：

「其實，你也喜歡那女孩，要不然，你不會經常偷偷跟在她後頭，在她危險的時候伸出援手，甚至不惜殺人；在她生病的時候，怕她飲食不足身體虛弱，三天兩頭帶些獵物來看她；為了有機會與她正式交往認識，你不也戒了酒努力正常過日子，想恢復原來那個令人景仰的馬力範？你都做了改變，也知道那女孩喜歡你。既然你都看到了那女孩對愛情的期望，為什麼你又要限制自己不作表達？難道你想讓悲劇重來？」

「閉嘴！比山！」馬力範半斥責地阻止比山繼續說話。

「你說的那個女孩是誰啊！」姑媽也聽傻了，回頭問比山，路格露卻羞紅了臉，流著淚，站起身往外跑開。

「路格露，別走啊！」比山見路格露起身離去，心慌了，轉過頭望著馬力範：

「馬力範！我拜託你了，我就只有這麼一個親人……，我不放心把她交給任何其他的人，無論如何，馬力範，我拜託你替我照顧她，她是個好女孩！」比山邊說著哭泣了起來。

「唉！你眞是的！」馬力範看著路格露遠離的背影，放下刀子和藤片，起身跟過去。

路格露紅著臉、流著淚卻未掩面離去，怕遇見人，她走向部落外圍的小徑，快步地朝住家而去。她止不住淚水，有時忍不住哭出聲音來，自己也分辨不出究竟是難過還是喜悅。

這個比山啊！路格露心裡輕嚷著！

這麼多年來，她只記得比山鬱鬱寡歡的沉悶；只記得他從不與她爭辯，即使是她無理取鬧，一意刁蠻；只記得他少語退縮、遠離同伴，像個小跟班在她的身邊打轉。卻忘了這個大他十一歲的哥哥，在她童年時期的記憶中，也是個常與人爭辯，甚至天天調皮地逗她開心的快樂男孩；也忘了父母相繼過世後，他才從此少了笑容。正當路格露以爲可以取代父母照顧他，想爲他安排婚事，沒想到，比山卻早知道自己的心事，甚至分神爲她的感情費心。

我的哥哥啊！比山！是我拖累了你！路格露心裡吶喊著！

誰要你這麼多事？路格露又忽然感到難爲情，心裡一陣嗔怨又覺甜蜜。

大白天上工的時間，除了農作田，部落巷弄確實沒什麼人。路格露一路迂迴拐彎，轉到自己家南面的法魯古溪下游，想沿著溪床回到家，卻在刺竹林與溪床的間隙中，看見一塊大石頭，她覺得眼熟，停了下來。臉上的赧紅已經消褪，臉上的淚痕已乾，還稍稍感到一點涼意與緊繃。她警覺身後有人，不免有些驚恐，正考慮回頭或快步離開時，清亮的說話聲響起：

「讓妳難爲情了，我過意不去！」

聽出是馬力範的聲音，路格露只扭動了一下身體，既沒回頭也沒應聲。

「我不知道事情會演變成這個樣子！」馬力範似乎在找尋話題，停了一會兒又說：

「我一直以爲經歷過這些事之後，我不應該，也不可以再輕啓心扉，重新陷入任何的愛戀。特別是我重重傷害了伊媚，又徹底地絕望於我自以爲是的愛情之後。直到妳接連幾夜送了釀酒，而我偷偷躲藏注意到月光下妳眼裡焦急的那一晚。」

馬力範說完，忽然爲自己說的話打了個冷顫。他警覺到這話說得太滑頭，卻又是那麼地自然，就像當年他對多比苓那樣，自心底深處毫不扭怩地說了始終與他作爲一個戰士身分不符的軟儂語調。但這話卻又像是這溪水冬天的支流，流進他焦炙已久的心田，悄然間，讓他頓時感覺清冽又更加不安。

本能地，馬力範靜默了半晌；路格露也低下了頭，又抬起頭看了那顆大石頭，不語。

「我其實應該早向妳坦白的……」馬力範見路格露準備移動，沒繼續說話。只見路格露沒什麼表情也沒接話，順著大石頭旁的斜坡往上走去，走到坡頂，又移步向石頭上坐了下來。

大石頭位在溪床北半部靠近部落的位置，南面與溪流隔著五六步，石頭被乾砂礫掩蓋，只剩下約腰部的高度。而在下游的另一面，因溪流沖刷而形成約兩個成人高度的陡峭坡面，坐在石頭上向底下望，容易形成坐在懸崖邊或一道石牆上的錯覺。

馬力範往上瞧著路格露，路格露也怔怔地望著他，令馬力範心頭激盪起不小的漣漪。他想去年初起自己好不容易傷勢復原，興沖沖地返回塱嶠，半夜卻被多比苓拒於門外，兩人並坐於石牆上，多比苓表明不再牽連的心意。當時馬力範跳下牆，回頭見到的多比苓身影，就像現在路格露的姿態，不同的是，這是近中午的大白天，而路格露似乎有話想說。

馬力範順著斜坡也走上大石頭，隔著一個肩膀的距離與路格露並肩坐了下來。

「不怕妳笑話，當年離開塱嶠，我們在乎刺林遇到埋伏，我與力達都受了重傷，垂死之際，我失去了任何可能活下去的希望，但心心念念的卻還是塱嶠那個讓我第一次陷入愛情的多比苓。我允諾過，送伊娜們回到部落，我立刻回頭找她成親，入她家門建立一個新的氏族。即使最終只是一縷清魂，我也要回去找她，實踐我的承諾。」馬力範嚥了嚥口水，繼續說：

「沒想到我居然還能活著，沒想到後來居然牽扯進伊媚來！」

「伊媚深愛著妳！」路格露忽然說。

「我知道，要不然她不會不顧閒言住進我家，但是……」馬力範停了停，「但是，我有誓言在先，沒有絕望，我就不能毀約，況且我不能讓伊媚糊裡糊塗地繼續深陷其中，我必須很明確地表示，也必須堅決地以行動表示！怕她受更大的傷害！」

「可是，你已經傷害了她，又傷害得那麼徹底！」路格露撇過頭望了馬力範一眼說。

「我知道，但我又能如何？也許是因爲力達的事，她願意委身於我，可是我要的不是這樣啊！我要的是眞正不摻雜質的愛情，要不然，我不會這麼多年留在巴拉冠不成家的。」

「她眞的是用情至深，除了你，她沒有給過其他人好臉色。是你眼界高，沒把部落人放在眼裡！」

「怎麼這麼說？也許關於愛情，我的覺悟來得晚，那並不意味著我眼界高啊！哎呀！我不擅長處理這方面的事，而我也無法給每個人一個滿意的情感歸宿啊！我不可能爲了貪圖情愛的享受，接納了伊媚或者欺騙了她，之後，再一去不回頭地去找多比苓。我也許是個傻子，但絕對不是個騙子。」

路格露無語，她抬起頭望著前方不遠的刺竹林，猛想起她曾經連續作過的怪夢：她與一個男子並坐在一顆大石頭談心，而後刺竹林一陣大火。她驚訝地撇頭看一眼馬力範。

「怎麼啦？不相信我說的？」馬力範被路格露吃驚的表情弄得緊張起來了，「我不是騙子，至少我不是那種喜歡佔便宜的人。力達的事，我虧欠他們家很大，但我不能這樣接受了伊媚的感情，我認爲對她傷害更大。」

「可是，你眞的傷害她很深很深，而且也沒給她任何的說法，你單方面認爲會傷害她，你當她是個病菌，根本就想要徹底地隔絕，毫不留任何轉圜餘地。可你沒想到，你根本就已經傷她傷到骨子裡，她已經失去了所有希望。」路格露語氣稍稍變硬，令馬力範無語。

「我可以理解你信守誓約，也了解情愛這種事是難以勉強的，但，你總要把事情好好說清楚啊！悶在心裡頭，誰又捉摸得到？」路格露說完，自己也稍稍驚醒。她與馬力範毫無關係，自己也沒談過任何一場愛戀，卻大發議論指責馬力範。

剛剛的發言令兩人都無語，望著溪流下游；望著東邊平原草鋪，望著遠處的太平洋，望著遮罩濃沉雲霧下的海平面，無語。

「對不起，我沒理由指責你，我收回剛才的話。」路格露打破沉默。

「不！妳說得對，我的確應該把話說清楚，我也該學著把話說出來，讓別人知道我想什麼，不想什麼。」馬力範說著說著，朝路格露看了一眼說：

「去年初，我背著所有人，回到了塱嶠去找多比苓，她正準備婚事，拒絕我再進入她家門。那一天晚上，在一道石牆上，她傷心地告訴我，我讓她空等了三年多，幾度生死邊緣她找不到可以讓她依靠的肩膀。」

「你沒告訴她你受了重傷？」路格露語氣忽然變得焦急，撇頭卻看見馬力範眼眶泛著淚水。

「沒有！我可以理解那幾年他們那裡的確發生了許多事，情況遠不是我當初的想像了，況且她心情已經平靜，也作出了新的決定，她已經不再是當初那個哭泣著要我留下的姑娘。我不能……我不能自私地再去攪亂她的心情，去攪亂所有的事。」馬力範有些哽咽，令路格露有些泫然。

「我不能再奢望改變什麼，畢竟我愛過她，也終於實踐我的誓言回到塱嶠。能再見她一面，我想……這也就夠了……」馬力範的語氣愈發杳遠，像東方極遠處，一個稍大的海湧，湧起、沉落，靜極、杳極。

「但是，我高估了我對失去愛情的承受度！」馬力範語氣忽然回魂似的昂起。

「離開塱嶠，一路躲著怕被人發現，到了阡仔崙以後我再也忍不住，獵得了一隻山羌跟人交換幾大葫蘆的釀酒，一路喝了回來……後來的事，妳是知道的。」

馬力範總算是親口說出塱嶠之行，受傷、養傷、回訪、被拒的細節，也把相關環節都扣上了，路格露算是有了全般的概念。但路格露只安靜了片刻，說：

「不！我不知道！」目光無焦距地平視著前方。

「妳不知道？怎麼？……」馬力範吃了一驚，聲調平抑了下來，轉頭看著路格露。

「你回來了以後，有對誰提起過你的事嗎？你又怎麼會認為我，或者我們誰該知道你所有事情？我只知道你仍然倔強又自以為是的迴避伊娟；只知道你掉了魂似的成天不見人影或酩酊大醉；只知道那個為人景仰的馬力範忽然不見了。我，或者我們怎麼會了解你的所有事情呢？或者你認爲我該知道你在溪水邊救起了我，在我生病時替我打了不少野味，也在我被人輕薄的時候挺身出面？但是，我眞的應該相信我的猜想就是『知道你的事』的意思嗎？」路格露語氣直轉而下，目光忽然生氣地聚焦在前方二十步外一株水麻植物上的幾隻毛蟲。

「這……」路格露一連串的疑問，令馬力範頓時語塞。他沒想到向來不多話，總是淺淺微笑對人的路格露，居然對自己的一句話，有這麼強烈的反應。

「你是部落第一的男人！」路格露語氣轉趨溫和，「但是許多事，特別是情愛的事，你不說不講，也不做任何的表示，對方怎麼會理解？難道又要讓對方一直猜測到心死了，你再來懊惱，再來悔不當初？」

「這……」馬力範無力回應。路格露分明說的是多比苳那件事，但好像又另有所指。

「你不重新考慮伊媚？」路格露撇過頭問。

「不！我已經傷害過她了，我不能再回過頭踐踏她的尊嚴。」

「這怎麼能算是踐踏呢？」

「我不顧她全心的付出，卻執意去追求我的愛情浪漫，眼下我的愛情幻滅了，我怎麼可以爲了要塡補我的空虛，回過頭要伊媚委屈呢？這樣的卑鄙行爲，怎麼對得起她情感的眞誠呢？」

「你沒嘗試去問問看。她的意思呢？說不定她有別的想法啊！」

「這等事，我怎能去問一個女孩家呢？況且，我沒眞正喜歡過她，這一點我不能欺騙自己。除非她現在依照部落習俗，因爲她住進了我家，而要我負責，那樣我會因爲道義而負責到底，但那不是愛情，而且我不認爲我會快樂，與其那樣，我不如一直放浪變成一個廢人。」

「不會，伊媚不會那樣作的，而且那樣，又把愛情說得太複雜了。」

「太複雜？我糊塗了。那妳覺得愛情應該是怎麼一回事？」馬力範先是楞了一下，反過來問路格露。

「我……」路格露也被問傻了。

一個是部落人公認感情處理最糟的男人，一個是部落男子翹盼能被她眼神臨幸、即使只是一眼的女子，一個從未有過真實愛戀經驗的女子。近中午沒有陽光曝曬的大石頭上，被彼此的問題逼到一個無法接話的角落，只能聽任南面的溪水潺潺淙淙流個不停，聽任一隻大冠鷲收翅歸巢的幾聲鷹嘯，時間流逝近一個世紀之久的掙扎靜默。

「我是說……」路格露撇頭看了一眼馬力範，卻被馬力範專注地望著她等待回答的表情，逗得想笑。

「我是說，愛情不就是相互喜歡了，相互表明了，然後快樂地在一起？」路格露幾乎是想不出愛情究竟是什麼，所以直覺地這麼說。

「是啊！可是我說過，我其實並沒有喜歡她呀，但我願意負責啊！這是負責，不是愛情。」

「唉！不是啦……」路格露覺得沒有把話說的很清楚，但她卻不知道怎麼回答馬力範的問題。「我是說，愛情眞的那麼複雜嗎？如果只是因爲要負責而在一起，難道日後不會產生愛情嗎？這兩者有這麼清楚的界線嗎？」

「我不知道，起碼現在我不知道，也許將來會，會跟許多長輩一樣安定的過一輩子。但是我嘗過愛情，現在正陷入一股情愛的幸福想像，我能追求我爲什麼不追求？能掌握爲什麼不掌握？」

「你陷入一股愛情的幸福想像？」路格露似乎是抗拒馬力範的話而輕聲地質問。

「是啊！這正是比山話裡所說的意思啊！」

「比山……」路格露想起比山，忽然又羞紅了臉，她急忙回過視線望著遠方。

這個比山啊！路格露心裡輕嚷著。都是他，害她羞得跑來這裡跟馬力範講了這些她從說不出口的事。

「路格露啊！我知道我並不是一個完全夠資格匹配妳的男人，論長相，論過往，我都不配；但是從那一天夜裡妳臉頰的淚痕無意觸動了我即將枯萎的心房，我便知道也許祖靈有了不同的想法，也許列祖列宗有新的安排，所以要我心碎、心死的從塱嶠回來。但我感到害怕不安啊！我不斷地迴避，不斷地試著要把妳的影像自我心海淡忘，但愈是如此，我愈是強烈地、渴望想要見妳；愈是刻意不去看妳的面容，腦海愈是清晰的浮現妳的眼、妳的鼻、妳的唇；所以我焦急地望著落水的妳，憂愁妳會因爲生病而枯萎，又幾乎噴了火似的憤恨殺了那個紅毛的外人。最後，我終於知道，愈是逃避，我愈是困在有妳身影的世界裡，無力逃脫。我猜想妳也喜歡我，所以我努力想回復那個原來的馬力範，並等待有一天能親口告訴妳關於我的猜想。我清楚自己情感處理得很糟，不論之前或者從塱嶠回來以後，但這一次，我將毫不保留地向妳述說，即使妳責怪我、拒絕我，讓我情感之火從此埋藏在這大石塊之下，我也要嘗試這麼做。」

馬力範滔滔地說，語調時輕時軟，偶而看看路格露，偶而望向溪水邊一隻準備停駐在水草上的豆娘，認眞地說。而路格露早已不顧矜持，輕輕地哭泣。

馬力範啊！路格露心裡輕輕地呼喊著。提起手背拭去淚水，近乎呢喃地說：

「我何嘗不是這樣的等待？何嘗不是那樣的迷惑？你是部落第一的萬沙浪，我欣賞你的勇於任事，不推托，凡事以大局為重，但我只敢以一個小女生的身分偷偷地望著你。不確定是喜歡你，就只是因為覺得高興。我沒有資格批評你的過去、你的愛情，只是覺得你太委屈了，談一段感情需要背負這麼大的部落責任與使命。我感動於你對愛情的執著純粹，在白天的農忙中想著你月夜絕望的面容，昏黑的夜裡想著你在太陽底下又如何安身？我覺得我動了感情，但我又深深感到一種僭越的罪惡感。我不配啊！我沒有伊媚對你的深情，更沒有獲得你對多比苓不帶雜質的情愛的資格，可是……我就是這麼不爭氣……」路格露啜泣著，捂著臉拭過淚繼續說：

「就是這麼不爭氣的……最後還是迷戀上你了，我該怎麼跟你暗示？該怎麼跟你表白？我困惑、我鬱悶、我無可如何呀！」

「幸好比山了解妳，不，還好比山了解我！」馬力範忽然覺得一陣心疼，悄悄地靠近路格露。

「是啊！這個不說話的哥哥，居然清楚我們彼此的難堪與壓抑，這樣地直言。」

路格露撇過頭望著馬力範，只見馬力範那張深情的臉，在遠處相思樹當背景的襯托下，愈發叫人著迷，她感覺馬力範向她靠近，而不自覺瞇著眼仰頭靠向馬力範。

忽然……

路格露張大眼，驚慌地撇過頭望向刺竹林，她想起那連續幾天的夢境。

「怎麼啦？」馬力範嚇了一跳，看看路格露，又向四周張望。

「沒什麼！」路格露心悸尚未平撫，隨口應了應。

頭頂雲層不知何時裂開一條縫，陽光忽然直瀉而下，溪床邊的樹叢間，三隻五色鳥，居然咕咕地較勁鳴叫，而後方遠處，比山與慕雅並肩站立著往大石頭這裡張望。

「我們各自回去吧！」路格露說。

第10章 一張白鹿皮

馬力範獵得一頭白鹿的消息，在他臨時決定在法魯古溪床處理分割，並剝完鹿皮的同時，就已經傳遍整個部落，一個鄰近旱田的漢子，先行通報了巴拉冠。

比山與慕雅的結婚宴客是在十二月中，多數人家的第二季小米收割、曝曬完畢都入了倉之後。因爲比山父母都不在了，慕雅家長也不特意搞排場，完全依照部落尋常人家的宴客方式。中午不到，慕雅家前的小空地坐滿部落裡的親友。老人靠著空地邊緣的幾棵樹下，幾塊石頭架起的石桌石椅，享受著比山這幾個月累積的獵物肉脯，還有路格露幾個女孩釀的小米酒釀，開心地聊著，並欣賞空地上圈成舞列，不停唱歌跳躍著簡單舞步的青年男女。

只見男子們張開雙臂與並肩的下一位牽著手，大家高聲唱著歌，一首接著一首，重複再重複。已婚的夫妻並列著，未婚的女孩子們在幾個回合之後，陸續選擇自己心儀或者不討厭的男孩身旁，間插在男人之間加入舞列。多數的人只接受一兩口酒釀的招待，其餘的時間就是圍著轉圈圈跳舞唱歌。

當幾個圈圍之後，長長的舞列成形時，比山、慕雅之外，馬力範身旁是路格露，接著少馬和阿洛，接著西卡兒和部落一個年輕女孩，伊媚與端娜則另外間插在其他漢子之間。這樣的排列，透出一點怪異，至少伊媚等姊妹淘都感覺如此。但歡樂中，難得在年祭活動以外的時間裡，有機會與年輕異性肌膚相貼、氣味相聞地緊密聚會與唱歌傳情，多數人並不以爲意，連西卡兒也只是短暫皺起眉頭後，變得開懷。誰愛上了誰，誰喜歡上了誰，似乎不是那麼重要；圈舞進行的過程裡，躍動中，相鄰異性間肌膚傳遞的青春懷想，讓這些青年男女忘了疲累，忘了口燥，忘了聲音逐漸變得沙啞，一心一意地唱著歌跳著舞。

馬力範與路格露的關係明朗化，令部落男子間的氣氛在宴席前就已經有了很大的轉變，不少男人因爲不再具有被選擇的可能，宴席中，已經不那麼避諱多看路格露一眼；而向來亟欲表明態度的西卡兒，也默認馬力範與路格露之間的情感，釋懷而更自在地在宴席中歌唱；西卡兒認眞投入的神態也教少馬覺得訝異，他感覺出西卡兒的態度似乎是揉雜著一種宣洩與重起雄風的宣示意味。比較令人意外的是，這一回，美麗的端娜，那個口口聲聲地說「西卡兒是我的」的端娜，竟然不是插在西卡兒身邊，而是另外一個漢子旁。這一點令伊媚掛心，宴席上不便多說，到了傍晚人潮開始散去，她便拉著端娜陪著路格露回家。

「妳說！端娜，我注意到妳沒站在西卡兒身旁！」一遠離人群，伊媚便迫不及待地問。

「是啊！誰規定我一定要站在他的身邊？」端娜不以爲意地說。

「不對，妳向來是聲稱西卡兒是妳的，不准誰去打主意，怎麼說變就變，是不是這一段時間妳背著我們，跟他之間有什麼爭吵？」

伊媚忽然想起去年七月西卡兒砍人頭表達不滿時，端娜與西卡兒曖昧地從溪旁草叢走出，但伊媚警覺地，話語間不著痕跡地避開這事兒。

「是啊！但是，我改變主意了！」

「妳？改變主意了？可是……」

「可是什麼？」

「我覺得你們之間……不是……已經……？」伊媚支吾著想避開去年草叢的窺見。

「我們之間？是啊！我不知道妳是怎麼知道了什麼，但是我知道妳要說什麼。不過，那是兩回事！」

「什麼知道了什麼？又是什麼個兩回事啊？」路格露也覺得愈聽愈迷糊，才進家門院子便插話說。

「我之前喜歡他，我要他，但現在我不再喜歡他，就這個樣子。還不明白？喜歡與不再喜歡是兩件事。」端娜說。

「這之間……我不懂，路格露妳懂嗎？」伊媚問。

「唉唷，問我怎麼會懂？太複雜了。愛一個人不就是好好地愛下去？怎麼之前愛了，而現在不愛了，這中間一定發生了什麼事！」路格露語氣有些氣急，她實在不了解這個情況。

「這一點也不複雜啊！就像妳跟馬力範，先前沒什麼，現在還不是黏在一起？」

「什麼黏在一起？才不是妳說的那樣呢！」路格露爭辯著，說話同時還不忘望向伊媚討救兵。

「這怎麼會是一樣的呢？端娜妳扯遠了！」伊媚說。

「啊！我忘了，馬力範是妳丟掉了，路格露把他撿回去的。」

「什麼呀？妳愈說愈不像話了！」路格露皺起眉頭說。

「哎呀！我沒亂說話，我跟妳們說，伊媚之前愛著馬力範，這是誰都知道的事，伊媚爲何不再理會那個情牽千里外異邦女人的馬力範，這也是誰都知道的事。我要西卡兒，但我不要一個心裡還有其他雜念的西卡兒啊！這也很容易懂啊！」

「可是……」伊媚想說什麼，但說不出口。

「沒什麼可是的，我是端娜，我的感情世界由我選擇，西卡兒是部落第一的美男子，我要他是天經地義的事，但是，我可不是一個甘願當陪襯當備用的女人。」

「男人不都是這樣嗎？」伊媚說。

「男人是不是那樣，我沒意見！但我就是不要那樣！」

「哎呀！說你是死心塌地的要男人，妳還眞有原則啊！」伊媚說。

「什麼死心塌地？我是女人，我擁有祖先賦予的優先選擇權，我可以給予男人我的所有，但前提是，我來選擇去留。即便是西卡兒也是一樣。跟我在一起，卻想著其他的事，就給我滾蛋。」

「妳……眞是堅持啊！」

「堅持？說笑啊，姊妹！說穿了，換了妳，還不是一樣？還說我！倒是妳路格露，哪一天馬力範敢胡亂想其他女人，就學伊媚休了他，讓他滾回巴拉冠過單身漢的日子！」

端娜的話引起兩個女孩大笑，笑聲中，伊媚心裡幾番滋味翻攪，直覺姊妹淘們不管個性如何，面對情感這件事，取捨的態度相差無幾，只不過新婚的慕雅究竟會怎樣？而比山這個男人，會一如過往那樣總是迴避女人嗎？伊媚好奇，而路格露卻有幾分篤定，相信馬力範與比山不會那樣的，他們會專心於這份情感的。

比山的結婚，還是帶來了一些改變。因爲男方必須入住女方家裡，比山的離開，令路格露單獨住在家裡多少有些不安全感，雖說部落從未有類似男子侵犯騷擾女子的事，還是感到不放心。礙於馬力範還未與路格露正式談及婚姻之事，做哥哥的比山也不好急著要馬力範結婚入住路格露家。比山婚後的最初幾天，晚上時間是由伊媚陪著路格露。

一直到隔年一六四二年，部落男人冬季大獵祭結束後的一月中旬，馬力範與路格露才認眞地討論著婚嫁的問題。爲此，馬力範開始學著比山，利用空閒外出打獵。

一天清晨，馬力範攜著弓溯法魯古溪而上，想獵取坡地上的水鹿，才進山谷一處茅草叢生的地方，便發現一對三岔椏的鹿角在一叢茅草上方晃動。他心生大喜，移動了幾個位置，卻都無法清楚地辨識出鹿的身體形貌。怕驚動鹿隻，馬力範前進到弓箭射程距離，然後移動到兩個鹿角相對的中央位置隱蔽起來。他注視著鹿角低下又仰起，算計著間隔的時間，然後拉起半滿弓，等鹿角低頭再仰起的時候，拉起滿弓射出。頓時，拇指粗的箭矢破空疾射，整支箭羽沒入茅草叢。只聽到鹿隻的慘叫聲淒厲，鹿角向後仰起晃動之後，一陣重物壓倒灌木叢後樹枝斷裂的嘎裂聲、茅草刷刷的撥攪聲，雜亂地向四周響起傳開，驚擾起一群雀鳥吱喳飛離。馬力範搭起了箭小心翼翼地接近，怕鹿隻忽然爬起衝撞，一股聲音卻從右側奔馳而來，馬力範本能地轉向瞄準。

「慢點，我是少馬！」一個漢子的大叫聲，阻斷馬力範拉弓射箭。

「少馬！你怎麼出現在這裡？這個時候出現，你不怕我射穿了你那個腦袋！」

「怕呀！但是我也好奇那是什麼東西？」少馬微喘著說。

「那是什麼東西？那不是鹿嗎？」馬力範看了一眼少馬又拉半弓，朝剛剛那鹿角的方向注視。

「牠已經倒下了，你剛剛那一箭直接射進牠的胸膛，牠只掙扎幾下，直接倒地！」

「掙扎幾下？你看得那麼清楚？怎麼又說不清楚那是什麼東西？」馬力範一臉疑惑。

「是啊！我剛才在那個坡地！看得一清二楚，可是我就是不確定那是什麼東西？」少馬指著右後方那個坡地！

「你把我弄糊塗了！那是隻鹿，看鹿角的狀況，那是四歲多的雄水鹿，我只是沒瞧見牠的身體，但那是一隻鹿不會錯。」

「阿力啊！我同意那是一隻鹿，但是絕對不是你想的那樣！因爲怕牠跑了，我才慌張地想跑來，沒想到射箭的人是你，一箭就撂倒了牠。走，我們去看看！」少馬沒等馬力範回應，立刻動身前往那鹿隻倒地的方向，像是自己射倒了那獵物般的興奮。

兩人翻過小土坡，在一個小泥塘前茅草叢邊的幾棵羅氏鹽膚木下，側倒著一隻鹿，沒入胸口的箭矢只剩下約兩個拳頭長度的箭尾，鮮血染滿前胸，也沾染周邊的茅草。見到那鹿，兩人情不自禁地「哇」了一聲。

「怪不得你要這麼興奮地跑來！原來是一隻白鹿啊！」馬力範表情顯得不可置信，看看鹿又看看少馬。

白水鹿是突變種，除了顏色灰白，其他樣子完全與水鹿相同。別說眼前兩位青年漢子沒見過，部落耆老也不存在這樣的記憶。馬力範感到有些不安，少馬則直覺這是好事。

「還好你出現在這裡，來來，我們一起抬回去，你留一半準備結婚用！」馬力範說。

「這怎麼好意思？」

「什麼怎麼好意思？你不是來打獵的嗎？就算不是，按規矩你還是可以分一半回去啊！你不要，我可得逼你要回去呢！」馬力範表情忽然變得嚴肅，聲音也變得低沉。

「哎呀！馬力範阿力啊！我不是跟你客氣，這一段時間，我還眞獵了不少東西，算一算應該夠應付婚宴了。你是第一次出來，你都帶回去吧！」

「不行！怎麼可以這樣，話傳了出去，我馬力範怎麼做人啊！」馬力範說著，立刻拔起長刀趨近水鹿。

「等等！」少馬橫身擋在鹿與馬力範之間，說：

「馬力範你聽我說！獵一頭白鹿是幾百年才遇得到的事啊，這就是老祖宗的祝福，祝福你婚姻幸福美滿。我的意思是，你別急著分割這一頭鹿，你把鹿皮小心割下來處理，送給路格露當禮物開心。肉的部份，我也不堅持啦，就照部落規矩。不過先說好，我燻乾了，將來你結婚宴席，我給您送去。」

「啐！你個小子！跟著阿洛，果然經驗豐富啊！這種事你都想得到！」馬力範原本板著的臉露出笑容，看著少馬繼續說：

「說眞的，你這個主意不錯，我也沒想到怎麼討好女人，這鹿皮就照你的意思我收了，肉，你就帶回去，就當成我的賀禮。當老哥的，我也不知道在你的婚宴上怎麼使上力啊！」

「就這樣吧！爭來爭去，推來推去也不是辦法！」少馬說。

兩人個別砍了枝幹與一些藤蔓，準備擔起鹿隻返回。才捆紮好，兩人不約而同地坐靠向羅氏鹽膚木下的石塊休息。

「少馬呀！我問你，你跟阿洛談了半天，究竟什麼時候完成所有儀式完婚啊？」馬力範說。

「唉！我也拿不準了，我該做的都做了，她的父母也都把我當成他們一家人了，可是阿洛好像還有什麼沒弄完的，算一算恐怕要到第一季小米播種完才可能舉行婚宴了。」少馬說。

「沒弄完？阿洛很早就準備了所有的器具，等的就是討你過門，路格露都這麼說了。」

「她考量的也對吧！部落這一段時間忙碌，比山才完婚，大獵祭也才結束，等播種完，大家喘過一口氣的時間，再來辦婚事，也算是慰勞大家吧！我也不敢著急了，反正都到這個地步了！倒是你，好不容易終於想通了要結婚。」少馬笑著看了馬力範一眼。

「什麼終於想通了，你嘲笑我啊？」

「我哪敢啊！」少馬爭辯著。

「少馬啊！想想那年，我們一路下了塱嶠，一起戰鬥而回，才開玩笑地說，誰喜歡誰，誰要嫁娶誰，沒想到，我們都終於面臨這樣的事了！只不過，現在的情形，好像都跟當時的想像完全不同啊！」馬力範感慨地說。

「世事難料啊！這種事誰又拿得準？總之，過去了的事，也都過了，把握現在的一切才是重點啊！馬力範阿力啊，憑良心來說，你眞是個好領導人，跟著你大殺四方我全然地放心，而今你我都要面臨人生的一個大轉折，我期望見到你掌握著幸福，就像你每一回都能精準地判斷、下決心，打倒敵人，這一回能夠好好地把握路格露。」少馬認眞地說。

「你個小鬼！教訓起我來啦！」馬力範忍不住笑了。

「我哪敢啊！誰不知道部落第一的馬力範，處理感情是部落最爛的人！」少馬也忍不住地揶揄馬力範。

「好啦！大情聖，全天下就你懂愛情啦！這一點我認輸，現在，我們可以回家了吧？」馬力範沒有不愉快地說，但他的話引起兩人相視大笑。

馬力範獵得一頭白鹿的消息，在他臨時決定在法魯古溪床處理分割，並剝完鹿皮的同時，就已經傳遍整個部落，一個鄰近旱田的漢子，先行通報了巴拉冠。一下子，溪床來了不少好奇觀看的人，看見馬力範在溪床邊兩棵灌木間，以一根枝幹張晾的白鹿皮，眾人紛紛地發出驚讚聲，觸撫的、議論的都湧了上來，連部落領導人阿雅萬以及部落祭司也都趕來觀賞。少馬索性切了些肉條，招呼幾個勞役級的「發力甚」幫忙生火烤肉，供前來看熱鬧的眾人在溪邊享用。知道白鹿皮是馬力範要送給路格露的禮物，不少婦女都輕聲驚呼，並不時將目光投向馬力範，喁喁私語著。

但，這一件看似難得喜慶又有幾分傳奇的事，傳進幾個資深女巫耳裡，都莫名起了不安之心，匆匆趕來瞄過一眼之後，又挺有默契地聚集在部落西北角，那燒陶窯南側的女巫頭子家。

「姊妹們！妳們有什麼看法？」在各自嚼食檳榔的一陣沉默之後，女巫頭子問。

「能有什麼看法？一輩子也沒見過這種白鹿！說是驚喜，恐怕還擔心會是什麼禍端啊！」娥黛首先發言，嘹亮的聲音有點刺耳，鐘響似的提醒眾人集中精神。

「我也覺得不安心，眼皮跳個不停，但是看了那張鹿皮又不覺得有什麼不妥！眞是奇怪啊！」伊端輕聲說。

「鹿皮不是問題，那隻鹿當然也不是問題，問題是牠出現的時間，以及牠如此貼近部落，究竟要傳遞什麼訊息？」女巫頭子邊說著，邊嚼動下檳榔。

「假如眞是那樣，我們得想辦法找出這個預兆，該找部落那幾個竹占師來問一問了！」娥黛說。

「這種事，沒頭沒腦的，要怎麼問竹占師啊？咦？絲布伊啊！妳怎麼又安靜地坐在那裡啊？」女巫頭子忽然撇過頭看著絲布伊。

「啐！這事，我說過有點複雜，沒弄清楚，我能說什麼？妳們心不安，我也沒好過啊！」絲布伊的聲調平實，完全沒有平時那種尖高又促狹的語氣。

「妳怎麼啦？絲布伊，從來沒見過妳這個樣子，妳真的感覺到什麼不對勁嗎？」娥黛說。

「不對勁！這件事的確不對勁，妳們記得吧？上次部落出現外人時，我這麼說過，幾個外人被殺時我也提起過這件事，現在出現了白鹿，這些不是巧合，而是一個徵兆，一個大事件的預兆，我們可能要面臨一場戰爭。」絲布伊的聲音忽然升高了。

「妳別嚇人啊，絲布伊！」伊端表情看來像受到了些驚嚇。

「不！我不驚嚇各位，這一段時間以來，我作過一些夢，夢見一場又一場大火不停地竄燒，一會兒向西，一會兒向北，整個部落都陷在火海，許多人不見了。」絲布伊恢復了平常的聲調，但過於正經的發言，反倒讓其他女巫都楞住了。

「絲布伊啊！」好一會兒之後，女巫頭子打破了靜默，「照妳看來，我們該怎麼辦？能阻擋得住嗎？」

「巫術的力量能不能阻擋得住我不知道，但是，那曾經出現在夢裡的女嬰，應該會真實地出現。」

「什麼？那女嬰？妳說我們南下塱嶠找尋的女嬰，會在這一次的事件中出現？」娥黛聲音揚起來了。

「妳輕一點說話啊！耳朵都讓妳叫疼了！」絲布伊瞪了娥黛一眼，繼續說：

「幾場夢境以後，我占過卜，也再企圖召喚那個女嬰靈，這一回居然清楚地招來一個面龐清秀的十幾歲女孩，我想她是來幫我們解決問題的，但我不知道這問題到底牽涉多大。」

「十幾歲大的女孩？」女巫頭子幾乎是喃喃地複誦，其他女巫也同樣在腦海念誦著。

「別再問了，我們面臨什麼，我不清楚，但是事情來了，一定有解決的方式，這一點我倒是很肯定。現在，除了大家繼續保持健康，其他的也只能等待了。」

「呼，每一回，都在這一點上打住，還眞叫人挫折啊！」女巫頭子感慨，「我看這樣了，就照絲布伊的說法，大家別生病了，保持健康啊！」

「伊娜唷，妳眞愛開玩笑，不保持健康，誰想要生病啊？」一個不那麼老的女巫說。

「好啦！說不準會發生什麼事，但有些事還是可以先準備的。妳們呢，先確保每家的檳榔樹上都留有一些可用的檳榔，苧麻線、陶珠、破鍋片都先準備些，到時候再來看看怎麼應付了！」女巫頭子說。

第11章 部落的備戰計畫

這些外人，是我們歷代祖先以來，從未見過的人種，他們擁有著我們根本無法理解的能力與力量，他們究竟是什麼？能力能達到什麼程度？都不是我們可以預知的。

女巫的憂慮，似乎等不及眾人平撫自己那些不安的忐忑而很快成眞。才過幾天，一六四二年一月二十二日中午的時間，一個虎馬人慌慌張張地跑到大巴六九部落巴拉冠，說是荷蘭人來了兩百多人攜帶槍砲，正在虎馬社附近的野地紮營，派人進入虎馬社調查去年八、九月三個荷蘭人被殺的事情，他們決定調查出結果之後，採取報復行動。虎馬社的領導人要所有社民噤聲，不得向四周部落洩漏消息。但虎馬社幾個向來與大巴六九部落友好的家庭還是覺得憂心，在得知這個消息的第一時間派人來通報。

「什麼？三百多人？三百多個人帶著『光』準備來報復？」阿雅萬幾乎是嚷著，表情甚爲激動。

「照這個樣子看來，我們得好好商量商量怎麼處理這件事了。」一個長老說著，語氣顯然焦急。

但似乎沒人在意他的這一句形同廢話的發言，因爲阿雅萬已經立刻指示巴拉冠的青年迅速離去，招呼所有戶長到巴拉冠集合會商。因爲事出緊急，三十幾戶、一百五十幾人的部落人，不到一刻的時間，幾乎都擠到了巴拉冠廣場，眾人低聲議論交談，聲音卻意外地低迷，以至於阿雅萬一個舉手，大家便都靜了下來。

「各位家人，我們擔心的事情終於還是來了！過去的幾個月，我們幾個由大家推舉的部落領導人，一直爲著去年殺了外人的事憂心，也做了無數次的意見交換，希望能找出一個可以應變的方法，讓大家平安度過這個劫難。」阿雅萬做了開場，深深吸口氣後，環視著眾人。

阿雅萬面前廣場正中央席地而坐著部落較資深的族人男女；右側或坐或蹲著部落的十幾個女巫，左側則是部落青年漢子的主要領導人：馬力範、西卡兒、少馬，也都席地而坐；一些部落的孩童與年輕女孩在後面安靜地坐著，最外圍則圈圍著部落的青年漢子們。所有人注視著前面站著發言的阿雅萬，部落祭司與幾個資深的長老，也專注等候阿雅萬繼續說明。

「這一件事情，我們幾個老人不認爲應該責備誰，畢竟我們的年輕人是照著老祖宗的規矩行事，但我們終究得面臨這個劫難。雖說這些外人有千萬個復仇的理由，爲了生存，爲了祖宗的規矩能繼續像部落南北這兩條溪水終年不竭，持續地流動不止，無論今天這些外人怎麼打算，我們都必須盡每一種可能的方法來抵抗。」阿雅萬停了停，嚥了口水繼續說：

「這些外人，是我們歷代祖先以來，從未見過的人種，他們擁有我們根本無法理解的能力與力量，他們究竟是什麼？能力能達到什麼程度？都不是我們可以預知的，即便我們這些令其他部落人懼畏的巫師們，也無法確定我們能抵抗到什麼程度。但是，這並不是我們該害怕的理由，畢竟大巴六九部落千百年來，遭遇的大災難從未少過。我們幾個老人擔心的是，經過一場戰鬥之後，我們究竟還有多少的力量重新站起來？」

眾人專注著望著阿雅萬，冬日正午的陽光不強，感覺在某些人心裡還有些涼寒。眾人從未見過阿雅萬這麼慎重地說話，從未見過部落長老在可能被敵人攻擊之前，居然就承認自己的部落面臨著極大的凶險。這些外人究竟有何能耐，究竟會造成什麼災難，就連部落裡最強悍的青年漢子都不發一語地輕皺著眉頭，帶著倔強不服輸，卻不得不承認這是事實的表情。戰鬥經驗豐富的馬力範、少馬只散射著凌厲眼神，輕抿著唇不接話。

「我們聽說了那些外人今天上午剛到，目前正在紮營調查那三人被殺的事，我們幾個老人認為他們一定會把矛頭指向我們。估算了一下時間，也許他們還需要一天到兩天的時間才會完全弄清楚，做好準備，然後正式發動攻擊；換句話說，這一兩天，我們還有時間準備，希望造成他們最大的傷害，同時減少我們的傷害，即使無法完全擊敗他們，最低限度也要保留我們最大的復原能力。」

「我們一點機會也沒有嗎？你當阿雅萬的人，怎麼說這些喪氣話，我們這些勇猛的萬沙浪，連彪馬社都懼怕三分的萬沙浪，難道打敗不了這些你說的外人嗎？你盡說這些喪氣話，你要這些萬沙浪們怎麼有勇氣打勝仗啊？」一位年齡稍大的婦女，也沒徵得阿雅萬的同意，大聲地說。她的話引起小小的震盪，一些聲音嗡嗡地快速蔓延，又迅速沉寂。

「伊娜呀！仗眞正打起來之前，我們的確不應該示弱，滅自己的威風，但這一次我們面臨的敵人，是我們從未交手過的人，連武器都跟我們不一樣，我們不能像以前一樣，單靠部落的萬沙浪去打敗對方，一個弄不好，我們全部落都要滅亡了！」

「嘩！」阿雅萬的話，引起底下一陣騷動，久久不歇。

部落的長老們，的確經過反覆的商議、評估。他們都見識過槍枝獵鹿的威力與效果，不用精密的計算，也大概能算出，這些他們口裡的外人，也許只要編組二、三十個人，就能輕易地徹底擊潰部落百來名的戰士。這不是示弱或矮化自己，而是一種對實力懸殊的認眞面對。不只是這些長老群，那一天見識過槍枝威力的人，心裡也都有個底，因而一直壓抑著疑懼。那老婦人不清楚，仗著自己是阿雅萬的長輩，生氣地想提醒阿雅萬要適時振作族人的士氣，而她的話，卻又正好揭開眾人壓抑著的疑惑與恐懼，所以嗡嗡的談話聲持續不斷。

「各位！」阿雅萬提高了音量，廣場立刻陷入安靜。

「各位了解我們的處境了吧？不是我們幾個老人，因爲人老了不中用，失去勇氣了，而是我們已經認眞地思考過幾個月的時間，了解我們可能面臨的凶險。我不是打擊大家，而是提醒大家要更愼重、更認眞地面對這一件事。」阿雅萬停頓一下，又環視眾人。

「我們時間不多，趁他們還沒決定採取行動以前，請各位照我們幾個老人的規劃，各自準備。」阿雅萬說，而接著他宣布了幾個方案。

一、今天天黑前，各家只留兩天的糧食，並製作兩天的乾糧，其餘的全藏到北邊甘達達斯溪北岸附近的森林，仗一開打，所有年輕婦女小孩，都直接躲進那個區域。

二、女巫們到明天天亮以前完成所有「巫術閘口」的設施。

三、巴拉冠從現在開始，派出一組哨兵，接近彪馬社監視荷蘭人行動。而其他所有漢子，今天白天的時間，回去協助自己的家裡搬運糧食器具；傍晚之前全都回到巴拉冠，聽取作戰任務分配。

四、各家沒有多餘人手而需要巴拉冠支援的，散會後向巴拉冠提出要求，人力由巴拉冠統一調配。

「各位還有其他的問題嗎？」阿雅萬問。

任務分配看起來簡單也容易執行，眾人沒多言語，等阿雅萬宣布完畢，便各自解散回去準備。但原先看起來平靜的人群，忽然出現了一些躁動、混亂，加上驚懼的氛圍逐漸成形，使得巴拉冠廣場到各自回家的路上出現了慌張、急促與輕微的混亂。

阿洛遠遠地就從人群中盯著少馬，路上攔著他說：

「少馬！你跟我回去。」

「現在？」少馬楞了一下，看了一眼身邊幾個夥伴，又瞪著阿洛。

「是啊！我有話跟你說！」

「可是，我得先問一下，家裡要不要我幫忙搬糧食。」

「嗯，好，我跟你先繞過去！」阿洛說。

「什麼事這麼急啊？」少馬覺得奇怪，向來凡事規劃好按部就班的阿洛怎麼也出現了一點慌亂。

「也沒什麼，也不是一定要你跟我回去，我只是要跟你說，我想這兩天辦婚宴！」

「辦婚宴？」少馬瞪著大眼睛看著阿洛。

「怎麼？你瞪著那麼大的眼睛，嚇人啊！」

「不是，我是說……馬上要打仗了，誰知道天不黑，那些外人會不會就打了過來！妳還有心情辦婚宴啊！」少馬說。

「哎呀！這怎麼說呢……不辦婚宴，我們什麼時候變成眞正的夫妻讓你搬進我家門啊！」

「我現在不等於是妳家的男人啦？」

「這……不一樣啊！」

「的確是不一樣，可是要打仗了，誰會有那個心情來吃喝啊？大家要準備應戰，我們卻忙著準備喜宴，那是找罵挨的！妳不考慮考慮啊？」

「哎呀……」阿洛有些著急了，低下頭又看少馬一眼，扯了衣角，又揉著手。

「我是說……哎呀，明天我挑水送柴去。」阿洛說完，紅著臉甩頭就走。

「喂！阿洛！我送完東西，等等就過去幫忙！」少馬看著阿洛離去的身影大聲說。

阿洛急亂了！少馬心裡這麼想。

挑水送柴是男女結婚進家門前的最後一個步驟，接著宴席，然後進門做夫妻。阿雅萬剛才在巴拉冠的發言，確實攪亂了大家原先的規劃，從阿洛的慌亂和多數族人趕著回家整理的狀況，可以看出秩序中隱約帶著混亂和緊張。

阿雅萬說的糧食屯放區，是指隔著部落北邊的甘達達斯溪，涉過溪北岸再向上坡西行約半小時，進入原始林與山坡旱地間雜的區域，那裡有不少的工寮、獵寮可屯放食物器皿，一般外人也不太容易進入那裡。

從阿雅萬下令開始，到太陽偏斜過肩頭約下午三點的時間，多數人已經回到部落，依身分的不同各自到適合的地方聚集。部落的成年漢子、十二至十五歲勞役級的發力甚都到巴拉冠統一聽令；具女巫身分的婦女則集中在部落女巫頭子家裡，商議「巫術閘口」的設置與人力調配，其餘婦女和孩童則集中在阿雅萬家院子，並徵調幾口大陶鍋，準備製作乾糧飲食供部落男人作戰使用。十至十二歲屬於見習級達古發古範階層的男孩，則跟著婦女活動。

女巫的集合最早成形，在女巫頭子的召集研議下，初步決議除了部落幾個入口設置巫術閘口之外，也決議配合巴拉冠的軍事行動做其他的設置，巫術精深的絲布伊則另有打算，希望在部落核心設置一個巫術力量的增集中心，伺機增強部落入口的力量。關於這一點，所有女巫因為不了解那個過程以及作用，加上絲布伊並未多加解釋，所以都無異議。這一點女巫頭子授權絲布伊全權處理，並同時規定年輕女巫在戰鬥開始後，到囤糧區協助。

其餘參與勞務的部落婦女，在阿雅萬妻子的規劃下，取得的共識是：製作完所需要的糧食之後，家裡還有少年、幼兒的婦女，一律在開戰前帶著孩子躲入囤糧區。至於男人在巴拉冠的會議，因為牽扯到兵力部署以及全部落的整體行動，所以會議的結論稍微慢了一些，但也在約晚餐時間結合婦女們的結論後，做了最後的決議，進一步規範細部的行動方案：

一、不參加戰鬥人員包括：二十五歲以下未婚的女性，以及十五歲以下的男孩子；剛結婚不到一年的夫婦男女；家有幼兒、青少年的家庭，負責養育的母親等均不參加戰鬥。

二、男人除了上述點名不參加戰鬥的人員之外，老耄者、行動不便者留待家中，其餘一律參加戰鬥。

三、除了不參戰的婦女遷移至囤糧區，其餘都留在自家，準備好武器就近自衛，以及防範火災等其他家務。

四、第一線的戰鬥部署由馬力範爲主要指揮官，西卡兒爲副指揮官，戰鬥方案於今晚做成決議，明天上午完成部署。

五、所有戰鬥限定在部落外圍進行，萬一無法阻擋敵人進入，戰鬥指揮官確定無法取勝時，由阿雅萬提出議和的要求。

這個細部的行動決議，目的之一在於集中部落精壯，使發揮最大的戰鬥力。故整個可以參與戰場拚搏的青壯者有七十名，若加上年齡稍大的領導階層，以及留在部落可支援的婦女，也可以湊得上有一百名戰鬥人員。目的之二，是因爲無法掌握荷蘭人戰力，對於作戰結果也不敢太過於樂觀，所以不論結果如何，希望保有戰後部落快速復原的能力。因此伊媚、路格露幾個姊妹淘以及剛結婚的比山、慕雅夫婦，以及青少年都歸類在「非戰鬥人員」的名單內，戰時都得躲避在囤糧區，以便延續部落未來的命脈。

第12章 路格露的焦慮

她理解馬力範對他自己生死的不確定，而想要爲路格露做些保留；但路格露又氣自己開不了口，開口告訴馬力範，希望今夜此時眞正成爲他的女人。

這個非戰鬥名單立意甚佳無可挑剔，但卻苦了卡在結婚當頭進退不得的阿洛，也令情牽心繫馬力範的路格露格外憂慮與感傷。

入夜，伊媚陪著路格露回家，一路上路格露無語，又偶而不自覺地輕嘆。看在伊媚眼裡，也不知道該如何安慰了。

「伊媚，妳太安靜了！」才進院子，路格露忽然說。

「我？妳怎麼這麼說？」伊媚詫異地問。

路格露沒直接回答，摸索著進屋後，撥開灶子的灰燼，抓了一把灶旁柴薪上的乾草，放在殘存的炭火上，吹了幾口氣，沒一會兒，燃起了火苗，屋內亮了起來。

「妳沒問我馬力範的事，也沒問我都要戰爭了，我跟馬力範打算怎麼辦？」路格露說著。火光照映下，路格露美麗的臉龐沒什麼表情，她沒撇頭看著伊媚，只伸手又取了一根柴，丟進灶裡，準備繼續生火做火種。

「哎呀！路格露，心煩，妳就開口說吧！我正等著聽呢！」伊媚似乎沒在意路格露的話，只注視著她在灶旁取柴生火的動作。

「伊媚啊！我只是覺得生氣。關於我跟馬力範的事，妳從頭到尾都沒問過我一句，我不相信妳不知道我正嘗試著跟他交往中。就算是妳不再關心他的消息，妳也該關心我啊！」路格露聽似抱怨卻語氣平和地說。

「好！路格露，我問妳，馬力範最近還好嗎？要戰爭了，你們有什麼打算？」伊媚語氣也很平靜地，說完站起來，走向門口牆邊的陶缸，取了一瓢水，喝了一半遞給路格露。

「我……」路格露忽然輕輕地哭了起來。

「我知道，馬力範的事，妳不怪我，但我在意妳是不是接受這一件事情。」路格露以手背指節擦去流向臉頰的淚水，撇過頭看著伊媚繼續說：

「自從那一天妳跟我說了那些話，我好奇地想著馬力範的種種問題，直到有一天，我發覺我愛上了他，我驚訝且掙扎地不願意承認。我想起妳曾經那樣深刻地付出，一股罪惡感使我猶豫和痛苦，但是愈迴避，我愈發覺根本逃避不了。比山結婚前馬力範向我表白，我也向他承認了我的感情。」路格露表情認眞地望著伊媚，眼眸又聚凝了淚水。

「那很好啊！我怎麼會怪妳？」

「伊媚！我要說的是……我並沒有背著妳暗地跟馬力範交往，破壞妳跟他之間。」

「哎呀，妳個傻瓜，妳怎麼說這個話呢？我沒懷疑妳什麼，我更不可能怪妳介入我跟他之間啊，哎呀，這什麼跟什麼呀！」伊媚的聲音稍稍提高，顯得有些怒意。

「是我不要他了，妳忘了嗎？是我說了妳跟他很登對，要妳收了他，妳不記得啦！我怎麼會怪妳什麼？而妳又怎麼會認為我認定妳介入了我們之間呢？」

「我……」

「好了，我知道妳心裡煩，自己一股腦地鑽牛角尖。這也不能怪妳，要打仗了，誰還能心平氣和的過日子作夢啊？」伊媚嘆了口氣，趨前撫了撫路格露的肩頭。

「我……」路格露又哭了，啜泣著說：「我心頭煩啊！眼看一切快要就緒，忽然來這麼個亂子，這個仗還不知道會有什麼結果，連馬力範怎麼看待我跟他之間的事，我都沒了方向。對不起啊！伊媚，是我自己使性子耍脾氣！」

「別說這個了！婚姻這一件事，看起來都是我們女人作主決定，遇到了這種部落存亡的事，回過頭來還是要看這些男人怎麼處理，怎麼決定，我們一點辦法也沒。」伊媚感慨地說。

「還好比山與慕雅先結了婚，災難當頭生死都能在一起，我們幾個姊妹淘，恐怕還是各自面臨生死兩別的煎熬啊！」

「是妳吧？我單身一個人，哪來的生死兩別啊！」伊媚忽然笑了。

「哎呀！妳……」路格露忽然臉紅，「我……」一下子又支吾著不知如何回答。

「別妳我了！妳心煩的是馬力範與妳之間。好不容易終於說清楚了，也許過個把月，他就要進妳家門了。才剛剛覺得幸福，卻又變得比之前更加不確定，是吧？」伊媚看著路格露，眼神有些促狹意味兒。

「啊呀……」路格露一時也難以接話，「我……」

「誰？誰在外邊？」伊媚忽然朝外頭喊去。

透過竹排門柵縫隙間，火炬的微光透了進來，顯示外頭有人站著。兩個女人緊張地趕忙取來工作用的手鍬握在手裡。

「是我，馬力範！」外頭傳來渾厚低沉的聲音。

「馬力範？」伊媚輕聲說，撇頭看著路格露，「他來幹什麼？」

「……」路格露只瞪著眼睛，表情難掩喜悅，說不出話來。

「伊媚，妳在這啊？」馬力範表情並不驚訝。

伊媚開了門，看了馬力範一眼。確認是馬力範，便向院子跨出一步，讓出門口，說：「我出去一會兒，晚點回來好了！」

「伊媚……」路格露叫了一聲。

「妳不用離開，我說個話就走！」馬力範也說。

「不用了！我留在這裡，你們怎麼說話啊！」伊媚說完，頭也不回地出了院子。

「伊媚……」

路格露腳步沒離開屋內，又叫了一聲。直至伊媚離開院子，路格露眼神才轉向馬力範，說：

「你要進屋子嗎？」

「不了，進屋子不太方便吧，我站在這裡說話就可以了！」

「眞要這樣嗎？」路格露沒刻意仰起頭，只抬起眼皮看著馬力範，聲音變得很輕很細。

馬力範也只輕皺著眉頭深情地注視著路格露，沒開口說話，一動也不動地維持著持火炬的姿勢。

火炬以乾茅草捆紮而成，在馬力範靜默的同時，火苗已經完全熄滅，只留微紅的火光，映著他泛著油光的面頰，那張壓抑的、愁苦的、又透著一點興奮的臉頰，而後散映到院子外小徑旁的一棵相思樹上，一隻輕輕拍撲著羽翅的夜鷹瞳眸裡。那鷹稍稍移動身子向枝幹杈椏處，靜靜地窺視著剛入夜的靜謐院子，一對男女隔著門檻，在炭火光的輝映下，滿心渴望且深情地對望，卻一語不發。

時間整個變得緩慢、凝滯。

馬力範，你開口說說話呀！說你今夜只想擁有我！路格露心裡吶喊著。

不，你說不出那樣的話，沒關係，隨便說些什麼吧！讓我知道，經過了這麼些事，你決意跟我做夫妻，一輩子守著我。路格露半瞇著眼，注視著馬力範緊抿的唇，心裡想著。

沒關係，親愛的，你可以不說話，用你向來愛慕我的方式，以你的眼神告訴我，你是如此的渴望這樣的一個夜晚，只有你我的夜晚；你可以不受其他人的干擾，完全擁有我的顰笑軟語與愛戀。是的，馬力範，你可以這樣的。路格露這樣想，而眼神滑向馬力範胸膛又再重新迎上他的眼神，覺得幸福。

這是一段沉緩、抓不出節奏、看不見流動的時間消蝕過程。

屋內灶子裡的柴薪燃起的火苗，遠遠地將路格露的倩影投射在馬力範臉上，髮絲輕輕飄搖著。只見馬力範抿抿嘴，欲語還休，影子在他的唇邊蠕動著，彷彿馬力範正熱切地吻著路格露的秀髮。路格露羞赧地闔上眼簾。

你可以這樣吻我呀，馬力範，在你今夜或者天明時分遠離我時，我可以記憶你的味道；或者，你可以擁我入懷，帶著我的氣息去殺敵。路格露心裡這麼說，耳根子、頸背不知何時已經變得燙熱，才輕啓眼瞳，一股男人的氣息已經撲上她的臉鼻，令她呼吸瞬間停頓。

原來是馬力範重重地呼了口氣，那是在兩人無語對望許久以後。

「路格露！」馬力範終於開了口，語氣卻是那樣的輕、柔。

「我來……是想送妳這個！」馬力範直挺著背脊，伸過手，遞了一個以草編繩捆紮的皮草給路格露。

「這是？這是那張白鹿皮？」路格露瞪大著眼睛說。

「是的，一開始就決定要送給妳的，現在我處理好了，就當成是我出門前的紀念吧！」馬力範表情沒多大變化，但火光折映下眼眸明顯閃過一些水氣。

「馬力範，我不要什麼紀念品，我要你平安回來。」路格露忽然正色，接著掉下淚來。

「我沒別的意思，路格露，只是明天，或者今晚我要出門殺敵，沒把鹿皮親手送到妳手裡，我心不安啊！」

「馬力範……」路格露想多說什麼，卻見馬力範伸過手阻止她繼續說下去。

「路格露，對不起，我必須阻止妳繼續說什麼！開戰之前，我只想單純地來看看妳一眼，希望見到妳開心地祝福我上戰場勇猛殺敵。我也不準備多做什麼承諾，但我相信妳了解我的心意。」

「不，馬力範，你怎麼說都好，但我要你知道，即使我多麼了解你的想法，多麼清楚知道你是喜歡我的，我還是希望在你出門前，能聽到你親口告訴我這些關於你出門前的心意。我已經厭煩不斷地猜測，不斷地猶豫不前，我要你明確地跟我說！」路格露表情變得更認真，又說：「你可以這麼做的！」

「我……」馬力範有些猶豫。

他的猶豫路格露明白，那是部落男人征戰或出獵前的習慣，不希望看見女人哭哭啼啼或者悲觀的想望；而男人也避免出現軟弱、眷戀、或者不確定的歸來期望。但路格露需要一個明確的安慰，她已經壓抑、掙扎太久，而馬力範也同樣禁錮著自己的情感。在戰爭前夕，路格露只是卑微地期望得到馬力範平安歸來的允諾，即使只是敷衍。

「路格露！我該離開了，這期間妳照顧好自己，仗一打完，我們就結婚，讓我住進妳家！」馬力範堅決又看似平靜地盯著路格露說。

「好！我等你回來，等著討你過門！」路格露心裡一陣酸，一陣苦，硬擠出了笑臉看著馬力範說。

馬力範啊！部落第一的男人啊！出門前，你就不能好好的、溫柔的跟我說一句甜蜜的什麼嗎？你這個頑固的男人！路格露心裡叫嚷著。

「那麼！我出門了！」馬力範說完但身子卻直挺的站著望著路格露。

時間彷彿又靜止了。

馬力範的火炬只剩下其中的兩三根茅草還有星火，而路格露屋內的灶火也只剩下炭火。四周變得更幽晦，除了遠處幾聲狗吠，法魯古溪意外傳來一陣陣哇鳴。路格露注視著馬力範移動向前的身體，心跳倏地急促而熱騰，一股突如其來的期待念頭，讓路格露幾乎站不住腳，身子直發抖。

只見馬力範傾身向前吹了吹手上的火把，幾點零星的炭火倏地變旺，著引鄰近的一兩根茅草，接著，馬力範轉過身將火把垂下在前方左右掃揮，揮出足以看清路徑的照明，朝院子外走去。

你……馬力範啊！路格露不敢相信眼前的事，心裡幾乎是呼喊著抗議，淚水瞬間全擠到眼眶裡。

她幾乎是跌坐回灶旁的木椅上，她理解卻又無法接受馬力範今晚的舉動。這裡分明只有他們倆，彼此間也相互表明了愛意與託付終生的允諾，即使有所顧忌不願身體有過於親密的舉動，難道連擁抱入懷也不能？難道一個親吻也不能？

這個馬力範想什麼？怕傷害我？想爲我保留彈性？馬力範啊！你這個頑固的男人！路格露心裡不斷地升起這個念頭，悄悄間起了一些怨懟，又留有一些感激。她理解馬力範對他自己生死的不確定，而想要爲路格露做些保留；但路格露又氣自己開不了口，開口告訴馬力範，希望今夜此時眞正成爲他的女人。

我一定等你回來！路格露撇過眼向外，心裡大聲地說，原本的暗自掉淚轉爲輕聲哭泣，沒注意到伊媚已經進了屋子，也流著淚注視著她。

「他就是這樣的一個男人，頑固、堅持、毫不通人情！」伊媚說。

「伊媚啊！」路格露見著伊媚，再也忍不住，只叫了一聲，便放聲大哭。

「唉！」伊媚一時之間也不知道該怎麼說了，輕輕擁抱著路格露，心裡卻翻湧起許多的心事。

今晚的馬力範雖然像個傻瓜、混蛋，但也證明了馬力範絕不佔女人便宜的磊落行徑是個性使然；說明他拒絕伊媚的愛情，只是因爲他對原先一段愛情的重視與忠誠。他沒有在那段時間裡對伊媚輕佻佔便宜，他也沒在今晚只有他與路格露獨處的時間語出輕佻。對此，伊媚心裡感到一點舒坦與甜蜜，畢竟她沒看錯這個男人，畢竟她曾經那麼深深地愛過這個男人。伊媚疼惜著、輕擁著路格露，想起其他的姊妹淘。

端娜呢？阿洛與少馬呢？現在人都躲到哪裡了？伊媚心裡嘀咕著，又感傷這些原本應該甜蜜落幕的男女之事，無端地捲進誰也掌握不住的征戰事件，是那樣地教人感到無奈、無力又無語。

伊媚又嘆了一聲，眼角卻不自主地流下淚來。

第13章 阿洛的定情儀禮

「天亮以前，我會把水送完！」阿洛的額頭已經貼上少馬的胸膛，語氣充滿氣聲，其中幾個字似乎在急促換氣中揚升的變虛、變媚。

巴拉冠的軍事行動會議在晚上約九點不到便結束。會議主要決定人手的調配與相互支援的幾項規定。行動方案是依據入夜後前方哨兵回報的訊息所擬定的。荷蘭人目前人數在增加當中，天黑前還有不少物資自海上運抵並往彪馬社外圍搬運，阿雅萬與馬力範判斷荷蘭人最快發動攻擊的時間不會早於明天下午，所以主張依原訂計畫，明天天亮以前各個戰鬥編組，攜帶口糧到達巴拉冠集合，施行增強巫術力量的儀式，以便進入戰鬥位置。

會議一結束，少馬沒多跟其他漢子閒聊，同馬力範打過招呼之後便離開巴拉冠。月光皓白，巷弄中遠遠地還看得見幾條影子走動。今晚部落都陷入一種奇怪的忙碌之中，那種忙碌包含著打理、捆紮、送別與離情依依，不論巷弄或幾個聯外小徑，人影總是三、五成群的忽然出現，有的執火把、有的就著月光照明。除了偶而狗吠，平時教人厭煩的兒童哭鬧聲都像是移居了他處似的，整個部落亂中有序，既安靜又熱鬧，透發著詭異氣氛。

看不出少馬臉部表情有什麼特別，他半低著頭，安靜地朝著阿洛位在靠向北邊溪床南岸的家走去，腦海胡亂地浮掠這一段時間他與阿洛爲了結婚成家的忙碌與甜蜜，他笑了笑又隨即因爲想起即將投入戰鬥，憂心而無語。算一算，他是這個部落僅次於馬力範最具有戰鬥經驗的戰士，對於即將面臨的戰鬥，卻有著從未有過的厭煩與想迴避的念頭。

是因爲愛情、家庭吧！少馬心裡這麼說，但又隨即苦笑自己念頭的荒唐。馬力範常稱讚他是天生的戰士，所以幾年前南下龔嶠時，第一時間就挑選他與力達一起護衛部落女巫南下，事後也確實證明馬力範的眼光精準，少馬與力達總是分毫不差地完整執行馬力範的戰術指導。但，眼前還沒正式與敵人接頭，自己就懸念著家庭與男女情愛，少馬想一想，不禁感到羞愧。

經過一座家屋，少馬被屋子內交談聲透露出的焦慮與不安定吸引，他停了下來。一個婦女聲音顫抖地詢問，仗打起來之後，那些外人會不會殺到他們躲藏的區域？男人稍感不耐又勉強安慰的聲音，說這種事怎麼能預先知道，要那女人把小孩好好地看顧，別亂跑惹麻煩。交談中傳出一兩聲的哭號，隨即又停下來，那是一種因極度害怕壓抑而失聲哭出的聲音，高亢尖銳又刻意地壓低不想讓人知道。少馬猜想應該是他家的三個小孩吧，因爲大人帶著恐懼的交談影響下，懲不住害怕所致吧。少馬正要離開，聽見那做父親的安慰聲，似乎也帶著極力壓抑緊張恐懼的氣息。

將走過巷弄盡頭，左側一戶人家傳出陶鍋落地碎裂的聲音，接著一聲「小心啊！」的叮嚀以及一對男女的交談聲傳出。那交談聲中並沒有指責，除了憂慮陶鍋摔破割傷，還安慰著反正戰爭開打，那些外人如果進了部落，這些恐怕也保不住了，破了就破了，不要放在心上。而另外一個女人聲音，卻說著鼓舞的話，要這男人上了戰場勇猛殺敵，向部落歷史以來的英雄們看齊，讓她與家人覺得光彩。與這戶人家不同反應的，是稍微後方的一個家庭，那裡正斷斷續續傳出刻意壓低的哭泣聲，以及男人稍稍嚴厲要求停止哭泣的聲音。

畢竟，每個人的處境是不同的啊！少馬搖搖頭，又輕輕嘆了口氣，心裡嘀咕著。

正待左轉往阿洛家的小徑，一個身影忽然出現，抓握著少馬的左小臂，拉著他繼續向前。少馬一眼就認出那是阿洛，邊走邊疑惑地低頭看著阿洛。

「阿洛，怎麼啦？」

「噓！快走！」阿洛沒多語，一個勁兒地拉著少馬往前走。

少馬不清楚阿洛的意圖，但他不想多問，任憑阿洛拉著他走。難得這樣的夜裡，與和自己相約成爲夫妻的女人夜行在月光小徑上，對少馬而言，不敢說是長久以來的期望，卻也是夜宿巴拉冠時輾轉難耐的原因之一。少馬感受到阿洛掌心傳來的溫度，覺得幸福。他注意到小徑即將在一片雜樹林之後抵達磨刀區，他知道那裡有一群明天準備出門執行任務的漢子正在磨刀，怕被人撞見，少馬撇過頭想問阿洛，阿洛卻使了力拉著少馬，向左進入另一條小徑。

「阿洛！」少馬想問個清楚，因爲他注意到小徑是往阿洛家旱作田的方向去。

「噓！」阿洛頭也沒回地噓了一聲要少馬安靜。

月夜下兩人沒緩下步子，但少馬感覺阿洛呼吸變得更急促，而掌心的溫度愈來愈高，由衣領散發的少女氣息愈來愈濃，令他心神盪漾，幾乎忘了已經走到何處。直到阿洛停了下來，而他失神撞上之後才稍稍回過神。

「這不是……」少馬認出這是前些天，少馬爲了方便阿洛家人工作期間休憩爲他們搭建的草寮，草寮的狀況維持得很好，連草墊都鋪得厚厚的，可見阿洛的家人經常地使用這草寮。

「這是你搭的草寮啊！你認不出來啦？」身子背向少馬的阿洛聲音嬌柔而溫煦，因爲心跳紊亂，語調也有些不自然。

「我們……」少馬想不出來阿洛要他來這裡的意思，但又有幾分猜測，才開口又接不下話來。

「剛才，天黑以後，我去了你幾個兄姊的家裡送柴！」阿洛低聲說，氣息還有些起伏。

「啊？妳眞的去啦？」少馬語氣因爲興奮而揚起了幾個音階。

阿洛沒說什麼，忽然轉身站在少馬面前，頭半低了下來，額頭幾乎貼上少馬的胸膛。

送柴薪，是一對新人成爲夫婦，女人得爲男方做的事情。女方事前準備五、六根約成人手臂長，粗細均勻的直短棍，送至新郎已婚的每一個兄弟姊妹家。新嫁娘必須儘可能安靜地、不著痕跡地將柴送至上述家庭的門口，並在第二天清晨時擔水注滿在這幾戶親人住家院子裡，那些以大樹段鑿出的儲水槽。這意味著，從今以後將是一家人，即使男方住進了女方家庭，如果男方家庭有需要，他們願意儘可能分擔。

「天亮以前，我會把水送完！」阿洛的額頭已經貼上少馬的胸膛，語氣充滿氣聲，其中幾個字似乎在急促換氣中揚升的變虛、變媚。

少馬似乎了解阿洛的意思，卻不敢確認阿洛的眞正想法，才猶豫著要不要伸手環抱阿洛，阿洛渾身散發出的女體氣息，已經蒸薰著少馬所有的嗅覺，他開始覺得頭昏脹眼花茫，一股熱燥直往頭頂上衝，又倏地往下竄流。

「阿洛……」少馬只能喃喃喊著阿洛的名字。

少馬顫抖著，不自覺地張開了手臂環擁著阿洛，才一接觸阿洛的身體，整個人像被磁鐵吸住似的，柔屈、緊貼、纏繞、升溫，羞得阿洛不自覺抬起頭，迎上了少馬溫熱的唇，整個身體也酥麻著、癱軟著緊緊貼進少馬懷裡，雙腿像快要溶化似的直往下墜，兩人順勢倒在草寮的厚草墊上繾綣成綑。

以茅草編紮成斜頂牆面的草寮外，月亮已斜過一個肩頭，一月稍涼的晚風吹拂過幾叢茅草與灌木葉梢，沙沙聲響讓斜照進草寮的光影也跟著起舞、波動、纏綣、繚繞；草寮外，紡織娘叫好、夜鷹咕咕，連遠處流水邊一群磨刀閒扯的交談聲，也清晰可聞。既熱鬧又靦腆，嬌喘中膩雜著呼喝。

「阿洛……我……要怎麼……」厚草墊稍稍停止了吵雜。

「我……怎麼會知道！你……」那頂斜牆又繼續的鼓脹。

篩漏星光的湛黑夜空，幾道雲絮開始飄移，兩隻夜鷺硬是嘎鳴拍翅斜睨，羞得月娘扯過雲角遮了臉頰。整個旱田地也開始燥熱，而溪邊唱起了一群蛙，遠處合起了幾聲犬吠。巷弄中、小徑上，發力甚腰背上的「刀留」[1]，磕磕絆絆地四處串連通報。

「少馬……你……想一想辦法……啊……」

「我……沒做過啊，我們……一定要嗎？」

「要啊……今晚……我一定要有你的孩子！」

旱作田西側的灌木叢，不預期地啪啦啦地引起一陣騷動，幾群雀鳥飛起又稍稍偏移停歇，一隻貓頭鷹忽然高亢地咕咕叫響。不像訕笑，卻有幾分鼓勵的味道。

破曉前，早早升起的月亮，已沒入部落倚背的西邊山稜線，夜空中，晶鑽般的銀河接手月亮隱去的夜空，橫過天際，星辰愈發雜遝擁擠。在歷史的記憶中，這個部落從未像今晚這樣忙碌過，幾道漆黑山稜延伸插入平原，張臂似地擁著缺乏照明的部落地域，所有人都在爲著某些理由忙亂著、準備著什麼；所有人都知道將面臨一場硬仗要打，卻沒有人可以清楚地說明那究竟會是什麼樣的結果。那些決意在戰場與外人一決高下的戰士，那些爲了預留部落後續生存發展，而被揀選爲「非戰鬥人員」的婦幼，那些留置在部落作爲欺敵與後勤支援的老弱，無一不爲自己的任務準備著、等待著；心理上多少帶有一點點不確定、一點點恐慌，又自我振奮著。所以，即使已經過了午夜，時間又逐漸接近天明的破曉時分，巷弄中、小徑上仍不時出現一些人影走動，夾雜在幾個家屋斷斷續續的鼾聲、夢囈與四處響起的狗吠叫聲中。

一條嬌小的身影，也來來回回的在幾條巷弄安靜穿梭。星光下，彷彿還見得到自她額頭滑落的成串汗水，涔涔地流經臉頰直到下顎。她以背簍揹著裝滿水的陶鍋，安靜地、吃力地自溪邊打水然後送到幾戶人家中。

她是阿洛。上半夜與少馬分開後，只休息了一段時間，便開始送水。才送了兩戶人家，水的沉重和蹣跚顛危的步履，一步步啃蝕阿洛原本興奮的心情。星光下，看不清她的表情，連她自己也分不清臉上不停冒出的究竟是汗水或淚水，鹹漬漬地竟有些苦澀味道。

不應該是這樣的！她心裡嘆息著說。這整件事，應該是一個浪漫又無有分毫遺漏的完美結婚過程，阿洛這麼想著。她準備了幾年，這一段時間也都在她的掌握下進行著，即便少馬稍稍感到壓力，但也很難否認這份感情的確讓他安心。若不是這場仗來得莫名其妙，再過幾天，幾個姊妹淘便可以開心地幫著一起準備婚事，甚至在自己揹著水吃重地往返溪邊時，至少還可以偷偷地在旁取鬧開心。而現在，她們人呢？那個最喜歡與她磕牙、鬥嘴、爭辯的端娜又躲到哪裡去了呢？

是我算得太天真了嗎？如果我隨性些，我早就讓少馬過門了，就像慕雅與比山那樣，就算不是那麼的風光、完美，但至少我們不需要這麼倉皇狼狽啊！阿洛沒來由的起了這個念頭，心頭一陣酸，又流下一串淚水。茫茫的視線中，她遠遠望著巷弄裡的一戶人家，想起少馬這時應該已經在巴拉冠，心裡又浮起滿滿的幸福感覺。

「少馬一定也覺得開心吧？」阿洛喃喃地說。

1 勞役級的青少年通報訊息的工具，由兩個竹筒串掛而成，撞擊出聲。

第14章 開戰前夕

只見開始有人從帳篷內鑽進鑽出地活動、整理，有人洗漱、修剪毛髮，有人整衣、著裝、套鞋，有人擺腰扭臂踢腿活動。少馬與其他夥伴，無法理解這些荷蘭士兵一大早起床所做的動作與一天的工作，或者與戰鬥有何關連。

一六四二年一月二十三日清晨。

遠處東方的海面上晦暗的空域，出現了一點灰白裂痕，撕開雲層似地左右伸展。而部落外圍的刺竹林與灌木雜樹林正竄出三個火把的光亮，依序進入鹿群出沒的莽草荒埔中，沿著部落向東的一條小徑安靜快速地移動。沒多久，涉過一條由甘達達斯溪分流向南的小溪溝，進入雜樹林與零星錯落竹叢的一小塊區域，三個火把忽然很有默契地朝地上杵了杵，熄滅了火光。天色又更亮了，東面海上已經白華了一整片，幾片雲絮邊緣，出現了靛青色；映照而來的光影，自枝葉間篩漏而下，朦朧中還能清楚地辨識出持火把的隊伍竟然是由五個攜帶弓箭、腰配長刀、頭髮緊箍、腰間束腹的漢子所組成。為首者高大壯碩，正頂著碎裂的光影專注疾行，面頰上還微弱地折映著東方遠處的光影。

一個轉彎，小徑右側忽然響起一聲叫喊：「少馬！」

五個人本能地急閃進小徑左側幾棵樹幹後抽刀、拉弓，因為顧及部落禁忌，沒人敢立即接話應答，等著對方第二次出聲[1]。

「別射箭，我是杜來！」

「呸！躲著嚇人啊，你給我出來！」

「看到火光接近，怕洩漏行蹤，所以我先躲起來，沒想到是你們，這個時候不叫住你，我們可要交錯而過了！」

杜來是昨夜起就擔任前哨警戒的三名快腿之一，依通報時間的規定，在天亮前回部落報告前方狀況，並聽取最新的任務調度。少馬收起刀，簡單地問完眼前的狀況後，告訴他馬力範可能的位置，一行五人便出發離去。

昨夜的軍事會議，馬力範與長老們估計，在荷蘭二百多人槍枝與兵力的絕對優勢下，部落不可能採取面對面的方式打一場硬仗，所以決定以彪馬社到大巴六九部落之間廣大的區域，作為戰場，將部落兵力分成三層部署。第一層由少馬挑選部落腳程快、反應靈敏的漢子攜帶乾糧飲水編組，以弓箭為主要武器，擔任前方警戒組，於今天清晨完成部署，除了跟隨少馬的五員，另包括前方留置的兩名人員共七人，負責全程監視、通報荷蘭人的行動，儘量避免與敵人戰鬥，當荷蘭人開始移動之後，逐步撤退至第二線，歸馬力範統一調度參與戰鬥。第二層是主要伏擊區域，也是整個戰鬥最主要的階段，由馬力範指揮調度。馬力範的構想是藉草原地形與五節芒、雜樹林、刺竹林等植物的錯落生長，以多批人員分別攻擊，誘導敵人還擊追逐而分割隊形，削弱敵人戰力後分別殲滅，若敵人進入第三層區域，則配合預備的兵力，傾部落全力決戰。第三層屬於預備隊，由西卡兒指揮、掌握多數的兵力，以長矛爲主要武器，在整個第二線西側進入部落範圍的草原荒埔部署；視馬力範主力伏擊位置的移動而轉移作爲補強，並依戰況投入決戰。

對於這個作戰構想，部落領導群認爲是有機會痛擊荷蘭人的。見過荷蘭人使用槍枝情形的幾個漢子，也認爲那些槍枝在射擊與再裝塡第二發的間隔時間，足夠讓部落漢子發動突襲。所以多數人除了維持高度戰備態度，並不認爲這是一場彼此實力有多大差異的戰爭。所以，清晨除了少馬的警戒組直接深入到彪馬社外的荷蘭人營地外圍埋伏監視，以及馬力範與西卡兒各自帶著幾名人手在各自的責任區域偵查與協調分配之外，多數人都留在部落，長老群則聚集在巴拉冠研商與休息。

部落女巫們，昨夜在幾個部落入口設置了巫術閘口，期盼荷蘭兵士經過時產生巫術效用，腐蝕他們的作戰意志，或者讓他們產生錯誤判斷，增加己方襲擊成功的機會；今晨還在少馬等人出

1 一般而言，部落人在荒野聽到有人叫喚名字是不應答的，怕是陰間事物的捉弄。

發前先做了「增強力量」的巫術，讓出發的人都感到安心。另外，依據女巫絲布伊的構想，希望所有的女巫在部落西面的坡地，設置一種可以支援其他地區巫術設置力量的巫法，迫使敵人進犯時，在部落外圍就放棄戰鬥意念折返，對於戰鬥意志甚堅的敵人，接近部落入口時，再藉由個別「巫術閘口」的設置發揮力量阻擋敵軍。

少馬等人抵達彪馬社外圍荷蘭人營地時，旭日已破海而出，與先前埋伏的兩個人碰過面之後，一群人便兩個人一組在荷蘭人營地外圍、雜樹林與茅草叢之間，共設置三個監視點，三個哨相互以目視手勢聯絡，少馬自己則待在最近的監視哨，並維持動態的巡弋，以方便監視荷蘭人營地。

東面的視界已經明亮，可以清楚觀察到荷蘭人的營地，是設立在彪馬社南面一塊灌木雜樹林以東約兩百步外，有幾棵闊葉喬木的短草區，外圍以兩手掌合圍粗的刺竹段圍成一個成人高度的竹砦，形成一個宿營區。營區除了東面較低的一段區域沒有設置竹砦及壕溝外，其餘區域都挖了壕溝，以增加竹砦的高度與排水性。營地內，以中央的大帳篷、副帳以及六個遮蓋著布棚的架子為中心，整齊地設立了約三十幾個營帳，每個營帳之間留有約兩大步的間隔。營地中央豎起了紅白藍為底色，中間寫著V．O．C符號的旗幟，北面是一大片空地，空地明顯出現踩踏過的痕跡。監視的部落漢子說，那是昨天荷蘭人操練士兵的地方。空地北邊不到一百步，彪馬社外圍的刺竹叢高高地聳立，幾個居民正走出向東南面的旱田活動。營地的南方約一百步，是大巴六九溪與甘達達斯溪合流以後的下游段。沒有設置竹砦的區域往東面與東北面的方向，草叢與低矮灌木被開出了一條大路，遠遠望去，像是被重物碾壓過似的既平整又凌亂，形成營區對外重要補給物品進出的方向。

少馬並不清楚荷蘭人設置的營區有何意義，但仍然仔細地打量，密切注意人員的動向，發覺荷蘭人營地內除了哨兵仍在崗位，一組似乎是擔任巡察的巡邏組，也剛好回來，而靠向東面的位置，一直有炊煙升起。

那是準備早餐吧！少馬心裡說，人卻不自覺地回過頭望向西邊部落的方向。

破海而出的晨曦，在海面雲層的不規則切割下，幾道光芒直射向大巴六九溪上游籠罩在雲霧裡的山頭，山腰零星的幾帶山嵐，出奇的安靜白皚，而山腳下的部落，仍在平原遮蔭線下。

「他們應該也吃過飯，開始幹活了吧！」少馬喃喃地說。

「你說什麼呀，少馬？」一個漢子好奇少馬的嘀咕。

「我是說，部落的人應該幹活了！」

「呵……都什麼時候了，早都吃完飯了吧！」

兩人低聲的交談，被荷蘭人營區開始出現的聲響中斷。不約而同地把視線投向營地，只見開始有人從帳篷內鑽進鑽出地活動、整理，有人洗漱、修剪毛髮，有人整衣、著裝、套鞋，有人擺腰扭臂踢腿活動。少馬與其他夥伴，無法理解這些荷蘭士兵一大早起床所做的動作與一天的工作，或者與戰鬥有何關連。除了先前已經進駐的哨兵，包含少馬和其他人，都好奇而專注地注視著營地內的活動。營地內多半是高大白皙的白種人，就像在部落外所見到的那些荷蘭人，即使長年日曬，也還能清楚看見那些人與部落族人極其不同的膚白；但另外一批在營地東面活動，準備餐具、食物的黑色人種，明顯的矮短，且皮膚黝黑，即使衣物遮蔽處，一抬臂露出的部份還是黑的像炭團，更讓部落幾個人驚訝不已，那是另一個他們從未見過的人種，陌生卻又親切。另外，還有一批最早起來工作的人種中等身材，單眼皮，盤著長髮，穿著長褲，裹著衣服，黃蠟蠟地看起來沒什麼精神，卻是這營地內最早起來洗刷、整理糞坑、挑水的勞動者。

少馬等人覺得有趣，一邊監視又忍不住交換意見，他們根本不清楚眼前這批人之中包括了荷蘭兵二百二十五人，中國移民一百一十人，爪哇與廣南人十八人。直至看到了那些黑色皮膚的勞動者，將一小部分餐食擺上矮桌，其他兩百多名荷蘭人，各自取了食物準備用餐，而黑色皮膚與黃色皮膚的勞動者退到東北面竹砦以外準備進食的畫面時，少馬才眞正感覺到一股莫名的壓力與一股爭雄之心。

少馬算一算眼前的荷蘭人有兩百多人可投入戰鬥，而部落這邊有一百多人可以上場拚殺。按照部落人對整個區域的熟悉程度，的確如長老們所說的，不是沒有機會，而是很有可能可以將荷蘭人全部殲滅在部落前方的莽草區，就像圍獵那些鹿一樣。想了想，少馬心情壓力頓時少了許多。但少馬的好心情並沒有維持太久，約用過餐半個多小時後，荷蘭人掀開營地內遮蓋著布棚的架子，六個架子整齊地架著兩百多枝火繩槍，那整齊槍口連成的虛線，像是憑空架起了一個遊戲空間，任陽光隨意遊走，於是那沉沉的金屬色澤，便忽然有了生命而顯得靈動。少馬呆住了，肺部忘了縮張呼吸，心臟忘了跳動擠壓，槍聲雷響後，遠遠的一頭鹿應聲倒下的威力他見識過，眼前兩百多枝的火繩槍枝眞要同時擊發，那聲響，那威力有多大？少馬不敢想，腦海卻聯想到一整排灌木齊腰削倒的畫面，因而呼吸忽然急促，腳底微微發麻。直到所有荷蘭人都取了槍到營地北面的空地，排練隊形時，少馬才稍稍回魂，輕輕地「呸」了一聲，咒罵著自己怎麼突然有這種奇怪念頭。他輕躡躡地離開位置向稍後方移動想解手，一抬頭望見部落的方向，山頭的雲霧已騰升，山腳已經是陽光普照。

約十點多，部落已經形成幾個集團分別聚集，一是部落女巫聚集在部落西側斜坡上，由絲布伊主導設置一個類似部落縮小版的模型，預備作爲戰爭開始時補強巫術力量的施法道具；一是以阿雅萬爲首的部落漢子聚集在巴拉冠，整理弓箭、刀、矛等武器，相互督促勉勵鼓舞，並等待部落女巫在中午太陽爬到頭頂以前，前來做集體的增強力量巫術。其餘的仍然留在家裡，有些人還多清了些糧食、器具，送到預定的儲糧區。

部落領導群，以阿雅萬與部落祭司爲首的長老群在巴拉冠內部的火塘邊議事，語氣聽起來是愉快的，部分長老還提到，這個事件結束後，應該好好的來辦個宴席什麼的，有人提到少馬與阿洛的婚宴要擴大辦理，有人提到乾脆要適婚年齡的青年們一起擴大辦理，一方面是祝賀，一方面慶功。這些議論，引起不少的笑聲迴響，減輕了不少巴拉冠廣場上的漢子一些情緒的緊繃！但阿雅萬基於身分，戰爭前夕還是得緊縮著眉頭表示愼重；部落祭司也一樣憂愁萬一人員傷亡，或者祖靈屋被戰火波及到時，將怎樣的收拾。儘管部落這一方面覺得應付這一場仗並不難，但是仗打在自家門口，誰贏誰輸難保不會造成自己家園的傷損，特別是，對方是一群他們從未見過的，也不清楚他們是怎麼打仗的人種。

部落人陸陸續續的來到巴拉冠，等著觀禮巫師群的增強巫術儀式，女巫們包含著路格露二十名，也在稍後一起抵達了巴拉冠廣場。

部落女巫領頭做了敬告祝禱後，交由娥黛、伊端兩人進行接下來的迎靈請靈的祝禱儀式，絲布伊則領著其他女巫，將事前準備的以苧麻細繩串兩顆陶珠的繩帶，鋪展在幾張小姑婆芋葉上，數量剛好足夠每一個參戰男人環戴一條在手腕上。

這些漢子在馬力範的招呼下已經分成了幾列，挺著背脊直立，執弓箭的在前，執長矛的在後，向東邊站立，每一列又留出足夠兩名女巫走動的距離。分列完畢，絲布伊不等娥黛迎靈程序結束，取了顆陶珠，祭起了咒語之後拋向姑婆芋葉上，隨後又取了一顆陶珠，再唸起一段祝禱詞，往戰士行列拋了去。隨後女巫們依照資歷深淺分成幾組，各取了一盤陶珠串，進入戰士行列，協助把盛著的苧麻細繩陶珠串，一個個繫在這些男人的右手腕上。

路格露取了一盤姑婆芋葉的陶珠串，隨著一名資深女巫，站在馬力範所在的第一行列前。

「路格露啊！我眼花手拙的，我看這個就由妳來幫忙把這些繫在他們手腕上！」資深女巫體貼地說。

「我……」路格露忽然耳根子熱了起來，從剛剛進到巴拉冠廣場，她已經偷偷地看了馬力範好幾眼，心想著一定要親手為他繫上這個陶珠串，沒想到這資深女巫讀出了她的心意，讓她是既高興又羞澀。

路格露浮腫著昨夜放肆哭過的眼睛抬頭望了一眼馬力範，心裡叮咚地亂響又不自主地揚起了嘴角。沒等馬力範收回目光，她又害羞地半低著頭看著馬力範的右腕，然後取過一條陶珠串，細心地、溫婉地繫上，又不自覺地輕輕撫了撫馬力範粗壯的手腕。她想起，就是這個強有力的手臂，從水中抱起了她的身體，也從此抱起了自己的一顆心；是這個手腕為她獵得了一頭白鹿，讓自己暗許從昨夜而後，將永遠屬於這個男人。

你要好好保重啊！奮力殺敵啊！親愛的！路格露忍不住激動，心裡幾乎是吶喊著說。

路格露眼淚忽然湧上了眼眶，因而感到眼睛酸澀，她眨了眨眼，發覺第二列的姊妹已經進行到第四個人了，她眼神慌亂地投向身旁的資深女巫，只見那女巫溫柔地看著她。覺得害羞，路格露只淡淡的扮個鬼臉，趕忙為下一位繫上陶珠串。

女巫們陸續退出戰士們的行列，路格露往行伍望去，忽然感覺馬力範後方投來一對目光，她發覺是西卡兒凝望著她，路格露一下子不知如何，楞了一下，隨即回以微笑，而這時絲布伊已經「茲……」的一聲，接著在娥黛迎靈請靈祝禱後，準備進行增強力量巫術的主要儀式。

絲布伊在其他女巫為出征戰士繫陶珠串時，以完整檳榔切開後夾上五顆陶珠的檳榔，二十顆排緊密的南北方向列成一列，待眾女巫歸位後，自己站到檳榔排列後方，眾漢子之前。

第一段祭詞召喚進入戰士手中陶珠串的，是出征戰士列祖列宗最初的開基祖靈。當絲布伊祝禱完，拋出陶珠時，近中午的日頭忽然變冷，部落各家的犬隻接連著低鳴嗥叫，在場觀禮的親人不少人感應到一些特別的接觸，因而深層的寒顫打身體深處竄起，遊走四肢百骸，渾身起雞皮疙瘩，有人忍不住，開始輕輕地哭泣。

第二段祭詞，召喚台東平原以及專司大巴六九部落地界的土地神靈。絲布伊長長的祭詞期間，似乎凝結了整個空間的流動，飛鳥都靜止了活動，連平時最常盤據巴拉冠幾棵苦苓的五色鳥，也都噤了聲。絲布伊又「茲」的一聲拋去陶珠時，戰士們都莫名地打顫，一股冷流進入身體又快速消失，而部落幾個資深女巫都見到了一股透明如水液的形影，進入戰士行列，又立刻退回，向東撲洩而去。

第三段祭詞，絲布伊轉過身子面向戰士們唸禱，藉著咒語，直接喚起戰士們本身的元神振奮而起，面臨接戰時，能併同前面兩類的神靈，使戰士生理、心理都達到一個顛峰狀態，奮力殺敵。絲布伊的祝禱並不長，但當後半段轉成咒語時，所有戰士都不自覺都怒瞠著眼，開始低鳴，一種「嗯嗚」的低鳴聲不停的連結、擴散。持弓的戰士不由自主地舉起右臂，使長弓弦朝天；持矛的戰士都挺舉矛尖朝向天際，長約三公尺的長矛形成戰士頭頂上的遮蔽。絲布伊又轉過身子面朝東，咒語結束時，手掌緩慢地攤開，一顆陶珠卻像被吹拂的輕羽毛，緩緩向前拋出落地，一股力量如戰士的低鳴，瞬間向東邊撲展而去，穿越過部落圍籬、掃過東邊的荒原草埔向東而去。

近中午的時間，天空有些雲層遮蔭，一月下旬近中午的雜樹林裡卻絲毫沒有涼意。少馬忽然打了個冷顫，感覺一股自部落方向突如其來的寒意襲上背脊，令他直想打噴嚏。他看了看夥伴，又望向東面空地的荷蘭人正集合收隊，忽然注意到，遠處，從彪馬社的出入口，陸續走來了一些人，那些人個個精壯結實，總數約在三十多人，全都配著刀，由一個荷蘭人陪著，直接走到了荷蘭人的隊伍前。

少馬與荷蘭人的距離相距兩百步，他無法聽見談話的內容，但從荷蘭人與彪馬社的交談狀況來看，少馬認為那是雙方的領導人，正透過一個荷蘭人以及一個彪馬社人協助翻譯溝通。兩個人交談一會兒後，彪馬人全都移到荷蘭人後面，荷蘭兵士則沿著營地西面的竹砦，排列成三列，同時由東面擔任差勤的黃種人擔了幾個箱子來。

但接下來荷蘭營地的舉動，少馬與其他的監視哨完全無法理解。

原來，剛剛交談的是率大軍親征的荷蘭在台第六任長官托拉列紐斯（Paulus Traudenius），以及彪馬社第八代領導人阿普魯岸。托拉列紐斯在第一天調查衛瑟林被殺的原因時，就指示調查人傳口信，希望彪馬社能隨隊征伐大巴六九社。勸說了一天，彪馬社仍有疑慮，雖說過去兩年，彪馬社人曾幾次派數量龐大的部落戰士跟隨荷蘭人向北征伐，兩者合作並不陌生，但這一回，對象是大巴六九人，彪馬社內部出現相當強烈的反對意見。箇中的原因，彪馬社並未向荷蘭人說分明，但根據荷蘭人的觀察，彪馬社瀰漫著疑慮與畏懼的言語。這種畏懼令荷蘭人感到不解，彪馬社可立即調用參戰的戰士應有一千多人，而大巴六九部落僅僅是三十幾戶的小聚落，就算大巴六九戰士個個神勇無比，以一當十，也不可能有能力抵擋荷蘭人的現代兵器與彪馬社的千人大軍。荷蘭長官感到好奇但也跟著謹慎起來了，所以特意安排了今天上午的操兵，並在收兵以前邀約彪馬社所有巴拉冠會所的各級領導人，在總頭目阿普魯岸的帶領下一起參觀火力示範。那些在少馬眼裡的黃種人（漢人），挑來的便是火藥、鐵珠、火繩等等槍枝射擊所需要的器材。

接下來，荷蘭士兵排列成三排的橫隊交戰隊形，各自取了些器材、火藥裝填完畢以後，都直挺挺面對西邊少馬所藏伏的雜樹林等待射擊命令。

少馬猜不透荷蘭人的舉動，但直覺一股不祥氣氛籠罩著，他小心翼翼地打了手勢要其他人趴伏隱蔽。但荷蘭人的營地忽然傳來一聲喝斥，少馬抬頭一看，第一排約七、八十名荷蘭兵正舉著槍向他們所隱藏的雜樹林瞄準。本能地，少馬等人趕緊低頭貼地趴伏，又一聲喝斥聲後，由七、八十支槍枝同時射擊的火藥爆炸聲，瞬間轟晃的整個雜樹林，響起金屬擊中樹木的喀喀聲，和枝葉掉落的碰撞聲。少馬等人才剛感覺到斷落的枝葉砸到身上，同樣爆烈的聲響再次炸開，又是樹幹碎裂磕絆、枝葉斷落沙沙，少馬等人耳膜幾乎被震破了，所有人嚇得只能緊貼地面，一動也不敢動。透過枝葉縫隙向前望去，少馬發覺一列士兵在後方清理槍枝，第三列荷蘭兵正與向後退的第二列交換位置，舉槍。

糟糕！少馬心裡才這麼說，又一陣巨大的槍聲響起。少馬感覺到這一次除了樹幹碎片與枝葉，身上還散布著濺起的細小石塊與塵土，雜樹林一掃先前的遮蔭，整個明亮起來了。安靜了好一會，前方約五十步的位置傳來彪馬人「喔！」的驚嘆聲，而荷蘭人營地接著傳來一陣陣的笑聲。

又一陣子時間過去，少馬機警地抬頭望去，只見荷蘭人都回到竹砦內，一群一群地圍坐著拆解槍枝作保養，而彪馬人早已不知去向。少馬略略移動一下身子，環視一下周遭環境，發覺雜樹林已經被削成約成人一個半的高度，他受到了相當的震撼，找到了其他哨兵，發現除了一人因爲位置條件不好，被擊中右肩，整個上手臂碎爛不堪，其他人都還好，不過也都受到了相當的震撼，個個面露驚恐之色。少馬指派杜來及另外一人送回傷患並當面報告情況，另外特別叮嚀要回報彪馬社可能加入戰鬥的訊息。

「什麼？」巴拉冠內議事的火塘旁，傳出阿雅萬幾近咆哮的問話。

「阿瑪[2]，您息怒啊！他也是好意來通報訊息的！」馬力範打圓場，站在一旁的彪馬人表情尷尬，不發一語。

那彪馬人是在觀賞完荷蘭人的火力示範以後，輕裝前來通報，其動機令部落人起疑，但基於訊息可貴，眾人也不便明顯地擺出懷疑的態度，阿雅萬適時的大吼，多少也有為眾人在第一時間發洩的意思。

「喔！年輕人啊！我不是針對你，接受我的致意吧！也謝謝你大老遠告訴我們這些！」經馬力範提醒，阿雅萬也覺得過意不去，改變了語氣。

「彪馬社居然會答應這樣的邀約。」部落祭司說。

「這也沒什麼好奇怪的，彪馬社一直想取代卡日卡蘭的盟主地位，會跟著荷蘭人四處走，自有他們的算計。你們忘了幾年前他們一直邀約我們向南征伐，而我們拒絕的事？」

「你是說，這一回他們是想藉這個機會算前帳？」一個長老問。

2 對父執輩的敬稱。

「這之間有無連結，我不知道！先不說這個，這位彪馬來的家人大老遠地來，我們還沒好好的招待呢！」阿雅萬礙於彪馬人在場，不好多說什麼。

「不用了！這個時期大家都忙，也不必在意這些客套了，我看我先告辭了，希望大家都能平安。對了，依我看來，那些外人應該會在明天天亮以後展開行動，他們的『光』太可怕了，你們要多注意一點啊！我走了，也許明天我們會見面！」彪馬人說，態度有幾分瀟灑。

「你們誰幫我送一送吧！」

「不用送了！」

彪馬人由一個漢子陪著走出巴拉冠建築，穿過廣場，走出入口。在這短暫的時間裡，眾人都沒多說話。

「馬力範，你怎麼看這一件事？」阿雅萬問。

「絲布伊伊娜應該有辦法的！」馬力範猶豫了一下，回答說。

馬力範的回話聽似無心，但也有幾分無奈語氣。馬力範戰鬥經驗豐富，在生死邊緣踝蹉了幾回，他不是不清楚目前處境的凶險，光是荷蘭人在人數上的絕對優勢，加上槍枝威力的難以理解，勝負之間變得不可預測；若再加上彪馬社千人大軍，列陣在草原區，大巴六九部落根本沒有機會。若要出現什麼奇蹟，除非絲布伊再展現驚人的巫術力量，來扭轉情勢，就像當年在乎刺林那樣，劈開海水、召喚風雨。

不容馬力範多想，巴拉冠入口慌張地來了一個人，說部落入口有人受重傷，請求協助。幾個漢子，不待命令，立即衝了出去。來人原來是少馬遣送傷患的警戒組成員杜來，礙於受傷人員不得直接進入部落的禁忌，他留下另一個人照顧傷患，自己先進部落通報。

議事火塘邊的長老們都向外張望，看著杜來渾身汗濕與灰塵進到火塘邊。

「怎麼回事？」阿雅萬問。

「是這樣的……」杜來回報了當時的狀況、人員受傷的處理情形，以及少馬對於荷蘭人行動的研判，而他的話接連引起眾人的驚呼。

「少馬沒有提起彪馬社的反應？」馬力範問。

「沒特別交代，當時我們都不敢抬起頭，那些外人使用『光』朝著我們的方向打，整個樹林像被掃過一樣，上頭全削掉了一半，光是砸下來的枝幹，就讓我們吃盡苦頭，彪馬人怎麼反應，我們根本無法得知。不過在那之前，那些外人跟彪馬社的領導人，應該是阿雅萬吧，談了很久。」

眾人無語，巴拉冠陷入奇異的安靜狀態，不是恐懼、憂慮，也不是沒聽懂說話的內容，就只是好奇，或者是還沒弄懂杜來說的事。

「好吧！西卡兒你調幾個人，在部落外築個草寮安置傷患！」阿雅萬與幾個長老交換了一下眼神後，交代一直站在他後頭的西卡兒說。

「還有，找個人去請部落女巫來幫忙，順便經過我家，幫我拿些草藥什麼的吧！」部落祭司也交代著。

看來是眞的！馬力範心裡說。荷蘭人與彪馬社確定要聯手，那個彪馬人的通報不假。可是，爲什麼來通報？是想削弱大巴六九的戰鬥意志？還是想激勵，讓大巴六九人心存感激，戰鬥時只針對荷蘭人攻擊？

馬力範胡思亂想，想起荷蘭人兩百多個帶槍的兵士，想起彪馬社的長矛跟竹林一樣矗立參天的狀況，右手指不自覺輕微地顫抖，他不是害怕，而是他準備投入戰鬥連番拉弓的自然反應。馬力範決定前往少馬處，交代必須注意的戰鬥協調事項，他望了望廣場外的近百名戰士，也看不出任何懼色，他滿意地點點頭。

沒來由的，他想起了路格露，想起路格露美麗卻焦慮的神情，心裡湧起一絲絲甜美與一點點思念。

傍晚用過晚餐後，所有被編入非戰鬥名單的人員，依照阿雅萬的命令全部進駐儲糧區，好讓戰鬥人員專心準備打仗。

「路格露，妳也要到這裡啊？」

「是啊！按照規定，我當然要住進來！」

「可是妳是女巫，妳該參加他們，一起戰鬥的！」

「我也想啊！能跟著女巫伊娜們一起戰鬥，求都求不得，我怎麼會錯過啊？可是伊娜們也不同意我留下來，說我是新手幫不上忙，萬一部落男人守不下來，說不定我要落入敵人手裡，那可就糟啦！」

「是啊！我要是敵人，看到妳在那裡，我也要拚死把妳搶過來，誰要妳長得那麼美麗，哪個男人見了妳不流口水啊？那些高鼻子、紅頭髮的外人還不是因爲這樣被殺，才來跟我們打仗的！」

「哎呀！端娜，妳說什麼啊！打仗的事誰拿得準啊？萬一都怎麼了，總要留一個巫師在啊！雖然我根本也還不怎麼懂這些儀式！」

「好啦！逗妳的！妳沒留在那裡，最好，我們姊妹藉這個機會好好聚聚。」

「聚聚？」一個聲音忽然從兩人背後傳來。

「是妳啊？阿洛！」端娜回頭一看是阿洛，語調都揚起來了。

「是啊！心都急死了，看妳還有心情想聚聚的事？」

「心急也沒用啊！家人打仗我們都幫不上什麼忙，躲在這裡只擔心受怕的。不想辦法放輕鬆，怎麼成啊？」端娜忙著解釋，表情有被冤枉的感覺，瞪著眼輕皺著眉。

「先別想輕鬆的事，大家分頭先去忙一些事吧！」一個聲音又從三人背後一處小徑傳了過來，人影也跟著出來了。

「耶？伊娟妳來啦！咦？比山、慕雅你們也來啦！」路格露發現伊娟等人出現，驚訝地說。

「是啊！路上遇見了，便一道走了過來，沒想到遇見你們在這裡閒聊。」伊娟說。

「什麼閒聊，我們也想討論看看該幹什麼啊？」端娜辯解著。

「呵……別急，不是責備妳，看妳急的！」伊娟笑著說，又說：「我們得把人都先集合起來，分配些工作，休息位置也要做個調配。有別的事，我們再私底下好好聊一聊。」

這個區域，是涉過甘達達斯溪，再走上約半個小時的路，進入原始林與山坡旱地間雜的區域，那裡有不少工寮、獵寮可屯放食物器皿，因爲多屬各家的工作田，所以一般外人也不太容易進入那個區域。依照名單的分配，這一回能來的已婚未生育的夫妻只有三對，加上不具戰鬥力的勞役級發力甚十餘名，再加上未婚的女性，算一算可以擔任勤務的便有二十幾個人。其餘都是孩童以及孩童的母親，全部算起來，只有五十幾個未來還具有復育能力的人。不到天黑的時間，所以該來的都來了，按照年齡輩份，大家一致推比山爲頭頭，統一調度所有的事務。

天黑不久，大夥大致都安定了位置，幾個姊妹淘支開比山就聚集在一塊。

「阿洛！妳說點什麼吧！看妳一直都不說話的，妳又不是慕雅！」端娜說。

「要說什麼，心裡煩都煩死了！還有什麼可說的。又不是妳，心裡頭可以隨時換人。」

「咦？妳說什麼啊？要妳早一點把少馬討過門，妳顧忌這個，考慮那個，都拖到現在了，心急有什麼用？我就說嘛！感情這種事，對了胃口就趕快動作，又不是打仗，還要計畫、準備，妳把氣出到我頭上，我還要笑妳活該呢！」端娜聲音並沒有拉高，但語氣嗆得讓其他姊妹淘嚇了一跳，都停止了交談看著這兩人。

阿洛忽然哭了！

「別這樣啦！阿洛，我沒別的意思，逗妳的！」沒見過阿洛哭過，讓端娜也慌了。

「是啊！阿洛，妳又不是不知道端娜那張嘴，吐不出好話的！別計較啦！」伊媚想打圓場。

「喂……」端娜想抗議，但看到阿洛哭得更大聲，倏地又收了口。

「我也只是想把事情辦得圓滿啊……嗚……妳們又不是不知道我的個性。」阿洛啜泣，擦了眼淚繼續說：「打仗這種事，說來就來，哪裡是我算計得到的事啊！我承認我這種凡事算計的個性不好，但我也沒惡意啊！遇上了今天的事，我一肚子委屈也不敢跟少馬多說什麼，我也只能說給妳們聽啊！」

「好！阿洛妳就多說些吧！當姊妹的，感情的事幫不上什麼忙，也只能這樣聽聽妳的心底話，不過別哭了，打仗前，這多少是不吉利的，讓別人聽了都不安。」伊媚說，而附近已經數度有人探過頭來，看看發生什麼事。

「妳放心，少馬挺機伶的，一定會平安的回到妳身邊！更何況有絲布伊伊娜的巫術，他們都會平安地度過的！」

這幾個姊妹淘並不清楚白天少馬等人發生的事，伊媚的安慰，總算起了點作用，阿洛停止了哭泣，看著端娜說：

「這種事，妳不會懂得！」

「什麼呀！我不懂，伊媚也不懂啊，路格露也不懂啊！全部落就只有妳這個多情的阿洛懂得。我幹嘛要懂呢？我愛，我就開口，我要誰過門我就明說，我哪有那個閒功夫，放著等啊等的，把自己搞到這個也不是，那個也不是，這有什麼好得意的？」端娜看阿洛回復了情緒，嘴巴忽然磨刀似地變利。

「哎呀！妳就是不懂啊！」

「妳眞的懂這些？懂這些有什麼好處？別人都出門打仗了，妳再來挑水送柴，妳再來投懷送抱？妳眞要懂，會把自己搞得這麼狼狽？」端娜一雙眼直率地盯著阿洛說。

「妳……」阿洛忽然瞪著端娜，暗夜中羞紅又燥熱了臉頰。端娜怎麼會知道這些事？阿洛心裡嘀咕著。

端娜的話也同樣令其他姊妹驚訝，都同時望著她。

想起前一夜，自己幾乎是期待著馬力範施捨一些溫情，路格露頓時也紅著臉，安靜地不發一語。

「好了！端娜，別這樣洩了姊妹的底，好歹留點顏面嘛！」伊媚想緩和大家情緒。

「我哪裡是要洩漏姊妹的心底事啊！哪個人心裡沒有一兩件事的？大家姊妹一場的，本來就該相互的分擔一些。特別是感情這種私密事，不跟自己姊妹講，妳找誰說去？不說，憋在心裡，妳難過，旁人看了也難過的。我不過是要刺激阿洛說說話！看她爲少馬擔心的唷，再怎麼癡情的藤蔓也沒她思念得緊啊！」

「唉！我知道妳的好意啊！可是……我就是放心不下嘛！」阿洛難過得又要哭了。

「別說了，妳說凡事算計好了可以少心煩，但我告訴妳，愛情這種事，不是這樣。妳現在吃了苦頭體會得到了吧？」端娜說。

「可是……」阿洛仍想爭辯著。

姊妹淘們嘰嘰咕咕說著心事，談起夢想。永遠當聽眾的慕雅沒多說話，受到端娜、阿洛談話影響的路格露也少語，陷在一連串的思緒中，偶而憂心偶而甜蜜，有份期待也多了份不確定；她想起自己先前的怪夢，那個與男子坐在石頭上談心，而東邊忽然大火四起紅了半邊天的夢，心想也許是眼前這個仗吧！路格露隱約有股不祥感覺，還有一股酸酸楚楚的細微情愫，想起那個毅然回頭出門的馬力範，感覺鼻頭一陣酸。

「我們都說了這麼多，其實，我還真希望這場仗結束之後，我們可以好好的各自組個家庭，一起生孩子，看著他們長大。有那麼一天，我們都夠老了，談起今天我們是如何躲在這裡，談自己的愛情、作作婚姻的大夢，再來好好窩囊那些男人！」阿洛說，心情似乎回復了平靜，語氣有那麼點感慨。

「那也得要伊媚找到人啊！」端娜應和著說。

「我？妳說我？妳呢？不要西卡兒了，找到新的對象啦？」

「我？」

「是啊！妳把話題圈繞在我們頭上，妳的西卡兒卻藏到地底去，這怎麼成啊！說，妳跟西卡兒怎樣了，你們不是很恩愛的嗎？」阿洛一副終於逮到機會的樣子，插了話聲援伊媚。

阿洛無心的追問，讓幾個姊妹淘都豎起了耳朵，特別是伊媚。他無意間撞見過端娜與西卡兒相好，也知道一直以來端娜是非西卡兒不要的，雖然最近端娜明確表示不要西卡兒了，但剛剛自己無意提起西卡兒，還是讓她自覺不好意思。這一下，阿洛卻趁勢提起，雖說無心但也令伊媚興起了想要弄清楚的念頭。

「我不要他了！」端娜語氣平和的說。

「妳不要他了？什麼呀，端娜，這幾年妳開口西卡兒閉口西卡兒的，怎麼現在好像說的是隔壁的小狗，妳根本沒跟他交往過似的？妳幾個月沒跟著月亮來[3]啦？」

「呸呸呸，妳說什麼呀，連那個也牽扯進來了。妳聽好，我不要他了！我厭倦了！」

端娜的話顯然讓姊妹淘吃驚了，眾人都安靜了一會兒。

「端娜啊！」伊娟試著想找話題打破沉默。

「唉唷，瞧你們唷，我說的話很難懂嗎？我說過，我要誰愛誰我就找來身邊，不愛了的，也別想賴在我腳邊礙眼，這簡單不過了，不是嗎？」

「不過……」阿洛這回稍稍收斂。

「想知道原因是吧？妳們喔，想知道就說嘛，幹嘛吞吞吐吐的。」

暗夜中看不清楚端娜的表情，但姊妹淘卻有被說中心事的一點心虛。

「西卡兒眼裡根本沒有我！」端娜語氣直轉而下。「他跟我在一起，想的卻是路格露。」

「這……」路格露覺得尷尬脫口發聲。

「這不是妳的錯，也不干妳的事。」端娜撇過頭說。

「唉唷，我說端娜啊！西卡兒喜歡路格露的事，是全部落都知道的事，我也老早就告訴過妳了，妳又不是不知道。這兩年妳嘴裡心裡唸著西卡兒不放，這個時候才說不要他，會不會太奇怪啊！妳們又不是沒嗯啊哦……的。」

「什麼嗯啊哦……的。妳又怎麼知道？」

「我怎麼知道？我們大家都知道吧！」

阿洛的語調又稍稍揚起來，令其他姊妹不自覺地隔著黑暗相互瞻望。伊娟更是吃驚，原以為只有她自己撞見過，沒想到阿洛也知道。可見端娜跟西卡兒之間的親密關係是穩定的，原以為端娜明確表示她不要西卡兒是說著玩的，但現在端娜再次擺明了態度，這究竟又是怎麼回事？伊娟心裡升起了疑惑，連帶地想起近日端娜態度的轉變似乎也有些蛛絲馬跡。她想偷偷地撇頭看著路格露，發覺月光已經自樹梢枝椏間篩漏而下，幾個姊妹淘圍坐的空間都有了月光昏曖的照明，路格露、慕雅一臉疑惑，阿洛瞪著大眼望著端娜等下文，只見端娜微翹起下頦，偏著頭，眼眸閃著一點月光，表情蠻不在乎。

「西卡兒喜歡路格露不是什麼大不了的事，這個部落哪個漢子不對她有特別的想像？這個我服氣，況且路格露根本沒把他放在眼裡。就算西卡兒對其他人也有興趣，我也不會太在意，畢竟他是部落第一的美男子！沒有女人勾搭，我也不相信。但千不該萬不該，他忽然也有馬力範的念頭，要扛起部落的責任。」

「這……沒什麼不對吧！」伊媚脫口說。

「沒什麼不對？伊媚啊！妳什麼時候才想得通啊？」

「想通什麼？」

「一個男人想著女人，心裡面少不得情啊愛的，不管他喜歡誰，現在跟誰在一起，他總是留在女人身邊。就算西卡兒風流成性身邊圍繞著其他女人，他總離不開我的掌心；更何況他根本就是專情的一個人，除了路格露他眼裡也沒其他人。沒錯，我跟他在一起有不少時日，我也知道他

3 指月經。

是把我當成是路格露的替代，這對我沒什麼差別呀，全部落，我是唯一親近過他的人啊！他是部落第一的美男子，除了我，誰又有資格眞正與他發生親密關係？」

「這……我就不懂了，端娜。聽起來，妳的確是已經牢牢地緊抓著西卡兒，這跟妳不要他的原因搭不上邊啊！妳說他學馬力範所以妳不要他了。是怎樣？妳討厭馬力範？還是……哎呀，妳沒理由恨馬力範啊！」阿洛的聲音又大了起來，提起馬力範，令伊媚、路格露感到不自在。

「哎呀，妳插什麼嘴呀？我說他要學馬力範要肩挑部落的責任。我說了我恨馬力範嗎？」

「可是……」

「可是什麼？一個男人執意要爲部落出頭，即使要去送死也不回頭，留下妳一個人哭哭啼啼的，妳敢阻攔？那些無止無盡的部落雜事要他出面，妳敢跟部落長老搶人不准他去？」

「話也不能這麼說，部落總要有人挺著，沒有了這些男人，這些男子漢，部落的事誰來處理，也只有這樣我們才能安心照著時節過日子啊！」伊媚聽不下去，插了嘴。

「是，部落確實需要英雄、大人物，也需要這些漢子拋妻棄子不顧家庭。但是，伊媚啊！這樣的男人適合妳，那是妳願意犧牲自己也要一路陪伴著的男人；我可不願意啊！我只是一個小女子，平凡不過了的女人，只敢期盼終生都能沉浸在愛情的甜蜜中，一輩子有個男人陪著。西卡兒眞要變成另一個馬力範，請問，我這些小小的、卑微的心願能實現嗎？」

「是因爲這個，你就不再要他？」阿洛瞪大了眼問。

「是的，就爲了這個！」端娜正經地說。

「這，會不會太殘忍啊？」阿洛想起少馬那張憨直的臉孔，想起他急著要離去作戰的態度，心想如果自己也跟端娜一樣，那少馬豈不太可憐了。

「唉唷，阿洛，你想到哪裡去？少馬是死心地愛著妳，妳眞要離開他，那還眞是妳的不對。但是西卡兒不同，我喜歡他，他並不愛我，我們在一起不過是各自滿足我們的需求，我離開他也沒什麼大不了的。他要當英雄，我打心底尊敬與祝福，但是那已經不是我想要的關係了，我只想要一個平凡的男女關係。」

端娜的話讓大家都陷入一陣安靜。伊媚心頭更是一陣揪緊，想起馬力範、西卡兒，她搖搖頭，一時之間也不知道究竟是該責怪自己糊塗，還是認同端娜太清醒。一個女人可以這麼清楚自己的愛情，可以這麼自由地決定自己在男女關係的位置與去留，而這樣的女人竟然是自己姊妹淘中最口無遮攔的端娜。昏晦視線中，她注意到路格露正輕皺著眉陷入一陣沉思，這又是一個陷入感情漩流的女人吧！伊媚心裡頭一陣苦笑。

「哎呀，我也不過是希望打完了仗，大家都還能有個好歸宿，高高興興地、幸福地一起過日子。沒想到端娜妳私底下藏了這麼多事。那現在怎麼辦，不能沒有愛情的妳，你有什麼打算？」

「我？呵！等過兩天我有心情再說吧。倒是路格露該積極一點，我看她心事重重的。」

「哎呀，這個時候誰不是心裡藏著事，大家都忍著點吧！部落一堆事等著我們投入，光談這些情情愛愛的事也不是辦法啊！阿洛說的有道理，不過那是以後的事，現在呢，我們暗自祈禱列祖列宗的英靈可以幫助我們度過這個難關吧！到時候，就由妳們替我找一個看得順眼的讓我當男人好了！」伊媚說，語氣倒像是在做總結。

路格露始終沒接話，自樹葉篩漏間而下的光影，灑落在姊妹們的臉上，讓她無法清楚地細看姊妹淘臉上的表情。端娜的一番話，惹得她心裡一陣翻湧，因而更加地思念馬力範，那個已經待在巴拉冠一整天的男人。

他也會像我這樣，偷偷思念著我嗎？路格露心裡這麼說，眼眶一陣濕凝。

第15章 無名溪之前哨戰

「但是！我們是大巴六九的戰士，多少年來，我們總是令那些大部落畏懼不敢輕忽。即使今天我們都戰死，我也不願意向這些帶著魔鬼武器的外人低頭認輸，我決定奮戰到底。」

翌日，一六四二年一月二十四日。

拂曉時分一名警戒組員回報，說昨夜彪馬社人分批到溪邊磨刀，今晨已經有人陸續整裝到空地待命。接到這個訊息，馬力範便率領編組的五十人出發，預計天明以前進入預定的伏擊位置；西卡兒的預備隊也接著進入預定的位置。經過昨天白天幹部的偵查，與所有人在巴拉冠反覆地排練與溝通，近一百人的戰鬥隊伍，只簡單吃過乾糧，便各帶一個生薑塊作爲提神與療傷用，趁黎明前暗夜的掩護，進入各自的戰鬥區域埋伏等待。

作爲第一線警戒的少馬，早早在雀鳥醒來前，簡單進食後，整裝準備全程監視荷蘭與彪馬社的大軍。

荷蘭人的營地，在天剛亮而太陽未昇起以前，所有營帳便開始有輕微騷動，荷蘭長官已在昨夜下達作戰命令，今晨吃過早餐後，約七點半時間，全員整裝在空地列隊，由漢人組成的後勤輜重也在士官的領隊下，列隊等候校閱。荷蘭長官托拉列紐斯只簡單說了幾句，隊伍便分成兩縱隊，在彪馬社各派一個小組擔任前導下，一隊沿著南邊的溪床北進，托拉列紐斯跟隨另一隊沿著彪馬社既有向北的交通路徑前進。彪馬社大軍則由部落總領導人阿普魯岸擔任總指揮，除了必要的護衛一百名戰士，在荷蘭人後勤輜重隨後跟上。其餘編成兩組，一由北部落的瑪勒鄂納率領約六百名大軍，跟隨走在北路的荷蘭軍後方，另一路則由南部落的卡比達彥率約五百人，跟在南路的荷蘭軍走溪床向北前進。

才過了八點左右，荷蘭、彪馬大軍隨著日頭照射的方向向西移動，揚起的塵土與彪馬戰士肩舉的長矛，一路遮蔽起陽光，所經之處鳥雀盤旋、兔貍走避。而原先埋伏監視、警戒的少馬一組人，早已離開監視的位置，退回到馬力範的防線。馬力範依照原先的戰鬥規劃，撥出了二十五人由少馬率領，準備襲擊南面溯溪的荷蘭大軍。

「阿力啊！這個仗不好打啊！」馬力範看著少馬說。

「我知道啊，但事到如今，也只有往前衝了！殺一個是一個。」少馬苦笑。

馬力範回以苦笑，接著揚起聲音對著所有人說：「各位阿力！今天是我們的大日子！眼前來了一群密密麻麻像螞蟻的外人，我們人不多，但部落也只能靠我們了，該怎麼做，這兩天都向各位說明白了，我只是提醒大家，儘量避開他們『光』的前面，打了就跑。退到那個草原區以前，儘量別讓自己受傷，到時自然會有絲布伊伊娜的巫術協助處理。」

大敵當前，馬力範似乎也只是象徵性的鼓舞所有戰士，象徵性的意思是，他其實不需要這麼做，因爲眼前的五十名戰士是部落年輕速度快的菁英，他們臉上自始至終沒有出現過懼色，有的只是一種「該怎麼做比較有效率」的思慮與自信。一來那是對自己身爲部落戰士的驕傲，二來是因爲對巫術的信任與依賴。但馬力範與少馬想得並不輕鬆浪漫，他們清楚目前的戰鬥構想，是預設對方依傳統作戰方式而來，自己這一方則藉著地形進行伏擊，期望在第一回合的交戰造成對方傷亡，也許對方就有可能退兵。但荷蘭人是怎樣的作戰觀念？這一回彪馬社千人大軍壓境，圖的又是什麼？怎麼會同意參戰？這麼懸殊的人數比例，自己如何取得優勢？這些問題在這兩天以來已經反覆想了很多遍而不可得，現在只能寄望荷蘭人只是恫嚇，象徵性的殺人報復；另外，期待絲布伊又有什麼驚人的巫術展現。

「阿力啊！別讓馬力範他們那一組人把功勞都搶走了！走吧！去見識見識這些外人的本事，也讓彪馬人看一看我們的勇氣！」少馬不等話說完，一群人已經移動腳步向南奔行。

馬力範在這個區域所設計的戰鬥方式很簡單，就是以五個人爲一組，前後形成縱深，藉著地形地物潛蹤再分別出現，引誘敵人的行軍隊伍因爲追逐而被分散，然後襲擊，得手後退開向後製造新的機會。馬力範與少馬的人手剛好分成十個伏擊小組，由南向北成列，形成東西縱深，各自襲擊南北兩路的荷蘭軍。這個戰術設計有別於傳統定點的埋伏，成功的條件，在於引誘的人員必須精準的掌握隱匿與持續迅速變換位置，馬力範精挑快腿的原因也在此。

約四十分鐘的行軍，荷蘭大軍行抵草原荒埔以東的區域，這個區域植物分布雜亂，一些灌木喬木形成雜樹林，這裡一區、那裡一塊，高大的刺竹叢不規則地散布在未曾砍伐的五節芒草原之中。前行的荷蘭軍已經汗流浹背，後頭跟進的彪馬大軍卻不明原因地拉出一段距離。這給了馬力範、少馬兩股人馬專心對付荷蘭人的機會。

以少馬爲首的伏擊小組在荷蘭軍隊前方約五十步出現，然後涉過溪迅速消失在南岸，荷蘭行軍隊伍弄不清楚怎麼回事，一個伍的編制[1]四名追了出去。馬力範的一個小組也倏地出現又向北方隱沒，北路的荷蘭軍也追了出去。不一會兒又陸續出現了幾組伏擊兵，間隔地、快速地向行軍隊伍兩側出沒。荷蘭軍幾個伍的編組吆喝著分別追出，迫使行軍隊伍的前半部處於混亂狀態。後方還沒來得及弄清楚怎麼回事，整個行軍的正面由南向北已經零星發出了七、八聲槍響。槍聲驚動了整個行軍隊伍，兩路的指揮官驚覺有異，下令停止前進，並召回已經追出去的各伍，準備重新調整行軍部署，兩路各以一個班爲前導警戒，禁止伍、班擅自離隊追擊，遇見伏兵不待命令直接射擊。但南路溪床荷蘭軍隊伍才剛要收攏調整，十幾二十支的箭矢忽然從不同方向射擊而來，逼得荷蘭士兵各自取了槍朝不同的方向射擊。這幾聲槍響，影響了北路的兵力調整，前方準備擔任尖兵前導的兩個伍正在遲疑，幾支箭矢急射而來，逼得荷蘭兵紛紛找掩蔽，開了十幾槍還擊。

這一回合，大巴六九的伏擊兵以弓箭重傷了三名荷蘭士兵——北路兩名，南路一名，其餘因摔倒、荊棘刺傷、弓箭沒射中要害的輕傷不列計。

「你還好吧！」馬力範注意到一個組員，左上臂出現了横條傷口，像是被火紅的箭簇擦傷而過，傷口因燒灼而迅速結痂，只留有一些血跡。

「還好，應該是被他們的『光』掃到吧！」那漢子說。

「還好沒完全打到！」另一個漢子說。

他們見過衛瑟林等人射中水鹿的傷口，所以都慶幸只是小擦傷。

「這個傷口很燙很痛！」那受傷的漢子說。

「不過不影響繼續打仗。」那漢子又說。

「那些外人已經開始移動了，大家再試一試！走！」馬力範沒繼續詢問其他有無傷患，便開始調度。除了自己的小組向前迎上荷蘭軍以外，其餘的小組向後方展開埋伏，以爭取時間與增加縱深強度。

少馬南面的狀況似乎比較好，雖然有一個小組橫越溪床，其餘的在荷蘭軍南北兩路之間活動，但沒人受傷，頗令少馬信心大增，指示預計後撤集合的位置後，率先出發。

才從溪床邊的一叢刺竹閃出，少馬便看到荷蘭軍的先頭部隊，已經接近約五十步的距離。他打了個手勢，整個小組便衝過溪床進入南岸兩叢芒草間，向南移動，但猛烈的槍聲突然響起，茅草叢的上端被削齊，殿後的一個漢子背部被削去了一塊，當場倒地不起。

「糟糕！」少馬驚覺不對勁，心裡一慌，此時北岸的方向又響起了轟天雷似的火藥爆裂聲，連馬力範那邊也響起了三道聲響。

1 軍隊建制單位，班以下的編制，通常三到四名編成。

荷蘭軍隊不愧是歐洲步兵的強者，器械精良，訓練有素，能針對大巴六九伏兵的戰術規劃調整，迅速改變慌亂的局面搶回主導權。這一回，兩路行軍梯隊，都同時改由五個伍擔任尖兵前導，每一個伍五名，每一個伍爲一個單位，當遇見伏擊狀況時，五人不追出，改以五支火繩槍對著伏兵齊射，形成一個張大的火網，期望在沒有精準瞄準的情況下，也能造成對方重大的傷害。

馬力範警覺情況不利，指示向後撤離，經由伏擊小組的聯繫，少馬也接獲後撤的指示，兩組人馬在大草原東面無名小溪會面。兩邊損失三名戰士，屍體一起後撤而來，放置在溪旁一棵相思樹下留待日後處理，兩組人退回無名溪後會合。

「馬力範，現在怎麼辦？那些外人已經改變戰法，我們幾乎沒什麼機會了！」少馬問。

「這個……」馬力範一時回不上話，輕皺著眉，看著其他組員。

所有人都注視著、等候著馬力範的回話。馬力範抬頭遠望荷蘭人的行軍隊伍，從被驚擾的鳥群，和彪馬社高舉如竹林的長矛，估算彼此的距離。

「我看大家的眼神沒有絲毫畏懼怯懦，也沒有準備退縮的樣子，但我必須很坦白地說，我們不可能、也沒有機會擊敗眼前這些外人，他們人數太多，也太強大了。」馬力範稍稍停頓，有人深吸了口氣，臉上出現了不服氣的樣子，略略噘嘴的、稍稍仰起頭的、不自然偏過頭的，毫不掩飾。馬力範繼續說：

「但是！我們是大巴六九的戰士，多少年來，我們總是令那些大部落不敢輕忽。即使今天我們都戰死，我也不願意向這些帶著魔鬼武器的外人低頭認輸，我決定奮戰到底。」

戰士們受到鼓勵而猛點頭，馬力範只微笑讚許，繼續說：

「但是部落還是要繼續延續下去，這也是我們這兩天反覆研究與最後決定如此編組的考量！少馬，你現在就找到西卡兒，跟著他們立刻撤退到囤糧區，這裡由我們四十幾個留下來應戰，殺一個賺一個。萬一這些外人占領村子，對照起留在部落的人數，看起來比較符合，那些外人會忽略掉躲藏起來的人，等他們離去，你們再回來重建部落。」

「這怎麼行？你想支開我？」少馬說。

「不！西卡兒需要人幫忙，更何況，我們人少一些，說不定絲布伊伊娜比較方便施展巫術。」

「這……」

「沒時間猶豫了！快走吧！」

「那這把弓箭留下來！」

「不了，之前沒來得及學好技術多做幾把，就你我這兩把了，你留著將來研究出做法後，大量製作，讓部落戰士人手一支。」

「哎呀……」

馬力範手中的弓比一般的弓都短，但因材質與工法特殊，力道更猛更強，製造人早逝沒留下技術，少馬覺得應留下弓來殺敵，但馬力範考量的更對。少馬氣急，但了解事態緊急，也不好爭辯，只嘆了口氣，沿著草叢邊鹿群覓食的小徑離去。

「好了！我們按照原來的編組與行動方式！我們四十幾人就利用這個大草埔，以弓箭對付這些外人，大家能殺就殺，若殺不了就躲，活著將來向彪馬社討公道！」馬力範說完，眾漢子立即四散找位置埋伏。

也只能這樣了！馬力範心裡說。支開少馬，讓他有機會完婚，憑他的體態一定能生下壯碩的後代；多留一些像少馬這樣的成年漢子，部落人口一定能儘快繁衍。不要多少年，最好就能跟彪馬社一樣，變成一個人口眾多的大部落，以後也許不用再像現在這樣，以一百個人勉強去抵抗將近一千五百人的大軍。眼前，反正這仗怎麼打也打不贏，在不傷尊嚴的情況下，能保存戰力就儘可能保存，即使奮力一戰，也要想辦法減少傷亡。

馬力範想著想著，越過無名溪的細窄溪床向東邊望去，荷蘭人行軍造成的鳥獸騷動依舊，他的心思卻如同那些飛起盤旋的鳥群，不停打轉、高低翱翔。他終究還是想起了幾年前塱嶠之行的兩次生死纏鬥，以及那個令他的愛情希望最終陷入絕望的女孩多比苓。馬力範忽然露出了笑容。他在鬼門關前兜了幾趟，那門檻少說也留有他的足跡，眼前的荷蘭人看起來更強更凶，卻沒有那個小部落乎刺林來得更像死神。究竟是因爲毫無機會獲勝，還是完全不熟悉？馬力範一點也不想弄清楚，此刻，他右手食中指不停地抖動，他只想抓住機會，儘量造成荷蘭人的傷亡。

馬力範也想起了幾次驚天動地的巫術力量，想起了部落女巫一直在爲這一場仗做準備，他開始有了期待，期待這一場絕對不對稱的戰爭，能有奇蹟出現。馬力範遠遠看著溪邊那相思樹下的三具戰友屍體，忽然覺得溪床正在變深，流水似乎也逐漸漲滿湍急，他揉揉眼想確認，發覺似乎也沒有什麼變化，他懷疑是自己眼花，不自主地回頭看著部落的方向。叢草太高，他只看見芒草遮蔽著天空，隱約露出高掛的太陽。陽光穿透而下，在一月下旬白晝的草叢裡，竟令人覺得有些燠熱。

絲布伊伊娜應該準備好了吧？馬力範心想。

部落西邊的山坡上，一間簡易工寮搭建在一棵巨大的樟木下，工寮前方幾棵樹之間，是一塊平坦地，空地上有幾個樹幹砍斷的木椅，兩個勞役級的青少年，正自溪邊打水裝填工寮前以樹幹鑿空的水缸，供女巫們飲水解渴。自上午開始忙碌的女巫群，或坐或蹲、或站或倚靠樹幹，除了一棵樹上五色鳥咕嚕咕嚕地叫嚷著，整個空地彷彿陷入一種停頓、凝滯。娥黛縮著粗短的頸子輕皺眉頭陷入冥想，其他的資深女巫也忘記了動作，嚼檳榔的、抿著嘴專注看著空地前緣擺置的幾排檳榔的，各個女巫神態不一，但都在想辦法解決一個難題似的各自沉思。

「絲布伊啊！妳想出辦法了沒？」娥黛刺亮的聲音響起，打破寂靜。

「我們試看看這個好了！」絲布伊響起了她特有的高音頻，繼續說：「把前面這些檳榔去掉，我們重新再來過一遍。在這個之前，我們先做一個反制與防制巫術，限制出入的神靈，然後再重新祝禱迎靈。」

「可以這樣做嗎？」娥黛問。

「可以的！哎呀！老了就不中用，這個方法以前聽老人提過，自己變成老人了卻什麼也想不起來！」女巫頭子說。

「那，伊娜您會做？」伊端溫婉著聲調，平和地問。

「想想，我應該會做，但也沒有眞正的做過啊！絲布伊，妳的方法呢？怎麼做？」

「唉唷！這簡單不過了，娥黛，妳忘了上一回我們下埧嶠時，在那個乎刺林，我們做巫術前，限制神靈的作法吧？那個讓乎刺林在岸邊來來回回的巫術？妳照那個方式做，限制其他聲音還有奇怪的神靈進來。」絲布伊說。

「妳怎麼不早說？我們已經白忙了一陣！」娥黛的聲音全開。

「妳就不能輕一點說話嗎？妳們之前做的不一定沒有效，我現在說的也不一定有效，所以，我提早說了跟沒說是一樣的！」絲布伊也跟著拉高了音頻說話，令其他姊妹不自覺揉了揉耳朵。

「好了都別說了，我們就這樣試試！說不定以後的巫師姊妹可以把這一套加進其他合適的儀式裡。好！就這樣，娥黛跟伊端，妳們做吧！我來迎靈。絲布伊，妳把妳後面的工作繼續做完！大家都快一點動作，那些男人都快打完仗了。」女巫頭子說。

困擾了快一個上午的問題，卻在絲布伊極簡單的方式下有了解決方法。

清晨用餐之後，部落女巫陸續抵達預定的集合點，準備啓動所有的「巫術閘口」，並聽從絲布伊的指揮，進行一場特別的巫術儀式，以阻擋伴隨荷蘭人而來的強大力量，避免部落陷入危難。但迎靈祝禱開始時，正巧荷蘭人在草原以東，零星射擊了十幾發彈藥，這些火藥的爆炸聲並未直接影響儀式現場，但女巫們因爲槍聲影響祝禱的專注力，以至於延誤了幾個程序，甚至弄錯了其中一道程序。當娥黛警覺儀式進行不下去，而重新集中精神祝禱時，荷蘭軍隊已經改變射擊方式。此地的巫術儀式，在迎靈的階段連噴嚏都不能打，因爲神靈對於突如其來的聲響極爲敏感，容易受到驚嚇而遠離，荷蘭軍隊五支火繩槍發出的爆裂聲，穿越草原、部落而直接影響了女巫迎靈的程序。絲布伊的作法，便是加強阻隔的力量，讓神靈進入空地之後能夠不受聲響的影響，而完成整個儀式。

由女巫所在的空地往東眺望，已大致看到荷蘭軍隊正接近無名溪，絲布伊輕輕念起咒語，改變了馬力範眼前無名溪的狀況，希望能阻隔敵人一點時間，好讓女巫們完成後續的工作。

娥黛、伊端的反折巫術結束，女巫頭子的迎靈程序接近尾聲，絲布伊也在空地中央擺下二十一顆夾了陶珠的檳榔，象徵部落二十位女巫，以及部落祭司的巫師體系所形成的力量，藉咒語的推動，設置在部落入口前的刺竹林前，變成由巫力所形成的一道無形的「巫力牆」。一方面阻擋荷蘭人繼續前進，一方面準備吸引包括彪馬社大軍前進，與荷蘭軍聚集在部落前，藉巫力使其陷入恐懼，並相互攻擊。女巫頭子的迎靈招魂，目的則在混淆敵軍進入「巫力牆」以前產生迷亂，增加我方的力量。

「這個樣子，部落應該可以守得住了，將來後代子孫一定記得我們一百多個人的部落，擊潰了那些外人與彪馬社的千人大軍！」女巫頭子安心地說。

「不！先別高興得太早，我們還有事情要做，要是沒做完，將來後代子孫一定記得我們一百多個人的部落，根本抵擋不了那些外人與彪馬社的千人大軍！然後呢，努力地壓抑自己、麻痺自己要對外人逆來順受！等著變成另外一個種族，等著過另外一種我們怎麼也想像不到的生活模式，或許根本不記得曾經有我們這樣的祖先，在這個地方為生存而絞盡腦汁！」絲布伊眼神望著東方，音調沒拉高，語氣極平和。

「喂喂……絲布伊啊，妳還好吧？這樣嚴肅地說話，這根本不是妳啊！到底是怎麼回事？妳覺得沒希望？還是事態真的太嚴重？」娥黛一連串的問題，語氣也反常的柔和與遲疑，令眾人感到不安，都撇頭望著絲布伊。

「呸啦！瞎猜啊妳！想殺人，還得把刀子舉起呢！巫術再怎麼厲害，沒做完所有程序，哪來什麼力量啊！」絲布伊的音量瞬間又拉高，恢復她慣常的音調，繼續說：「那些外人，已經開始要越過那一條小溪，要不了多少時間，他們就會殺到部落門口，我們得儘快動作，把巫術力量形成的牆樹立起來。」

「那，妳還等什麼？」女巫頭子說。

「這個巫術力量得由兩股力量一起施法，相互激盪產生，我得找出另一股力量啊！」

「那就快啊，看誰跟妳一起做！娥黛還是其他人！」

「不！妳們之中誰都沒那個能耐！」

絲布伊的話，引起大夥一陣不快，但想想，倒有幾分事實，即使部落所有女巫一起施巫法，也不見得能跟絲布伊抗衡。

「那妳說的話不就白說？需要兩股力量一起施法，現在只有妳有那個能耐，那另外一股呢？」

「另外一股還沒來。」

「還沒來？絲布伊，妳說的會不會就是那個當年我們南下埕嶠的女嬰？」娥黛說，而她這一說，所有人都發出了驚嘆。

「沒錯！我昨天算了卦，知道今天她會出現，而且應該就在決勝負的關鍵時刻！」絲布伊說。

「時間呢？什麼時間會來呢？現在再不開始，那些外人要殺進來了！」女巫頭子瞄了一眼山坡東面的狀況，荷蘭軍隊已經跨越那條無名小溪，彪馬大軍第一線也開始涉溪。

「什麼時候來？這的確難以掌握，但那個女孩來之前，請妳們所有人站在這個檳榔排列的左邊替補她的位置，我在右邊跟你們一起施法。拿出妳們的銅鈴，咒語很簡單就重複：badigerir（築起）、bagadadelaw（橫展）、buwadurak（高立）、bagagereng（連結），注意，我會先唸一段祭詞，當我說開始的時候，妳們都閉起眼睛集中注意力搖鈴唸誦，一直到那個女孩出現爲止。那個女孩出現的時候，妳們自然會知道。妳們都集中注意力別分心了，要是兩邊的力量不平衡，會發生危險。」絲布伊說。

「好！我們動作快一點吧！」娥黛看了一眼絲布伊，又往山下看看荷蘭軍隊的移動，趕緊催促大家移動，但心裡卻莫名升起了了濃濃的不安情緒，一方面是因爲絲布伊從未有過那樣正經、嚴肅的態度與語氣；一方面是，荷蘭軍隊已經編成了幾個方陣緩步前進，而後方彪馬軍像是由四、五道圍籬築成的圍牆似的，緊貼在荷蘭軍後方前進。

第16章 最後決戰

眼前的攻擊隊伍，所有人正努力地維持列隊的整齊，賣力地大步前進，但整個隊伍卻處在抬腳向前跨步卻原地踏步的狀態；所有參與攻擊的軍官與士兵似乎渾然不知眼前的狀況。

荷蘭軍隊在接近無名溪時，荷蘭長官托拉列紐斯由隊伍後方取望遠鏡觀察後，決定以無名溪作爲攻擊發起線，並依叢草茂密高掩的地形，採取改良式的「兩支隊（division）排射」的隊形[1]。隊伍由原先的兩路改變成八個單位，每一個單位正面五列，每列五個人，總共二十五人組成，每個單位間隔十公尺，兩面荷蘭東印度公司的紅白藍大旗在中央的兩個單位；整個橫隊的中央後方留有一個約二十五人小方塊保護著荷蘭長官，另外彪馬社大軍也編組了由三十人組成的護衛隊，執長矛跟在領導人阿普魯岸左右，與荷蘭長官成平行的位置；彪馬大軍則圍屏在後方。

看著荷蘭軍開始調整隊形，馬力範警覺不對勁，心想荷蘭軍隊若眞要整個正面前進，形成八個正面四十人，約一百公尺的廣正面寬度壓迫而來，一旦交戰，伏擊組極有可能同時遭到兩三個正面的荷蘭軍集火射擊與後續再射擊的徹底壓制，這樣子，大巴六九人根本沒有機會還擊，甚至可能第一時間遭到全部殲滅。他抓準了茅草叢的間隙，向其他人打了個手勢要所有伏擊組提高警覺，但怪異的事出現了。

荷蘭軍隊調整完畢，準備涉溪時，所有單位前排的士兵在溪邊躊躇不前，一下子向前瞻望，又回頭向後看，涉溪的腳，跨出又收回，彼此商量或者爭議，幾個軍官也上前了解狀況。明明看在馬力範眼裡是一處只有半步寬的溪水，幾個士兵卻在士官的指揮下相互協助，大步地、謹慎地跨過；原本應該整個正面一起渡過的，荷蘭軍隊卻像是面對寬闊的溪流，整個隊型傾斜向左邊突出前進個別渡溪。應該只要一分鐘不到的時間過溪，整個荷蘭軍的梯隊，卻花去將近半個小時。

馬力範心裡有數，知道荷蘭人陷入了巫術的陷阱，趕緊在荷蘭軍隊隊形被迫改變時，退出原先預藏的位置，招呼其他的伏擊小組，準備先吃掉荷蘭隊凸進的部份。他打了個手勢，差了個漢子前往通知各伏擊組往後撤出一點距離、往敵人左方移動，兵分三路見機行事，各伏擊組不待命令自行發動襲擊與撤退。

藉著茅草叢的掩護，迂迴鑽行在動物、山羌、鹿群覓食所形成的通道，馬力範一組人，由北面向南移動，完全躲過荷蘭軍的視線，幾個穿越便出現在南面凸出的荷蘭軍右側。荷蘭軍因爲是個別單位的渡溪，所以一個過了溪的小組還來不及收攏又急於向前推進，以致五列的縱深，變成了五個呈零星狀態的梯隊。馬力範注意到荷蘭軍都過了溪還來不及收攏整隊，決定趁這個機會先動手；而此時，整個溪床由北向南忽然響起了極具震撼的呼鳴，彪馬社的千人大軍個個肩舉著長矛朝天，第一列的戰士只一個跨步就渡過溪水，後續的列隊接著渡溪，嗚嗚持續著。看來，彪馬人已經看出這是巫術的障眼法，採取反制措施了。

就趁現在發動襲擊吧！馬力範心裡說著，同時拉弓由右至左射穿走在第五名的荷蘭兵太陽穴。移動到荷蘭軍正面與左面的伏擊組，也有默契地同時發動襲擊。

茅草形成的大草原荒埔，頓時陷入奇異的景象：空氣中響徹伴奏似的彪馬人呼嗚聲，殺機隨著大巴六九人的箭矢，騰騰地破空而來；第一批的荷蘭軍倒下，第二列的荷蘭軍立刻開槍還擊，第三列荷蘭軍接替第二列向前挺進朝正面開槍；而同時其他單位的荷蘭軍也警覺有異，每個單位朝各自的正面做一輪五列的集火射擊。一分鐘內荷蘭軍整個輪番射擊了將近兩百發。火繩槍特有的爆裂式的射擊聲，接連在部落周邊的山谷迴響聲；彈流整齊地削過草原上半部，零散的枝葉、破碎的莖稈、鳥體帶血的裂渣紛紛落下，遮覆在馬力範等人頭頂上。

「大家撤退！撤退！」馬力範大聲吼著。

一行十餘人，低著頭鑽進已經被削去上半部的茅草叢莖之間的縫隙，左迴右閃地朝北朝西離去，另外兩個方向的伏擊小組也各自朝來時的方向撤退。但荷蘭軍隊已經在射擊、裝填的間隙

---

1 荷蘭在十七世紀上半葉步兵的戰鬥隊形，每個正面三至八列，每列十人為射擊單位，每列相距二公尺，正面之間的間隔，依敵方的編組密度而定。射擊速度，以五人為一列的情況來說，每個陣面每隔十五秒可以射出五發，每一分鐘二十發。

中，研判出大巴六九戰士幾個伏擊組的企圖與去向。天空仍飛散著禽鳥的毛毫，但荷蘭人的射擊高度已經調得更低，也因爲按照茅草叢騷動的方向，掌握了伏擊組的去向，更精準、更密集的射擊便一直不停。

「我受傷了！馬力範！」一名戰士忽然氣虛地說，說完便向左側倒地。

「走，別停下來，來！我帶你走。都注意啊！除非立刻死去，否則受了傷的我們都想辦法帶走！」馬力範喘著說，一名戰士立刻拉著那名受傷的同袍，向前奔行。

荷蘭人的火繩槍確實可怕，那樣的射擊方式也太嚇人了！大巴六九戰士倉皇地逃離，卻又不甘心地頻頻回頭朝荷蘭軍的方向拉弓射箭，如此又更暴露撤退行蹤，招致更精準、更致命的傷害──他們成了荷蘭軍的活動射擊靶！

馬力範察覺有異，下令不准回擊。話才說完，一陣猛烈的爆炸聲，熾熱的金屬彈流掃來，彈流擊中右手持著的短弓，又直接飛射進馬力範胸膛右側與右上臂內側，他當場暈了過去。但身體隨即又甦醒過來。

馬力範感覺自己有意識，卻又覺得幽渺不踏實。右胸右臂才剛剛有強烈的灼熱與疼痛感，整個世界忽然都暗了下來，所有的聲音與疼動都消失在一片黑暗之中，他感覺時間很緩慢地進行著。也不知過了多長的時間，他逐漸看見自己似乎是持著弓奔行在一條月夜下的暗晦小徑，小徑上上下下地高低不平；小徑旁的灌木叢枝椏，橫生枝長到小徑路面，掃在他的身上，他絲毫感覺不到疼痛。他取了一支箭矢，朝遠前方射出，又下意識地回頭向後瞻望；他感到迷惘，疑惑自己爲什麼要射箭、回頭？爲什麼又一直不停奔跑？一叢枝葉又迎面拍了上來，他本能地閃躲，忽然一對大眼有著淡淡體味的女孩影像模糊地浮映出。

多比苓？她是多比苓！馬力範近乎呢喃，不自覺加快步伐往前奔馳，傷口在高低路面以及閃躲枝葉的動作中不斷的拉扯而劇烈疼痛著，耳朵忽然轟晃的一聲又歸於寂靜。

他想起來了，他正要履行回塱嶠的諾言，那幾年來在病榻上，他念念不忘那美麗女子在最後一晚苦苦哀求他留下的容顏，他牢牢記得自己離開前愼重的允諾：不論千山萬水，不論那些乎刺林人如何凶猛，他都要回來與那女子成親的誓言。馬力範又回頭瞻望，他確定在自己後方的暗夜裡追逐著的，必定是那些個子稍矮、皮膚黝黑的乎刺林人，他取了箭矢，朝後方射了一箭。

哈……乎刺林人，莫怪我啊！打仗，總會有傷亡，我殺了你們的人，我可以理解你們想殺我報復的恨意，但是，我可不願意乖乖地就擒啊！我會繼續抵抗你們的追逐，你們要殺我得憑眞本事啊！

馬力範幾乎是吼了出來，心裡一陣痛快。但胸口的痛楚相互拉扯著向後移轉，他覺得整個後背劇烈地疼痛而沉重，沉重得幾乎讓他停了下來。一個低沉、氣虛的聲音忽然從身後發出，他聽不出是誰的聲音，隱約聽出他的意思是：馬力範阿力啊！我不行了，帶著我的口信回去吧，告訴我的家人，我總算也是部落頂尖的漢子，在敵人的圍擊下殺進殺出的。阿力啊！我的路走到這裡，我沒有遺憾了。

力達！馬力範輕叫了一聲，怎麼使勁也無法轉過身來看力達一眼。

力達！馬力範又輕叫了一聲，他認出那個聲音是力達發出的，馬力範忍不住開始哭泣，步履逐漸蹣跚，危顫顫地近乎無意識地向前走著。

力達啊！都別說話了，我揹得動你，我會揹著你回去見你的家人，見伊娟。你不是要介紹我跟伊娟認識嗎？我送你回去，你幫我一起打獵當禮物送給伊娟當結婚宴席的食物。你要是不跟著回去，我怎麼跟你家人交代？我怎麼見伊娟啊？馬力範哭泣著說，而力達卻一路沉寂，重量逐漸變輕。

力達啊！馬力範聲音逐漸微弱，身體慢慢輕盈，他憤恨地取了箭，連射了兩支，咒罵著。他似乎聽見沙沙的枝葉擦過的聲響，陸續又有一些人聲叫喊，然後又爆裂出兩團巨響，他只覺得周遭瞬間安靜下來，一陣踉蹌向左摔了一下，但左腿似乎隨即被一股力量箍著，令他立刻站起，快速地向前奔跑。

哈……絲布伊伊娜的巫術力量來囉！他高興地往前躍騰，他轉進一座雜樹林，樹林旁一間低矮的草屋透發著灶子微弱的炭火光，他彷彿看見一個女子的身影，站在門檻前幽幽地看著他。

馬力範放緩腳步，認眞地看著那女子身影，不自覺地趨近，停了下來。

路格露！是妳？馬力範輕聲地說，忽然有股衝動想往前站一步，將路格露擁進懷裡。但，他立刻又制止了自己的孟浪。

路格露微笑著，轉過身進了屋子，旋即又走了出來，穿著他送的那件白鹿皮縫製的衣袍，眼神有些期待地望著馬力範，問：好看嗎？

好看，馬力範幾乎是要驚叫地讚美路格露的美麗，但他壓抑了下來平靜地說。

路格露沒多說話，還是靜靜地微笑著注視著馬力範。馬力範猶豫了一下，再也忍不住地往前站上一步，伸出雙臂輕輕的環抱著路格露，路格露輕輕地顫了一下，頭枕向馬力範胸膛忽然掉淚輕聲哭泣。

你眞是個傻子呀，馬力範！大半夜的，你一個人這樣四處奔跑，爲的是什麼啊？路格露在馬力範的胸膛低聲地說。

我不知道啊！馬力範哽咽，繼續說：我不知道爲什麼一直要這麼地奔跑，要一直那樣地游離，身體就是不聽使喚地想遠離，想奔逃，然後又急著自己要回到部落；我想停下來，卻找不到可以停下來的理由與力量。這些年我感覺累了，卻不由自主地依然四處奔跑，也許我害怕一旦停止了奔跑，我將失去繼續再奔跑的力氣吧！一直到了遇見妳，我知道我應該可以停下來但又怕嚇著妳，我本能地迴避卻迴避不了自己的感覺，我得承認期望與妳在一起又害怕失去妳的感覺，是那樣地甜蜜又覺得痛苦，路格露啊，我累了，我不想再毫無目標地四處奔波，我想安定的入妳家門啊！馬力範斷斷續續又急切地想說話。

我知道，馬力範，我會一直等你，我相信你眞的累了不想動了，所以我會守在這裡等著、候著哪一天你入我家門，當我的男人！路格露貼緊馬力範胸膛輕聲地說。

一個巨大的聲音忽然響起，一陣劇烈的傷痛自胸口向全身展延，馬力範忍不住激烈咳嗽，咳出了一口黏膩溫熱的液體，一股眞實的身體感覺油然而生，覺得自己似乎被五個人仰著面朝天抬著，曲折又迂迴地跑動著，茅草枝葉急速地擦身而過。

「快啊！別停下來，眞是的，這些跟白色猴子一樣的外人！」一個漢子的聲音。

「少馬，你要不要緊啊？」

「不要緊！右上臂傷了，弓掉了，這些紅毛的怪物眞厲害，怎麼做得出『光』這種東西啊！

對了西卡兒，現在往哪兒走？」

「離部落遠一點，現在就穿過那棵我們圍獵那頭鹿的苦苓樹旁的小徑，向北到溪邊的樹叢躲一段時間。」

少馬？西卡兒？馬力範聽到這兩人的名字，幾乎是立刻醒來。他先前下達的指示要他們保存戰力離開戰區躲起來，怎麼現在出現在這裡？聽起來少馬還受傷不輕的。他掙扎地想睜開眼睛，卻發現視界所及，是呈現了混濁的紅色光影的天空；眼角的視線所看到的，似乎是幾條手臂抓著他的身體急速地奔跑，那些漢子身影的背後，只有透空的茅草葉梢向腳的方向快速退去。他看不清是誰抬著他，正想叫喊，遠處卻又響起一陣槍響爆裂，接著四周夾雜著熱氣，啪啪地發出茅草莖稈被金屬擊中碎裂的聲響，以及身體被擊中的悶哼聲。

「西卡兒，西卡兒！你怎麼了？……找掩蔽，大家找掩蔽！」馬力範耳邊響起少馬焦急的指揮聲。

突如其來的一陣猛烈衝撞後，馬力範又失去了意識。

越過無名溪向荒莽草原的戰鬥已經完全停止，穿過先前大水鹿被圍獵的那座雜樹林，荷蘭軍隊八個單位的戰鬥橫隊已經重新調整，列陣在部落入口外，刺竹林高聳的黃綠色圍牆外圍。經初步傷損報告，荷蘭人死亡一、重傷五，輕傷不列計。大巴六九部落，遺下屍體二十七具，傷者不詳。對這個戰果，荷蘭長官托拉列紐斯極度不滿意，要求部隊整頓完畢立刻進攻村落。

托拉列紐斯的不滿是因為荷蘭軍已經是歐洲現代化軍隊，即使只是荷蘭東印度公司籌組的軍隊，其編制、裝備與訓練軍都與在歐洲的軍旅相當。以目前二百二十五名攜帶火繩槍的戰鬥編組，參加歐洲小規模的會戰，造成的殺敵成果也應該數倍於眼前的戰果，更何況眼前的敵人只是使用刀矛弓箭的原始人。可是目前的狀況，顯然與預期的相去甚遠。

托拉列紐斯招來同行的彪馬軍領導人阿普魯岸，卻看見三十步外已經整隊完畢的彪馬軍，整齊地持著長矛朝天，戰士的表情憂懼更勝於昨天以及今晨出發的狀態。令托拉列紐斯感到不解與不耐，當阿普魯岸告知，戰士畏懼的是大巴六九部落的巫術力量與日後的報復時，托拉列紐斯忍不住大笑。

巫術力量？真要這麼厲害，那些戰士豈不就刀槍不入？怎麼會留下二十七具屍體，其餘的如鳥獸般逃散？托拉列紐斯沒繼續同阿普魯岸說話，心裡卻不停地嘀咕著。透過翻譯，他要彪馬軍停止前進留在原地觀察，進攻的事完全由荷蘭軍負責。一方面他想避免在去年（一六四一年）十一月在台灣西南部攻擊叛亂的村社時，前來助陣的其他平埔族村落一千四百名戰士為了搶奪頭顱引起混亂，二方面他也想給彪馬社一個下馬威，讓他們看看他們所懼怕的部落是如何地被荷蘭軍徹底擊潰。

彪馬社似乎也非常歡迎這樣的決定，在阿普魯岸的統一指揮下，整個大軍整齊地發出低鳴又向後退了二十步。這又讓托拉列紐斯感到不可思議，這麼訓練有素的千人大軍，足以跟任何傳統武器部落相抗衡，這一點，在去年北上找尋黃金時，彪馬社人已經證明過，他們有能力輕易擊潰北方那些擁有數千戰士的大部落，但爲何面對眼前已經失去戰士的小部落如此畏懼？難道那巫術力量眞是如此可怕？

托拉列紐斯望了望眼前高牆般的刺竹林，心想這裡頭有什麼機關，他突發奇想，要整個荷蘭軍的正面朝竹林打上一個輪次。只見竹林折裂、迸開、枝葉飛濺，築巢的大冠鷲高高地驚飛起，近兩百發的輪番射擊，連續的、每隔十五秒緊密的火藥爆裂聲，遮掩了竹幹裂開的喀喀聲與倒塌的嘩啦聲，令人耳鳴。托拉列紐斯感到滿意，召集了軍官，指示了幾個方針，自己便抽起了捲菸坐在彪馬軍隊前，他遞了一支菸讓好奇的阿普魯岸嘗嘗，卻被阿普魯岸嗆到不停咳嗽與不停揮臂搧煙跳腳的窘樣逗得開心大笑。

托拉列紐斯的指示很簡單，就是攻入村落、放火焚燒、放過一般村民，除非遇到攻擊或者持有武器者格殺勿論；軍隊調度則分成三隊，除了正面，分別向部落南北兩條溪展開三面包圍。約半個小時過去，正面的軍官以手槍朝空射擊作爲攻擊發起的信號，三方同時發動攻擊前進。荷蘭軍隊三路的攻擊縱隊已經開始前進，正面隊伍踏步聲整齊地響起。又過了約二十分鐘，遠處，部落兩側似乎也傳來前進的踏步聲響，整個村落周邊，整個刺竹林都響起了荷蘭軍隊腳步聲。托拉列紐斯覺得詭異，自始緊繃著臉注視著眼前擔任正面攻擊的列隊，只見正面的軍隊，一開始重新編成列隊，以五個人爲一列，總共十列，由部落正面的入口攻入。他無法由後頭看清楚自己的士兵臉部的表情，但隨著時間的逐漸過去，他注意到後頭的士兵衣領、後背出現了汗漬，看似行進的隊伍，整個槍線不停地晃動，士兵肩頭、帽飾在一月份近午的陽光下，居然出現了一層薄薄的汗水蒸騰氤氳，夾雜在行軍揚起的塵埃裡，向四周瀰漫。

托拉列紐斯覺得疑惑，燃起了菸捲之後，站起身來，輕輕地走了上前注視著攻擊隊伍的狀態。才發覺，眼前的攻擊隊伍，所有人正努力地維持列隊的整齊，賣力地大步前進，但整個隊伍卻處在抬腳向前跨步卻原地踏步的狀態；所有參與攻擊的軍官與士兵似乎渾然不知眼前的狀況，幾個年紀稍大的士兵，輕輕地發起牢騷，抱怨路途怎麼這麼遠，他們相互應合的聲音，以及士官的喝止聲，清楚地傳進托拉列紐斯的耳裡。托拉列紐斯大吃一驚，心想八成就是阿普魯岸所說的「巫術」。托拉列紐斯本能地呼喊了自己的信仰主神，先是覺得不屑，想喝斥這些士兵，但心念一轉，他回到原來的位置，透過翻譯詢問阿普魯岸。

「這是大巴六九防禦性的巫術力量！」阿普魯岸說。

「胡說！這是迷信！這個宇宙只有神才有這個能力！」透過翻譯，托拉列紐斯不屑地說。

「哼！你的神有什麼神通我不知道，但是根據我們的經驗，我知道這只是警告性的巫術，接下來將會有更可怕的力量出現！」阿普魯岸回答並解釋爲什麼過去他們不想與這個小部落爲敵，並一直希望爭取同盟，一起對抗卡日卡蘭部落並向南發展。

「胡說八道！你們最好睜大眼睛看一看我們是怎麼摧毀這個邪惡的村落，既然你這麼清楚他們會怎麼做，你最好自己也想點辦法對抗他們，保護自己，你們眞是愚昧無知啊！」透過翻譯，托拉列紐斯語意充滿斥責的意味。

托拉列紐斯才說完，眼前更怪異的情形出現了，只見綠牆般厚實的刺竹林，由竹梢整齊地向下慢慢彎折，就像以天空色的布幕由上而下慢慢遮蓋，迫得竹林耐不住布幕重量，竹梢尖刺直指荷蘭與彪馬的聯軍，但亟欲攻進部落的荷蘭軍隊卻渾然不知，連擔任預備隊的兵士也沒看出這個異象。托拉列紐斯只覺得詫異還沒來得及反應，阿普魯岸已經大喝一聲離開座位，令整個彪馬軍重新整齊地列隊，持著長矛朝天一起不停地發出低鳴聲，想抵抗一股已經慢慢襲來的壓迫力量。彪馬人的反應，也嚇著了保護指揮官的荷蘭預備隊，驚慌地看著彪馬戰士恐懼又強自鎮定的怪異表情。

攻擊發起後都過了半個小時，荷蘭軍三路的隊伍似乎還沒開始進入戰鬥狀態，托拉列紐斯正要發怒指責各路指揮官，但前線的狀況似乎應和著彪馬軍的反應起了變化，三方面的荷蘭軍忽然槍聲大作，火繩槍排射的巨大爆炸聲，一如先前戰鬥時持續地射擊著、爆裂著、連接著整個區域。托拉列紐斯滿意地正要重新點起菸捲時，卻赫然發覺眼前擔任正面攻擊的荷蘭人，幾乎就是原地不停地前進與變換射擊排列，一列射擊完，一列上前支應射擊，再向後轉移，讓出射擊位置由新的列隊上前頂替。就像遭遇一股強大的軍隊頑抗隨時突圍，三方面的荷蘭軍正在想盡辦法確保火力不斷地射擊。

又十幾分鐘過去，射擊聲嘎然停止，荷蘭軍迅速調整部署；彪馬軍的低鳴聲也忽然停止，整個列隊瞬間都向後退移了十步，而不知所措的托拉列紐斯以及荷蘭預備隊竟然也發覺，他們自己已經被一股力量不著痕跡地向後移動了十餘步。驚嚇之餘，托拉列紐斯決定下達停止前進的命令，重新調整部署與攻擊方式；而阿普魯岸也打算建議退兵，即使荷蘭人堅持繼續進攻，他們也要逕自回頭結束這場戰鬥。

就在兩個領導人各自打算調整部署時，一個奇異的現象突然出現。遠在部落後方的山坡上閃起了一團白光向四周輻射，那白光並非刺眼晶亮的強烈光芒，而是白花花的一團，在中午日照強烈的時刻，清晰可見那光亮閃起、消逝。那一剎那，刺竹林牆忽然都恢復高度，竹梢直起朝天，而荷蘭軍隊整個像脫離箭弦般地衝進部落。托拉列紐斯還沒反應過來眼前到底出了什麼事，人已經不自主地跟著荷蘭預備隊也殺進村子，只留下千名彪馬軍隊，驚魂未定地望著大巴六九部落門口矗立的兩道巨石柱，以及透發著詭異的刺竹圍牆。

竹籬牆內，所有的建築都正在燃燒，部落巷弄裡的叢草、灌木叢、庭院樹也熊熊燃著火，樹葉枝幹引起的濃煙直往上盤旋竄升。一開始就留滯家中的老弱都走出屋外，安靜卻悲傷地看著自己的草屋燃燒，沒有人試著搶救。整個部落形成火光、黑煙交繚，人影呆立卻沒有驚慌嗥叫聲的鬼域景象，令荷蘭軍隊感到毛骨聳然，士兵匆忙地喝斥著跑出房舍的婦孺老弱，將大家全都趕進巴拉冠的廣場集中。

議事火塘所在的巴拉冠建築，除了支柱還挺立著之外，茅草、竹片、木桿等建材早已經成灰燼。托拉列紐斯確認出誰是部落阿雅萬之後，透過翻譯，除交代不准在此重新建村之外，還飭令從此歸屬彪馬社監管，並揚言若不從，來日將再討伐。交代完，托拉列紐斯立刻撤兵離開村落，時間大約在下午兩點鐘。

部落的老弱們望著荷蘭軍隊倉皇離開，無語地相視嘆息，有人開始哭泣，輕輕地、哀愁地、又隱含失去了所有的不捨；原先隨著烈火熱風騰空的炭灰、碎渣，已經零星地、緩緩地飄落地面，只剩幾隻大冠鷲在部落上空盤旋不已。遠遠地，分藏幾處的部落族人，焦慮著擔心著，紛紛向部落張望，在濃煙漸趨轉淡的時刻，回部落探望親人的念頭蠢蠢欲動。

而一陣雨，在荷蘭人離開那一條無名溪時開始落下，大小剛好澆熄部落所有餘燼，連一絲煙也不再飄起。

馬力範感到極度疲倦，身體除了聽覺之外，只有胸膛感到異常的灼熱，且帶有酥麻與撕裂的疼痛，其他部分似乎已經沒多少知覺。他極力地張開耳朵，想感受周邊的情勢，但整個草原似乎已經歸於平靜，他聽出周邊只有一個漢子的呼吸聲，但不確定有誰在身旁。

「誰能告訴我，誰在我身旁？」馬力範開口試探。

「我！西卡兒！」

「西卡兒？你怎麼在這裡，我不是要你帶著人離開這裡好保存戰力嗎？對了，我想起來了，你還帶著少馬一起回來，現在……是怎麼回事啊？」馬力範想睜開眼睛，但怎麼也看不清，勉強透過眼皮望向天空，只見一片暗紅色。馬力範虛弱得幾乎無法說話，身體和四肢感到微微發冷。

「唉！馬力範阿力啊，我怎麼放得下呢？部落存亡關頭，我再怎麼聽話，也不能丟下你一個人送死，這從來就不是我西卡兒的行爲啊！」西卡兒停了一會，繼續說：「不過我已經照你的吩咐，把其他人帶離開這裡，讓他們找到其他躲藏的家人，大家一起商量爾後的事！」

「唉！西卡兒阿力，我這輩子欠你的，想還恐怕也還不完了，這些外人還眞是凶猛，你沒怎樣吧？」

「還好！」西卡兒說，眼睛卻不自覺地望著自己左後側被轟爛，現正捆紮著草藥、藤蔓與麻布的大腿。

「仗，應該打完了吧？」馬力範說話的聲音更虛。

「應該結束了，少馬帶著其他人跟著去查探那些外人的行蹤，留下我來看顧你！」

「嘿嘿……」馬力範忽然笑了起來，過了許久，像是蓄足了力氣，才又開口說：「阿力啊！你受傷了，應該很嚴重，否則……你不會留下來！」

「呵呵……瞞不過你。我還好，起碼比你輕多了！」西卡兒笑著說。

「是啊，咳……希望你傷得輕一些。」馬力範又嘗試著睜開眼睛，一口黏膩的痰自喉頭升起，他掙扎地側過頭吐掉，卻扯動胸部的傷口，令他倒吸一口氣。

「阿力啊！這一回我傷得不輕，我自己明瞭……這部落……以後靠你了！」

「馬力範啊！我不準備多安慰你，你呢，也別說這些，等少馬回來，會把我們一起帶回去的。」西卡兒打斷馬力範說的傷感，繼續說：「這麼多年來，表面上我雖然不服氣，但我必須承認，我是打心底地佩服你這樣的男人，能夠不顧一切地勇往直前，我想不只是巴拉冠的男人們，連年輕的女孩也都這麼認為與愛慕你。」西卡兒看了一眼呼吸逐漸平緩、胸口起伏輕微的馬力範，心裡不忍，繼續說：

「當年，我不是逃避責任，沒有跟你一起南下；而是我的父親要我留下來，說是要避免我們都出了意外，部落將來沒有可以寄託的人。你是部落第一的漢子，理應你留下來，由我去塑嶠，但結果卻不是這樣。這一件事讓我痛苦了好些年，現在總算可以好好的跟你說清楚。」西卡兒嘆了口氣，又說，「想想，現在我終於跟你一起戰鬥，跟敵人拚命，也一起受傷倒在這裡，就算是爲當年沒有一起南下跟你大殺四方做了心理上的補償。你放心，等你傷好了，我會永遠像這樣地支持你，擁戴你！」西卡兒的語調聽起來堅決，隱約中卻夾雜著一點傷感。

經過很長一段時間的沉默，馬力範才開口：「西卡兒！我知道……少馬應該帶我們回去了！」

聲音輕輕地近乎氣聲，馬力範覺得身體有點冷，一動也動不了，腦海卻浮起了路格露焦慮的表情，精神稍稍提振而心裡一陣悵然。

部落散去的男子都陸續回到巴拉冠，在阿雅萬的指示下，分成幾組清理戰場，並史無前例的把所有傷亡抬到巴拉冠清點，總計死亡的男子除二十七人在與荷蘭人交鋒時當場死亡，在撤退逃離時，傷重死亡四人。女人方面，除了馬力範的姑媽在荷蘭人燒房子時已經嚇暈了，來不及離開而燒死，參戰的女巫頭子與娥黛死亡，絲布伊失蹤；另外，重傷抬回的包括馬力範、西卡兒以及其他三人，輕傷不列計。

少馬傷及右臂傷勢不輕，但他堅持不停下來休息，以藤蔓青草藥仔細捆紮後，繼續招呼其他人，以巴拉冠周邊幾棵樹爲生者搭建草寮，供臨時住宿之用；另外在稍微靠外邊搭建一間簡易草寮，供重傷患集中處理。另一組人則處理死者，依戰死、凶死的處理程序，分別移葬於各家家屋內。整個下午，所有處理程序繼續著，原先預藏在儲糧區的人都回到了部落，協助處理所有事情，準備餐飲、協助處理傷患或其他事務。

按照習俗，意外或傷患須於部落外做處理，戰死者，也須於部落外做完儀式後，再入葬住屋內，這一次的狀況卻一反處理程序，直接將傷亡者抬進部落內處理，引起部分長老的議論，但體認到這等同廢村另覓他處建立部落的舉動有其必要性，便很快地同意領導人阿雅萬的處理方式。整個巴拉冠的忙碌現場，還是出現了極不協調的畫面。理應忙碌協助處理入葬相關巫儀的女巫們，圍聚癱坐在女巫頭子以及娥黛的屍體旁，無人哭泣，無人交談。

從設置巫術儀式的山坡上轉回巴拉冠，女巫們交換了與荷蘭人對峙的經驗與經歷，卻沒有人可以說得完整當時整個對抗儀式進行的全貌，只能概略地描繪出當時絲布伊站在檳榔排列的一頭，其他以女巫頭子與娥黛為首的其餘十八人立於另一頭。開始施法時，所有人都明顯感到一股極大的力量，不停的來回衝撞，令這一頭十八個女巫幾乎支撐不住，逼得絲布伊不停地提醒大家集中心志撐住，並且不斷地說「有股力量」馬上會來頂替。大夥眞正不解與震驚的是，最後果然出現一個高眺女孩，削著過耳短髮，穿著淡藍色帶有一些髒垢的粗布長褲、一雙眾人從未見過的、與長褲質料相同的短鞋子，上衣著暗紅色圓領長袖套頭衫。服裝怪異的女孩的出現令女巫們分心，致使現場原來就不穩的立場產生失衡，所有人與現場景物出現激烈的搖晃。絲布伊大喝一聲，女孩慌張加入其他十八女巫的列陣，十八人先前感受到的巨大壓力頓時解除，但忽然一陣閃光，眾人感到眩目，一股力量自檳榔列陣中心開裂爆炸，彈開了所有人，絲布伊與那女孩同時消失不見，女巫頭子與娥黛瞬間向後彈起落地，而沒了氣息。

這些難解之謎與失去三位最重要的女巫，重創了所有巫師姊妹的自信心，因而感到挫折、沮喪、困惑又自責。過了好一陣子，其他傷患都處理完了，女巫伊端才疲憊地看著眾女巫，語氣頹喪地說：

「沒想到忙了幾年，盼著的那個女嬰終究還是來了，但來的時機還是晚了，唉，看來老天註定好了的事，我們再怎麼高明，也改變不了什麼。就算老祖宗早就看到了今天的事，憂心我們滅族而想盡辦法作了補救措施，恐怕也還是不能完全阻擋得了事情的發生。唉，冥冥中自有定數啊！好了！姊妹們，這些疑惑，我們留待日後再慢慢弄清楚，現在我們也該各自回家，這裡留給那些萬沙浪處理；都別胡思亂想了，過些時候，我們還得要忙著招魂、慰魂的事呢！」伊端的安慰，還是消弭不了大夥對於絲布伊與那女孩的疑慮，以及整件事究竟是怎麼回事的困惑。

部落漢子迅速接手處理兩位逝去的女巫，而躲在儲糧區的路格露幾個姊妹淘，已經從各自的家來到巴拉冠，連充滿驚懼眼神的部落狗兒，也擠進了巴拉冠廣場，天空盤旋著一群似乎嗅著死屍味道的大冠鷲。

草寮裡收容的傷患包括馬力範和西卡兒等六名。少馬一開始就貼心地把傷患草寮搭設在後方，讓草寮變成一個獨立的區域，一方面使其更為清淨，一方面能更方便進行醫療。草寮外頭聚集了幾個路格露的姊妹淘，因為馬力範生命跡象微弱，應路格露想單獨陪馬力範最後一程的要求，幾個傷患都自願到草寮外與家人相聚閒談。只見傷患一字排開，同家屬與其他忙碌完的同僚閒聊。比較特別的是，伊媚正由慕雅夫婦、阿洛與少馬陪著蹲坐在西卡兒周邊，令西卡兒一時之間還適應不過來，狐疑地頻頻望向伊媚。還好，大家的焦點還是放在草寮內的馬力範與路格露的對話。

「是妳嗎？」馬力範正由昏迷的狀態轉醒，感覺有人在身旁，他想睜開眼睛卻感覺吃力。他深深地吸了口氣，覺得那個味道既陌生又熟悉，卻又令他感到無比的安心與自在，他腦海中浮起路格露的影子，因而精神稍稍一振，四肢微微動了動。

「是我，是我在你身旁！」路格露強忍著不哭泣，一滴淚水滑了下來，滴到馬力範的手臂上。

「啊！眞的是妳，我總算是回到了妳面前，可是……卻是以這副模樣見妳啊！」

「是啊……不容易啊！」望著右胸、肩膀幾乎爛掉缺塊，僅以草藥、藤蔓、厤布捆紮止血的馬力範，路格露壓抑著不哭出聲音。

「路格露啊……」馬力範欲言又止，路格露不敢打斷地只敢盯著他看。

「唉……知道妳在，我心情整個安定了下來！」馬力範深吸了一口氣，卻耐不住胸口疼痛輕微抽搐，又吸了一口氣，繼續說：「那些外人的『光』打中了我，醒來的那一刻，想到了妳，我居然有一種怕死的念頭。」

「不，從來就沒有什麼是你怕的，你是逗我的才這麼說！」路格露擔心馬力範氣轉不過來，插話打斷他。

「不，路格露，我不是逗妳的，我現在覺得呼吸順暢，精神也比較好，妳讓我把話說完。」馬力範努力地想睜開眼，掙扎了幾回仍然張不開眼皮，看在路格露眼裡，又忍不住掉下淚來。

「受傷的當時……我忽然覺得驚恐，不是因爲我害怕失去生命，而是害怕來不及見妳最後一面，跟妳說些話，聽妳說些話……」馬力範停了一會兒，眼角忽然擠出了一滴血紅的淚水，不一會又滴出一些摻著血水的淚珠。

「我常在想……或許……我根本就是個喪門星、倒楣鬼，誰跟我在一起都要跟著倒楣！」馬力範嚥了嚥口水，繼續說：「力達跟著我卻戰死了，伊媚被我傷透了心，現在，連少馬、西卡兒以及其他的弟兄也跟著我受傷，甚至把部落都毀了。」

「我在想，也許我不應該跟妳在一起，不該讓妳跟著倒楣賠上一生幸福，但是啊……路格露啊，我又怎麼欺騙得了我自己的情感呢？我巴望著見到妳，忍著不在荒郊野外斷氣，只爲了自私地想再聽聽妳的聲音！咳……」馬力範情緒激動，傷口抽扯得厲害，咳了一聲，嘴角溢出了血紅的一口痰。

「馬力範……這些都不是你的錯啊！」路格露不忍心，出聲打斷馬力範說話，伸過袖口擦掉他嘴角的痰。

「唉！我眞是自私啊！現在，又把妳拖下水，也沒認眞地問妳願不願意！」馬力範說。

「我願意！即使我沒有認眞地向你允諾過，但我已經在心底說了千遍萬遍，我願意，我願意等你一切安定下來了，康復了，討你過門。到時，我們蓋個大屋子生一群小孩，你教他們射箭、打獵、玩打仗的遊戲，我來跟他們說你的故事。」路格露說著，眼淚卻沒停過，淚珠一顆大過一顆。

「呵……路格露啊……」馬力範忽然哽咽，眼角又一陣抽搐，淚水不斷地流，從混濁的血滴逐漸變清明的淚珠，順著眼角流進耳朵。馬力範又深吸了一口氣，忽然順利地睜開了眼睛。

「啊！路格露，瞧妳哭得如此傷心啊！」馬力範看著路格露說。

「我……」路格露一陣驚喜，情緒瞬間崩潰，哭泣聲中伸過手握著馬力範的手，驚覺馬力範的手異常冰冷，且似乎早已停止運作，她心中懍慄不安，目光掃過馬力範全身，發覺除了心口還有微弱的起伏，身體其他部份呈泛紫色地停止了運作，馬力範瞳孔開始渙散。路格露倏地收住口，勉強擠出笑容卻憂心地望著馬力範。

「妳好漂亮啊！我要是能這樣地一直看著妳……多好啊！」馬力範笑了，只是嘴角上揚地笑了，又說：

「答應我……無論怎麼了，都別爲我哭……我不要妳哭，那會讓我感到心疼、自責。」

「不哭！直到你康癒前，我不哭……」路格露哽咽。

「呵……我是……太自私了……之前連擁抱妳都不願意給，現在……又不要妳哭……」馬力範遲了一會兒，接口說，聲音輕得不能再輕。

路格露望著馬力範幾乎已經完全渙散、失焦的眼神，忍不住淚水奔流，身體因爲強忍著不哭出聲而不自覺地激烈抖動，時間彷彿也識趣地停頓了下來。

「沒……沒有關係，馬力範，我不哭……。」路格露哽咽，但隨即恢復異常平靜的表情，語氣極其輕柔近乎呢喃地說：「你不能，就讓我來吧，現在讓我好好抱抱你吧！」

草寮內歸於沉靜，草寮外的交談聲早已停止，不一會兒開始了啜泣聲，輕輕的、細細的，幾個姊妹淘咬著袖口掩面哭泣，幾個漢子摀著嘴哽咽不已。

一六四二年一月二十四日黃昏，大巴六九部落第一戰士馬力範身亡，是役，部落總計三十四人戰死，全村房屋設施毀於荷蘭人之縱火。二月十二日托拉列紐斯率荷蘭軍自北方找尋黃金而返，約見大巴六九部落阿雅萬，再次重申大巴六九部落即日起歸彪馬社監管，且不得在原地重建。

第17章 白鹿之愛

假如那影子是馬力範，消失在火場後不復再見，那聲音便是另一個戰爭的某個人在呼喚我。也許我的去，消弭了那戰火；也許我的去，解救了可能受苦的人，所以我答應前去，我答應與這個名叫包恩的人成家。

一六四四年六月。

部落遷移至甘達達斯的工作大致結束。新的部落設在甘達達斯溪出山口兩側狹長的河階上，巴拉冠與部落祭司等二十戶住家位在溪的南側，其他十一戶住家建屋於北側。各家的旱田耕作地，除了西側的山坡與順著溪流往東的兩側外，原先作為戰時儲量的旱作地也繼續耕作使用。

今年第一期小米已經進入收割期，部落大部分農務的輪工換工開始進行著。歷經了一場戰爭，部落人分外珍惜與勤奮地參與勞動。伊娟幾個姊妹淘也各自有了自己生活上的牽掛，不再成天賦在一起。慕雅與比山在去年初添了寶寶，少馬與阿洛趕在去年七月補請了宴席，在西卡兒的央求下，由阿雅萬親自拜託伊媚在去年底迎娶西卡兒過門；端娜也沒閒著，看中了杜來的機警與順從，趕在去年底之前結婚討進門。除了路格露，好像所有的姊妹淘在情感上都得到了歸屬。

至於路格露，戰爭結束後，部落遷移重建時，她選擇新部落東南邊接近原部落的位置，請巴拉冠的漢子們幫忙搭建新的住所。他的哥哥比山拗不過路格露的堅持，與慕雅家人商量後，在附近不遠處搭建新屋，除了就近探視，耕作田就在附近也是原因。但路格露在新部落不到一個月，日常生活有了奇怪的變化，令其他幾個姊妹淘不解與不忍，部落其他人也頗有微詞。

首先是，路格露不再參加姊妹淘的輪工換工，她只在自己住屋周邊栽植少量的小米與蔬果。再來是，她的巫術儀式操作得愈見純熟，力量也愈來愈大，大到她有能力在自己住屋外圍設置「巫術閘口」限制不懷好意的人進出。這一點，資深的女巫伊端感到欣慰與詫異，以爲絲布伊的失蹤與路格露有關，以爲她的力量某些是得自於絲布伊的暗中傳授。由於求助於她的巫術力量的族人很多，酬謝贈物自然不少；再加上路格露畢竟是部落第一美女，大戰之後除了禮貌性的微笑，再也沒有人見過她開懷的模樣，但仍然有不少部落男子追求，甚至鄰近部落男子也經常送東西示愛，食物以及生活所需自然不缺。爲此，她的哥哥比山怕路格露受到過度的干擾，乾脆在她住屋的稍外圍一些，搭建一座置物台，讓送東西的人直接放在那裡。

但眞正讓部落覺得怪異的是：每當下午太陽平過肩頭之後，路格露一定披著馬力範生前送她的白鹿皮，沿著通往廢棄部落的小徑，回到只剩下傾倒石柱、石板的廢墟，探視、悼念馬力範。除了颱風天溪水暴漲過不了溪的日子，這兩年來不論寒暑、晴雨，路格露天天如此。她披著白鹿皮，行經小徑穿越茅草叢、灌木叢時，遠遠望去像一頭還沒長角的白鹿，因此，部落人私底下也常以「白鹿」稱呼路格露。

路格露外表看起來極為正常，行徑卻是如此地異於常人。多數部落人無法理解路格露的堅持；部落漢子，特別是三十上下尚未結婚的漢子，對於路格露近乎關閉愛情大門的作法，尤其不解。但幾個姊妹淘因為了解，所以還是會抽空來看看她，陪她兩句或勸她打開心房。

一日，剛過了中午，伊媚提了一些糕粿來看她，發現路格露眼睛紅腫，似乎激烈地哭過一場。

「怎麼了？妳哭過？」才進屋子，伊媚問。

「嗯，昨天夜裡，我好好地哭了一場。」路格露感激地看著伊媚，面帶微笑。

「發生什麼事？喔，我不應該這樣問妳，妳是該好好地哭一場！」

「怎麼？噯，妳怎麼會這麼說？」路格露瞠著眼驚訝地問。

「當然要這樣說，那一天，馬力範走了，我們幾個姊妹在外面拚命地掩飾自己，哭得死去活來，妳卻從那時候再也沒哭過，那樣太不正常也太壓抑了！哭一哭，雖然不能解決什麼，至少心裡開了個口，不會教人發瘋。」伊媚拉過路格露的手背輕撫著。

「哎呀……」路格露輕嘆了一聲，撇過頭看了一眼門外的野草。

「昨天，我從舊部落回來，部落阿雅萬以及幾個長老還有伊端伊娜，已經坐在院子那幾根木頭座位上等我。」路格露說。

「什麼？他們來找妳？發生了什麼事？」伊媚吃驚地揚起聲來。

「上次那些紅頭髮的外人，不是要我們歸彪馬社監管嗎？今年彪馬社派人來要催繳年稅，說我們這兩年沒繳交，要我們補繳一頭白鹿當歲收。」

「呸啦！這些彪馬人，部落剛建立，哪來的剩糧給他們啊？眞是螞蝗，光顧著吸食人血，不顧人死活。還有，白鹿可以隨時捕捉得到嗎？這些專吃人血的螞蝗呀！」伊媚生氣地說。

「他們昨天就是去彪馬理論，才知道，他們說的白鹿，是要我們找一個漂亮的女子送去。」

「什麼？愈說愈不像話，這些彪馬人怎麼可以欺負人到這個程度？等等，妳的意思是，阿雅萬這些老人找妳是爲了這件事？眞不像話，什麼時候變得我們要定時送人過去，他們把我們當成奴隸啦？怪不得妳會痛哭，這太欺負人了，也太不像話了。」

「不是這樣的，怕我誤會，所以伊端伊娜才會跟著來！」路格露拍拍伊媚的手臂平靜地說：「前幾年，彪馬人跟卡日卡蘭的布利丹家族打仗，傷了很多人，所以兩個部落這幾年關係很緊張，常常發生爭執，兩邊的人只要遇見了都會打上一架。後來卡日卡蘭一個名叫包恩的男人，自告奮勇想調解這樣的緊張關係，所以去了彪馬社，彪馬的阿雅萬非常欣賞他，收他當義子，還準備爲他找女人成親。」

「我不懂了，要那個男人成親，彪馬像螞蟻一樣多的人口，難道沒有女人了？一定要我們派人去，眞是欺負人！」

「阿雅萬認爲，彪馬社其實想藉著這個婚姻，讓我們跟他們部落和好成爲一家人。我們人口少，男人也剛死去不少，討個外地人應該也說得過去，但是彪馬的條件是要我們送人過去。」

「所以，他們決定送妳去？因爲妳不想在部落找男人？」伊媚皺起了眉頭。

「是的，據說，彪馬人早就知道我的存在！」

「所以，妳不甘心離家，才哭了一整夜？」

「不，我很心平氣和地答應了！」

「什麼？路格露，妳爲什麼要答應？啊？爲什麼？」伊媚受到了極大的震撼，尖聲地問。

「伊媚啊！」路格露站了起來走出屋外，坐在蓋房子時刻意留下的一個木樁。

「這沒道理啊！妳不能這樣答應啊！」伊媚跟了出來，氣急地說。

「這的確是沒什麼道理，可是當阿雅萬提起這一件事，我腦海裡居然浮起了馬力範的身影。這個包恩爲了部落生存，寧願冒著被誤會被殺害的危險，隻身到彪馬社，這份勇氣跟馬力範沒有兩樣。」

「哎呀！馬力範是馬力範，那個人是那個人，就算有相同的勇氣，兩個人還是不一樣，妳這只是情感轉嫁，找個寄託罷了，萬一將來處得不好怎麼辦？況且，去了人家部落，習慣不同，誰會幫著妳啊！」伊媚果眞是急了，聲音愈說愈大。

「呵呵……伊媚啊，妳這麼說也沒什麼道理啊！別的不說，妳繞了半天，最後還不是把西卡兒討了過門啊！」

「那不一樣……」

「一樣的，那是一樣的。妳我兩人選擇男人從來都只是一個條件——他必須是部落可以倚靠的人，所以我們才會這麼辛苦地面對愛情。妳接受了西卡兒，是因爲妳注意到他肩挑部落的可能；而我願意接受那個名叫包恩的外人，是因爲他在處理事情上我看到了馬力範的影子。也許妳要說那只是情感的轉嫁，但或許那才是妳我兩人對感情的基本態度，關於這一點，我們不可能有太大的改變。我們不同於端娜的愛情，也不同於慕雅的愛情。」

「唉唷！這兩年都沒聽妳多吭兩聲，這一件事情上，妳倒是發了一長串議論啊！」

「不是這樣的，伊媚，我又何嘗眞正地願意離開這裡，去賭注我的一生？但假如我的離去，眞的能促成兩個大部落的和議，少了戰爭，便少了怨偶，這不是很好嗎？我可不希望有更多的女孩最終要失去她們的摯愛，然後在餘生啃噬情傷啊！」路格露說著，眼神望向遠方。幾隻五色鳥在兩棵樹冠間，咕嚕應和。

「那……既然這樣子，妳都清楚了這些，妳又怎麼要在夜裡哭泣，哭得眼睛像青蛙般浮腫。」

「唉……」路格露一聲長嘆。

「我一直沒跟人提起，打仗前，我生病的那一段時間，我一直重複的作同一個夢，夢見部落四周的刺竹林著火，許多人驚慌地奔跑叫喊，部落的房舍也都燃起了黑煙。我不停地叫喊著，忽然發現一條熟悉的影子向竹林的火場中奔去；我想追去，卻被已經過世多年的母親攔下要我離開。我頻頻回頭張望想認出那個身影，又數度聽見火場中似乎有人叫著我的名字。」路格露停了一下，嚥過口水繼續說：

「我一直以爲這個夢暗示著一場戰爭，可是當戰爭結束後，這一年我仍繼續作這個夢。那奔去火場的人影已經不見，火場中的聲音卻愈來愈清晰。我認眞地想，假如那影子是馬力範，消失在火場後不復再見，那聲音便是另一個戰爭的某個人在呼喚我。也許我的去，消弭了那戰火；也許我的去，解救了可能受苦的人，所以我答應前去，我答應與這個名叫包恩的人成家。」

「唉唷！妳的心意這麼堅決？」伊媚皺著眉說。

「是！我心意堅決，可是，我終究是女人啊！」路格露低下頭注視著自己的腳趾頭，聲音逐漸變小。

「送走了那些長輩，一股極度的感傷忽然升起，說不上什麼原因，我就一直那麼傷心著。想想，馬力範斷氣時，我答應他收起眼淚不再哭泣，這兩年即使不斷地想起他，我也沒掉過一滴淚。可是想到即將離去，不再守著他，我便覺得感傷，後來忍不住，索性大哭一場。想想，也算是為馬力範送終吧！畢竟，我一直沒有好好地為他哭過一場，陰陽殊途的，他與我終究是無緣啊！或許，這是我愛一個人的方式吧？就當是我最後一次表達我愛慕馬力範的方式吧！」

「哎呀！路格露啊！我該說這是『白鹿之愛』嗎？妳真是的，遇上了這些事妳該找我聊一聊的，姊妹一場，總要讓我做點什麼吧！」

「哼！我偏要一個人哭！」路格露嘟嘴說。

「妳……調皮啊妳！」伊媚也笑了！右手不自覺地撫了撫肚子。

「我說……路格露啊！」伊媚忍住喉頭欲嘔的感覺接著說，「妳還沒回答我，妳不怕他們欺負妳啊？」

「欺負我？呵呵……我倒沒想過，這兩年我的巫力忽然增強了好幾倍，也不知道真的是絲布伊伊娜暗中傳授了我，還是怎麼的。誰真敢要欺負我，不怕我修理他們啊！況且，我人雖然是過去，但男人婚入我家門這一件事沒改變喔，我會央求彪馬的阿雅萬，讓我們就住在彪馬外頭，最好就在回大巴六九部落的途上，這樣，你們有機會可以來看一看；或者，將來我們的子孫有機會一起追逐鹿群，有機會一起肩挑我們族群共同的命運啊！」

「哎呀！拜託，我看，妳快變成女的馬力範了，開口閉口就是部落長部落短的。」伊媚搖搖頭，看著路格露，忽然覺得自己開始不了解這個女人了。

「不！不是變成馬力範，我覺得我開始體會得出那個我們從未見面的多比荼當時的心情；開始可以理解那個遠在南方，爲了氏族的發展，最終拒絕了馬力範的美麗女子的想法！」

「多比荼？路格露啊，妳怎麼有這個念頭？哎呀！這……」伊媚忽然覺得好笑，接不下話來。

命運兜轉了半天，又回到了原點，多比荼與馬力範、馬力範與伊媚、伊媚與西卡兒、馬力範與路格露、路格露與包恩、然後路格露又糾結上多比荼；像條鏈子串結，像一盤攪泥和轉，一個不小心，又重新露出了誰的心事、一段故事。

「呵呵……多比荼！」路格露也覺得好笑，點點頭，看了伊媚一眼忍不住笑了。

「好了，我弄清楚了。妳什麼時候離開？我把幾個姊妹淘找來，連男人都找來，我們聚一聚就算爲妳送行，我看……就今天好了。」伊媚說話間，連連作嘔，又自然撫著肚皮。

「嗯？我看，晚個兩天吧，待會兒，我還要去舊部落跟馬力範道別，說明白去。唉？妳……妳怎麼了？」路格露說著，又看到伊媚臉色泛白，憂心地問。

「忘了告訴妳，肚子有寶寶了！鬧得厲害啊！」

「真的啊！」路格露幾乎是尖叫著站起來，嚇著了原先咕嚕不停的五色鳥，幾隻紅頭斑鳩忽然振翅飛離樹層。

兩天後，路格露踏上離鄉的路途，她披著白鹿皮，只帶著背簍裝著行囊，沒有哀傷，沒有悲苦，除了一點點的不捨。部落人都送行到舊部落磨刀區，接著由西卡兒、少馬兩人配著刀護送。

路格露一路無語，只在跨過那條橫越草原與雜樹林間的無名小溪時，停了下來，回頭望著部落。清晨，天空無雲，大巴六九山稜線清晰矗立在眼前，她忽然想起了失蹤的絲布伊，鼻頭一陣酸，眼眶擠滿了淚水。是什麼原因讓她失蹤了？她還活著？還是去了某個地方？她心裡有著太多疑問。

她撇過頭，注意到那片芒草原上，有一群物體移動著，所經之處，在清晨陽光斜照射下，壓陷出幾條黑色的路徑。那是一群清晨覓食的鹿群，每天這個時間由南朝北啃食莽草的嫩莖，繞過一大圈，下午又從北向南移動。那緩慢移動的步伐，令路格露聯想到兩年前，部落所有人，幾乎就是走一步停一步地離開焚毀的部落，向甘達達斯移動，短短一公里多，竟然要花上近兩個小時的時間。是那樣地不甘不捨，又那樣地無奈認命。那草原，也正是馬力範以及部落男人受傷失去生命的地方。

想起馬力範，路格露忽然轉過頭看著少馬問：

「少馬！那首歌你還記得嗎？」

「妳是說從埕嶠帶回來的歌？當然記得啊！這兩年都沒聽人再唱起了！妳想聽啊？」

路格露沒有回答，循著小徑繼續向東走去，她注意到小徑旁有幾株遲謝的百合，挺立綻放著。不一會兒，耳邊響起了少馬的歌聲，她一句一句地跟著低聲哼唱，心頭時而緊縮，時而紓緩，她想像當年多比苓一心期望馬力範留下，又阻止不了馬力範離去的失望與壓抑，想到今日自己離開，也同樣是爲著部落的理由，因而淚水不停地流洩。她忽然張口唱：

你說你要走
讓我想盡了留下你的理由
我知道你的允諾不會隨風過
但我又如何知道未來怎麼走
罷了，心愛的郎
捨不得還是必須放手
你的深情我會長記心頭
但願你記得海角天涯的承諾
你說你要走
除了思念、我的等待
還有不停止的淚流

路格露幾乎不曾在公開場合開口唱歌，這一開唱，那音轉流洩高低拿捏恰如其分，那聲域開闔又格外清亮婉轉。歌韻中，那情、那痛、那埋怨與祝福、那不捨與認命，令西卡兒與少馬一時呆立失神，忘了前行。

「少馬！我要離去了，去建立我的氏族去！」路格露頭也不回地邊走邊說。

「西卡兒！我將不再回返，我將離開這裡去建設我的部落了！」路格露又說。

約一個小時之後，路格露一行三人經引導進入彪馬社，見到部落新的領導人以及傳說中的男子包恩。那領導人同意路格露的要求，暫住彪馬社一宿後，明早遷出彪馬社北方與大巴六九部落之間的地域，建屋落腳。

任務達成，西卡兒與少馬並沒有立刻回返大巴六九，在彪馬社人的引導下，兩人參觀了彪馬全村內外。那整齊寬大的房舍，那眾多的人口，令兩人同聲讚嘆。下午走出彪馬南邊出入口，站到當年荷蘭人紮營練兵的空地，少馬忽然停了下來，腦海浮現起那些荷蘭人火繩槍三輪次的集火射擊，皺起了眉頭，他瞥見西卡兒也陷入沉思，便問：

「西卡兒！你想的是不是跟我一樣！」

西卡兒不語，只詭異地笑了笑。

「那些外人一把火燒了我們部落毫不手軟，彪馬人脫不了關係。我們也該做點什麼了，回敬回敬這些彪馬人吧！」少馬說。

「是時候了，我們先回去覆命吧！再找幾個人手一起來！神不知鬼不覺地，讓他們陷入臆測與報復的恐懼，別讓將來子孫笑我們不懂得規矩啊！」西卡兒說。

一股殺機悄悄撩起，隨著兩人西行的足跡逐步升高，彪馬社四周的刺竹林忽然響起了幾聲鷹嘯，驚起幾群鳥雀閃進周邊灌木叢裡。

二〇一一年五月二十七日於高雄岡山

跋

深沉蘊藉的愛

林韻梅

《白鹿之愛》是巴代的第五部長篇小說。自二〇〇八年以來，巴代已出版了八本書；有文壇大老勸他緩一緩，休息後再出發，他說：「不成。我有時間的壓力。」

和巴代第一次見面，是在二〇〇九年底「台東文學館催生論壇」；午餐後，他請他的妻拿書相贈。再見面是二〇一〇年初，在台東誠品，巴代拔下眼鏡，盯著自嘲視茫茫、一心想封口停筆的我，如是說：「看！我的左眼已不能用了，但爲了要完成寫作計畫，我一定要把握住有限的時間。」稍後，他還糾正我對卑南族婚姻制度的誤解，告訴我，他是「婚入」妻家的，那不叫「入贅」，至於詳情，讀他的書就明白了；隨後，阿惠又到車上拿了剛出版的《馬鐵路》來。巴代說，阿惠一直都是他作品的第一位讀者，卑南族男子是非常尊重妻子的。

今年暑假，和他們夫婦陪同關心寫作的年輕朋友一起到泰源的幽谷，聆聽林正盛導演細訴成長經歷。當巴代拿相機一再從後方拍攝導演賣力敘述的身影時，我彷彿看到他站在巴拉冠前，頂著烈日，雙手揮舞比畫著，爲大巴六九部落青少年説解老祖宗留下來的文化。

巴代總是説：原住民部落文化，並非人類學標本，而是生活在當下的一切。文化和生活不能切割，只要生活在部落一段時間，自然可體會部落文化的內涵。也因此，當準備翻譯《笛鸛》的日本學者要求親自採踏事件發生的每一個地點時，巴代內心充滿了被理解的感動。

這次晤面，阿惠將《白鹿之愛》的校訂稿包妥、巴代把書遞到我手上，內心有些許惶恐：就算關心台東在地文學已有相當時日，但做爲一個閱讀者，能回饋給辛苦堅持的書寫者怎樣的理解呢？

翻閱《白鹿之愛》的前兩章，就可發現本書是《斯卡羅人》的續集。其一是承接《斯卡羅人》的時間餘緒：一六三六年六月，勢力中衰的卡日卡蘭布利丹氏族，由女族長拉娜率眾南遷，因大巴六九勇士馬力範與女巫師強大巫術的掩護，擺脫「乎刺林」（今大武鄉大鳥）人的追擊；使布利丹氏族得以在今恆春半島落户；因此，序章將時間點定位於一六三六年的七月下旬，功成身退的馬力範等人與女巫師們，走上歸鄉的旅程。其二是銜接《斯卡羅人》第九章的感情脈絡：在護送布利丹氏族的路途中，馬力範與多比苓的情愫，《斯卡羅人》最終章並明寫一六四〇年二月，苦等馬力範的多比苓，選擇排灣族長之子搭義作爲終身伴侶，馬力範悵然離開；《白鹿之愛》的第一章將時間界定在一六四〇年三月，正是馬力範離開彷猝（或寫爲「蚊蟀」），今恆春鄉滿州）回到大巴六九部落的時刻。

《白鹿之愛》的第一章，一如巴代的其他作品，在開場時用山海溪流、陽光雲霧、植被禽鳥等鋪陳部落周遭情境，然後讓年輕的西卡兒登場，展演一齣讓人血脈沸騰的獵鹿大戲。西卡兒是馬力範的對照組，他對愛情坦直率性、幾次衝撞成規；他的獵技不差，卻在獵水鹿時顯得毫無章法、在後來獵人頭作爲「呵馬力」時也因憤怒與恐懼導致切口不齊。藉由西卡兒這個人物，馬力範的愛更顯深沉蘊藉：他先是顧念眾人，一定要把女巫們及少馬、力達送回部落；臥病期間，對伊媚視而不顧，癒後單身跋涉，遠赴南方要實現對多比苓的誓言；多比苓別嫁，自我放逐於部落邊緣，卻始終未忘對族人的關懷；對路格露則由送酒之恩發展成壓抑的關懷之情，以至書末的死生契闊。對比於西卡兒的粗疏莽撞，馬力範一箭射倒衛瑟林後檢視荷蘭人頭顱、一箭射中白水鹿並細心張晾鹿皮、義無反顧在無名溪與荷蘭人鏖戰等行爲，更顯示這個「部落人公認處理感情最糟的」漢子，其實是作者盡心盡意要塑造的英雄，是眞正的獵人與勇士，是大巴六九男子的典範。

巴代在本書中描寫人物，比以往作品更得心應手，不僅男子個性鮮明，更將他觀察到的各種年輕女子的性情分別呈現。既深情又明智的伊媚、順從身心欲望的端娜、精算愛情成效的阿洛、等候修成正果的慕雅，這些女性典型各自眉目清晰、思慮前後一致，一如之前各書中所刻意彰顯的女巫角色；比較特殊的是路格露，她言語不多，卻帶領著讀者認識書中人物，也在作品中成長爲強健的靈魂，披上白鹿皮邁向未知的人生。我以爲，正因爲卑南男子對女性的傳統認知，正因爲尊重愛妻阿惠與由衷疼惜兩個女兒以及張惠妹、Saya等晚輩，巴代才能生動刻畫這紛繁多姿的女性樣貌。

第二章題爲「女孩情事」，可知，部落年輕人的愛情是連貫全書的軸線之一；然而，一旦將愛情定位爲全書主題，重大的歷史背景——荷蘭人衛瑟林（Marten Wesselingh，他的名字拼法在《熱蘭遮城日記》中經常不同）到卑南覓平原尋找金礦，以及被呂家人和大巴六九人殺死的事件，在書中不免淪爲插曲。就算十五、十六章，巴代再度發揮他的軍事專識，營造最後決戰的悲壯氛圍，也無法補足第七章的虛薄。

昔日閱讀《巴達維亞日記》譯文，基於衛瑟林是個天主教徒、基於尤紐斯教士在當時傳教的影響力，總想像此人在來到異地之後，必然會有情欲和眞理（或是身分、工作目標）之間的矛盾掙扎。近來比對《熱蘭遮城日記》譯本，發現他原本是荷屬東印度公司的外科主任醫師，一六三五到一六三六在日本時曾教住民釀酒，此外，他還有書寫的專長。這樣一個人，當他在一六三八年二月以佐理商務官的身分奉命留駐卑南覓收集採金情報時，他會如何和當地原住民相處？帶隊的尤立安森（Jan Juriaensen）中尉，在之前燒毀太麻里村莊、殘酷對待反抗者，衛瑟林會採用類似的方式嗎？

雖然在一六三九年四月十二日的日記中才出現彪馬社（Pyuma）的名稱，但從居民與他的互動來看，他應該已被接納，換言之，他在此地應該有些好名聲；同年五月八日，他回熱蘭遮城述職，發現在城中謠傳他已在三月底被太麻里人殺死；六月二十二日，他寫信給熱蘭遮長官范得堡，提醒他若要大舉進兵，「要用溫柔的方式對待那些多金的人」；十二月十六日，熱蘭遮城方面要士官Juriaen Smit帶信給衛瑟林，叫他不要率領全隊的士兵去，以免因人數眾多而驚動對方。身負重任的衛瑟林，往來熱蘭遮城與卑南覓之間多次，而且在一六四一年三月已確知產金地點在今花蓮境內的 Sibilien 和 Takijlis 一帶；五月重返卑南覓，任務是要和各社結交，鼓勵和荷蘭結盟。因此，當他在九月和一直心存忌憚的呂家、大巴六九人相會時，會不會任由下屬膽大妄爲、喝酒亂性？

將侵入而被殺害的外人描述爲姦淫擄掠的壞蛋，是長久以來民間故事襲用的版本，我相信大巴六九部落的口傳必然也接近如此，才會有第七章中的種種敘述。但是，我仍然想問：這個事件，可不可能像牡丹灣事件一樣是出於誤會呢？斯卡羅人的後裔高士佛社人的好意被琉球漁民誤解而引發殺戮，這個眞相近日才大白；大巴六九人的毀村厄運，眞的是純肇因於幾個荷蘭人的性好漁色嗎？

巴代在臺灣文學館舉辦的「原住民文學的推廣與展望」座談會中曾提到：「部落年輕人連袂到台北搶票；然而，如果將時空還原到廿世紀初莫那魯道的時代，賽德克對大巴六九來說，就是外國。」過兩天，就在報紙上看到有泰雅族裔控訴賽德克屠殺、抵制該影片的新聞。

如果將時空還原到十七世紀中葉，那些頂著紅毛、抽捲菸的外人，在一向重視傳統領域的呂家和大巴六九兩部落人眼中，又會是怎樣的存在？

去年五月，前荷蘭駐台代表胡浩德來台東開《眞情台灣》新書發表會，會後還有和達魯瑪克的魯凱族人和好的儀式，祖國後人在異國土地上以擁抱釋放了那些遭誤解而被害者的靈魂。當時，一直想不通，胡浩德到南王致謝、到大南和解，爲什麼不到利家和泰安謝罪呢？直到看了巴代這本新作，才恍然領悟：呂家和大巴六九遭毀村的幽幽魂魄，必得要由兩部落後人的充分寬諒才能眞正獲得釋放。歷史的偶然造成莫大的悲劇，巴代寫《白鹿之愛》是他和自身所背負的古老靈魂不得不經歷的洗淨儀式。

其實，我很想單純享受閱讀巴代小說的樂趣；但是，一想到他逼人的左眼，終究寫出了這些嚴肅的言語。真是對不住了。

二〇一一年九月十六日於台東

INK PUBLISHING
文學叢書 327
白鹿之愛

作　　者　巴　代
總 編 輯　初安民
責任編輯　孫家琦　施淑清
美術編輯　林麗華
校　　對　孫家琦　巴　代

發 行 人　張書銘
出　　版　INK 印刻文學生活雜誌出版有限公司
新北市中和區中正路800號13樓之3
電話：02-22281626
傳真：02-22281598
e-mail：ink.book@msa.hinet.net
網　　址　舒讀網http：//www.sudu.cc

法律顧問　漢廷法律事務所
劉大正律師
總 代 理　成陽出版股份有限公司
電話：03-3589000（代表號）
傳眞：03-3556521
郵政劃撥　19000691　成陽出版股份有限公司
印　　刷　海王印刷事業股份有限公司

港澳總經銷　泛華發行代理有限公司
地　　址　香港筲箕灣東旺道3號星島新聞集團大廈3樓
電　　話　(852) 2798 2220
傳　　眞　(852) 2796 5471
網　　址　www.gccd.com.hk

出版日期　2012年7月　初版
ISBN　978-986-6135-86-6

定　價　360元

「財團法人國家文化藝術基金會」創作補助計畫

國家圖書館出版品預行編目資料

白鹿之愛 / 巴代著；
--初版, --新北市中和區：INK印刻文學，
2012.07　面；　公分.（文學叢書；327）
ISBN　978-986-6135-86-6（平裝）
857.7　　101006080